the TEAM　ザ・チーム

井上夢人

集英社文庫

もくじ

本文デザイン　大久保伸子
本文挿絵　おおの麻里

the TEAM

招霊

おがたま

●三二

調査対象《マルタイ》の乗った車がファミリーレストランの駐車場に入っていくのを見て、草壁賢一《くさかべけんいち》は思わず「サンキュー、サンキュー」と呟《つぶや》いた。罐《かん》コーヒーを買うタイミングを逸《いっ》してしまったお蔭《かげ》で、賢一の喉《のど》は一年も放り出してあったチーズみたいにカラカラになっていたのだ。自分のワゴンRを注意深く駐車場の手前の位置へパークすると、賢一はマル対が入り口の中へ消えるのを見届けてから、ゆっくり車を降りた。

ファミレスねえ……と、建物を眺めた。三十分も車を走らせて、わざわざ来るような店には思えなかった。ファミレスなら、奴のアパートの近くにだって何軒もあるのだ。

夜の八時。ちょっとばかり夕食には遅めの時刻だが、環状八号線に面したファミレスの店内には、まだけっこう客の姿が見える。

桂山博史《かつらやまひろし》、というのが今回のマル対。広告代理店に勤務する二十九歳。会社は御茶ノ水《おちゃのみず》にあり、国分寺《こくぶんじ》のアパートで一人暮らしをしている。今わかっていることはその程度しかない。

今日、桂山は午前十時に出社し、六時半に退社した。帰宅後、しばらくしてアパートを出てきた。アパート前の路上にゴミ袋を出し、そのまま近くの月極駐車場まで歩いて、パープルメタリックのコルトに乗り込んだ。で、この三十分離れたファミレスへ入っていったというわけだ。もちろん、桂山が出したゴミ袋は今、賢一の車に載っている。

このまま、ゴミの分別でもやりながら桂山が出てくるのを待つのもいいが、わざわざこんなところまで食事をしに来たというのが、どこか引っかかる。

コホン、と小さな咳《せき》払いをし、賢一はおもむろにファミレスの入り口へ向かった。店に入り、奥のテーブルに着いている桂山を確認して、入り口に近いカウンターのスツールへ腰を下ろした。この場所からなら、桂山のテーブルが正面に見える。

想像した通り、桂山のテーブルには、もう一人男がいた。賢一のいる場所からでは後頭部しか見えないが、雰囲気は普通の会社員ではなかった。薄手のジャンパーとジーンズ。髪は短く五分刈りにしている。つまり、あの男と会うために、桂山はここまで足を運んできたわけだ。

水を持ってきたウエイトレスにコーヒーを頼み、賢一はポケットからデジカメを取り出した。カウンターの上へ置き、レンズの先を桂山のテーブルへ向けておく。グラスの水を一気に飲み干した。思わず、ふう、と大きく息を吐き出した。

桂山たちが壁のコーナーへ目を向けていることに気がつき、賢一もそちらへ目をやった。

「…………」

壁に掛けられたテレビに、見慣れた顔が映し出されていた。黒いサングラスをかけた派手な衣装のおばさん。手にはおきまりの招霊木《オガタマノキ》の枝を持ち、その葉で、彼女の前に畏《かしこ》まって腰掛けている婦人の肩口のあたりを撫《な》でている。なにやら話をしているようだが、その言葉は賢一のいるカウンターまでは届いてこなかった。もっとも、彼女の喋《しゃべ》っている言葉の大半は、聞かなくったって想像がつく。

腕の時計に目をやった。

そうか、こんな時間だった。

高視聴率を上げているバラエティ番組の中の「霊導師《れいどうし》 能城《のしろ》あや子」というコーナーだ。テレビ画面の記憶からすれば、あれは三週間ほど前に収録したものだ。

あのときのマル対は、たしか沼田千鶴江《ぬまたちづえ》という名前だった。そう、今、あのテレビ画面に映し出されている婦人がそうだ。都合のいいことに、彼女には夫にも隠していた過去の秘密があった。短大時代の堕胎《だたい》手術のことを賢一が探り出し、スタジオで能城あや子は、水子《みずこ》の霊が憑《つ》いているとあの沼田千鶴江に告げた。画面は、今、ちょうどそんな場面を映し出している。

司会進行役のお笑い芸人が、泣き出してしまった千鶴江を慰め、いったん画面が中断して別室で話をする千鶴江のシーンに移る。千鶴江は、かなり前に子供を堕《お》ろしたことがあると涙の告白をし、お笑い芸人の大袈裟《おおげさ》な驚きの声が能城あや子の霊視の驚異を演出するという段取りなのだ。

その後、カメラは千鶴江の自宅を訪れ、そこで能城あや子による除霊が執《と》り行なわれる。数日後のフォロー取材では、過去の清算をした千鶴江と家族たちの笑顔。そして、能城あや子への感謝の言葉がビデオに収録された。

賢一は、壁のテレビを見上げている桂山に目を戻した。運ばれてきたコーヒーを、砂糖もミルクも入れずに啜《すす》り上げる。

あの桂山博史が、次の収録の相談者なのだ。聞かされている情報では、桂山の身辺で奇妙なことが立て続けに起こっているらしい。それがどんなことかは、あいにく知らされていない。大急ぎで桂山の身辺を洗わなければならないのだが、今のところ、収穫はゴミ袋一つという格好だった。

不意に、桂山の前に座っていた男がこちらを振り向いた。手を上げて、ウエイトレスを呼んでいる。賢一は、とっさにデジカメのシャッターボタンを押した。二枚目を撮ったとき、賢一の手が止まった。

男の顔に見覚えがあった。

ホームベースを日焼けさせたような角張った顔に太い眉毛《まゆげ》。グリグリと動く大きな眼。平べったい鼻と、不釣り合いに薄い唇——稲野辺俊朗《いなのべとしろう》だった。

賢一は、思わず眉を寄せた。デジカメを手元へ引き戻し、膝《ひざ》の上で液晶ディスプレイに今撮ったばかりのカットを呼び出す。男の顔を拡大表示させてみた。

間違いない。稲野辺俊朗だ。

なぜ、桂山博史が稲野辺と会っているのか？

稲野辺は〈ウイークリーFACTS《ファクツ》〉というゴシップ週刊誌の記者だ。記憶が確かなら三十四歳。数ヵ月前から、能城あや子の周辺を嗅《か》ぎ回っている。一度だけ「インチキ霊能者」と決めつける記事がその雑誌に載ったが、たいした反響はなかった。肝心の「インチキ」を証明する決め手が何一つなかったからだ。

霊能だとか、超常現象だとか、超能力だとか——テレビは面白がってそういったものを取り上げるが、当然のことながら、それを快く思わない者も存在する。思わないというだけなら、べつにどうということもないが、稲野辺のように妙な正義感で真実を暴《あば》いてやろうと考える人間も中にはいる。

ちょっとばかり厄介《やっかい》な感じだなあ……。

賢一は、大きく息を吸い込みながら、向こうのテーブルを眺めた。桂山と稲野辺は、テレビの画面を見上げながら言葉を交わしている。桂山が、笑いを含んだ顔で稲野辺を見返した。身辺で立て続けに奇妙なことが起こって悩んでいる男の表情には見えなかった。

懐《ふところ》から携帯を取り出し、賢一はメールの作成画面を呼び出した。

●二

事務所へ戻ると、藍沢悠美《あいざわゆみ》だけでなく、鳴滝昇治《なるたきしょうじ》と能城あや子までが顔を揃《そろ》えていた。

「稲野辺と会ってたって？」

なんの挨拶《あいさつ》もなく、鳴滝はいきなり賢一に訊《き》いてきた。

賢一は、手にぶら下げていたゴミ袋を床の上へ下ろし、デスクの椅子《いす》を引き寄せながらうなずいた。能城あや子のほうへ顎《あご》を上げる。

「八時過ぎてたから、ちょうど先生がテレビに映っててね。まあ、だからあの時間に会う約束してたのかもしんないけど。二人でテレビ楽しそうに観てた」

「おかえり。ごくろうさま」

部屋の隅の冷蔵庫からウーロン茶の罐を取り出して、賢一に差し出しながら悠美が言った。賢一は、それを受け取って彼女にニッコリしてみせた。

「ただいま。オレの苦労をねぎらってくれるのは悠美ちゃんだけみたいだ」

言いながら鳴滝を見たが、彼は耳の穴をほじりながらアクビを一つしただけだった。能城あや子は、なんの表情もなく、罐ビールを口に運んでいる。左の手でデスクの上を確認してから、罐をそこへ置いた。彼女は全盲なのだ。おまけに耳もあまりよくない。黒いサングラスは、ツルの部分から両耳に差し込まれたイヤホンが補聴器を兼ねている。だから夜でもサングラスはかけっぱなしだ。

「あたしだって、それなりに苦労はしてたよ」と悠美が椅子に腰を下ろしながら言った。「草壁君からメールもらった後、一応、調べてみたんだ」

「調べた？　なにを」

「桂山はホームページを持っている」と、悠美の言葉を先取りして鳴滝が言った。「どんなものか、見当つくか？」

「ホームページぐらい、持ってるヤツいっぱいいるじゃん。桂山は広告代理店勤務、って言っても会社の営業内容は、ほとんどがインターネット関連の広告を扱ってるわけだからさ。自分のページ持ってたって、べつに不思議でもなんでもないよ。どんなものって、なんなの？」

「見てみる？」悠美が、パソコンのブラウザを立ち上げながら言った。「面白いよ、けっこう」

どれどれ、と賢一は椅子ごと悠美の脇へ移動した。ブラウザにページが読み込まれる。その中央を〈欺《だま》されるな！〉という大きな文字が横切っていた。

「なんだこれ？」

「言ってみれば、告発サイトね」

「コクハツサイト……」

「超能力とか、超常現象、心霊現象、オカルト、占い、UFO、そんなもの一切合切のインチキを暴いて告発しちゃうっていう、とっても元気のいいサイトね」

「あれま」

「すごいよ、けっこう。過去、裁判沙汰になったり訴えられたりした霊能者や新興宗教なんかの事例のレポートなんかもあったりして、なかなかお勉強になるし」

「新興宗教も、なんだ」

「とにかく、桂山博史クンは、こういうのが絶対に許せない人なのね。冗談でも、あなたB型でしょ、なんて博史クンの前では言っちゃだめ。噛《か》みつかれちゃうから」

「つまり」と、鳴滝が溜《た》め息《いき》混じりに言った。「その桂山博史と稲野辺が会っていたということは、奇妙な現象で悩んでいるという相談じゃないと考えたほうがよさそうだな。いや、相談を持ちかけるんだろうが、どこかで尻尾を捕まえて暴き立ててやろうという計画が二人の間で進んでいるんだろう」

クスクスという笑い声に、賢一は能城あや子のほうを振り返った。霊導師の先生は、賢一たちから十度ばかりズレた方向へ顔を向けて笑っていた。

「いつかは、こういうことになると思ってたよ」

言ってデスクからビールを取り上げ、ゴクリと音を立てながら一口飲んだ。賢一と悠美は、顔を見合わせた。悠美は、ニヤッと笑いながら肩を竦《すく》めた。

「テレビ局のほうはさ」と、賢一は立っている鳴滝に目を上げた。「今回のマル対がこういう人物だったってことは、摑《つか》んでなかったのかな」

「局がやることなんて、たいしたものじゃない。応募してきた人間の訴えが、派手で視聴者ウケしそうかどうかで相談者を決めているだけだよ。一応の確認はするけど、ディレクターあたりが納得したら、それで進んでしまうんだ」

「でも、番組の中で、桂山がいきなり、インチキだ、とか騒ぎ出したりしたら、その収録分はカットされて放映までいかないんじゃないかね？」

「局がどういう判断をするかは、起こってみないとわからないが、もし放映されなかったとしても、桂山や稲野辺は、そのことを取り上げてさらに騒ぐつもりなんだろう。テレビ局がインチキをやっているってね。そのあたりが連中の目的なんじゃないか？」

ふう、と賢一は息を吐き出した。

テレビ局は、能城あや子が本物かインチキかということには一切触れない。制作側のスタッフたちの誰も、そこに立ち入ろうとはしないのだ。もちろん、彼らは賢一や悠美の存在など、まったく知らない。鳴滝昇治だけは、能城あや子のマネージャーも兼ねているわけだから、スタッフの全員が知っている。収録の時も、打ち合わせでも、鳴滝は常に能城あや子についているのだ。

「面白いじゃん」

悠美が楽しそうに言った。彼女は、賢一が持ち込んできたゴミ袋の口を開け、中をゴソゴソ掻《か》き回している。

「こういう人、楽しいよ。やろうよ」

「なにをやろうっての？　悠美ちゃん」

賢一が訊くと、悠美はゴミ袋の中から、細長い紙を摑み出しながら、ふんふん、とうなずいた。

「桂山博史クンみたいな霊能大っ嫌いって人が、あや子先生の霊視を受けて、反論できないみたいなことになっちゃうって、そういうの楽しくない？」

「そりゃ、そうなれば痛快かもしれないけど、どんなこと言っても、奴《やっこ》さんは反論してくるぜ、たぶん。どんな霊視だって、ヤツはインチキだって譲らないよ。そういう人種なんだから」

「そうかなあ。ほら——」と、悠美は手に持ったゴミ屑《くず》を持ち上げてみせた。「シュレッダーなんて使ってる」

「………」

賢一は、悠美の手からその紙屑を受け取って眺めた。なるほど、それはシュレッダーにかけて細長く裁断された書類だった。

「会社の機密書類ならわかるけど、自分の部屋から出すゴミをシュレッダーにかけるって、そうとう徹底してるじゃん。プライベートな部分は、ゴミにも明かしたくないわけね。他人に知られたくないようなこと、けっこう持ってんじゃない？　この博史クン」

「なるほど……」

賢一は、悠美の脇からゴミ袋に手を突っ込んだ。ゴミは、そのほとんどが裁断された紙だった。様々な厚さの紙が混ざっている。どうやら書類だけではなさそうだった。レシートのように薄いものもあれば、写真の印画紙に似た厚手のものもある。

「よし」と、鳴滝が声を上げた。「草壁、徹底的に調べてみてくれ。収録まで三日しかないが、その間にできるかぎり桂山のデータを集める。防御の手段を探すより、攻撃の手段を見つけるほうが先決だ」

部屋の向こうで、また能城あや子がクスクスと笑った。

「元気のいいこと」

賢一は、また悠美と顔を見合わせた。

〈コーポ元町《もとまち》〉というのがアパートの名前だった。国分寺街道から少し入った住宅地の一角で、賢一は車のシートに座ったままアパート二階の窓を見上げていた。

つい先ほど、桂山博史がアパートから姿を現わし、国道のほうへ歩いていった。国分寺駅までは徒歩で十分程度。そろそろ電車に乗っているころだろう。ということは、これから夕方までは、桂山の部屋は空《から》っぽだということになる。

しかし、賢一はそれからさらに三十分、ワゴンRの助手席から動かなかった。桂山が部屋に忘れ物を取りに戻ってくる可能性だってあるし、情報に欠落があって、誰かと同《どう》棲《せい》しているということだってないとは言えない。用心に越したことはないのだ。

助手席に座っているのも、怪しまれないための定石《じょうせき》の一つだった。運転席に座っている人間は、それが長時間になると人目を惹《ひ》く。助手席なら、誰かが戻ってくるのを待っているんだなと、勝手に解釈してくれるし、長時間の駐車でも、あまり見咎《みとが》められずにすむことが多いのだ。

腕の時計を眺める。車の前後、アパートの周辺に人影がないことを確認して、賢一はようやく車から降りた。グレーの作業着に作業帽。手には小さな段ボール箱と紙ばさみを持っている。手術用手袋をしているのが、ほんのちょっとだけ怪しい。

帽子を目深《まぶか》に被《かぶ》り、早足でアパートへ入った。そのまま階段で二階へ上がる。二〇三号室が目的の部屋だ。廊下に人影はない。念のために、インタホンのボタンを押してみる。部屋に人の気配がないことを確認してから、ポケットから解錠具《ピックツール》を取り出し、シリンダー錠の鍵穴に差し込む。ものの五秒で、カチリ、とロックが外れた。ドアを開け、するりと部屋に忍び込んだ。

靴にシューズカバーを装着し、ポケットからデジカメを取り出しながら、ゆっくりと部屋へ上がった。

驚くほど整頓《せいとん》された部屋だった。男の一人暮らしが連想させる雑然と散らかった部屋のイメージはどこにもない。独身者用のワンルームだ。デスクは二つ置かれていて、一方はペン皿と束ねたメモ用紙が置かれているだけ。もう一方のデスクには、やや図体の大きいノートパソコンとプリンタ、スキャナが並べられていた。パソコンやプリンタは、まるで買ったばかりのようにホコリ一つ載っていない。

デスクの反対側にはベッドが置かれているが、まるでホテルのようにきちんとベッドメイキングがなされている。ほんとにここで寝てるのか？　と疑いたくなるほど、枕カバーには皺《しわ》もなかった。デスク脇には小型のシュレッダーとゴミ箱が並んでいる。シュレッダーの中も、ゴミ箱の中も、磨き上げたように空っぽだった。

病気か、こいつ……？

つい、そう思ってしまう。こりゃあ、彼女はできないぜ。溜め息を吐《つ》いて、まずはデジカメを構えた。

部屋の中のものを動かさないように注意しながら、すべての角度から撮影していく。窓の近くへ寄るのは、必要最小限に抑《おさ》えなければならない。どこで誰に見られるかわからないのだ。壁の引き戸を開けると、クローゼットの中も定規で測ったように整頓されていた。そこもデジカメに収める。玄関、バス、トイレも撮影し、さて、とあらためて部屋を見渡した。

デスクへ歩き、抽斗《ひきだし》をゆっくりと開ける。抽斗の中も撮影する。これは、物を動かした形跡をなくすためでもある。中のものを取り出す場合には、元あった場所にきちんと戻しておく必要がある。この桂山のような人間の部屋であれば、なおさらのことだ。

デスクには、袖《そで》にも抽斗が三段ついていた。一つずつ開け、写真に撮る。予想はしていたが、すべての抽斗には、仕切りのついたトレイや小物入れが並び、文具やカードなどが病的なほど整理されて収められていた。

一番下の抽斗を開けたとき、賢一は、ふん、と一つうなずいた。

中はファイルキャビネットになっていた。ハンギングタイプのフォルダーが、きちんと見出しを付けて並んでいる。デジカメのシャッターを押した後、賢一は一つずつフォルダーを覗《のぞ》いてみることにした。新聞や雑誌のスクラップ、仕事上の資料なのかパンフレットやリーフレットの類、プリンタで打ち出された書類の数々……それらがテーマ別に見事に分類されている。五つ目のフォルダーを取り出したとき、賢一は首を傾《かし》げた。

それは、写真だった。普通の記念写真。手札サイズのものから、大きく引き伸ばされたものまで、二十枚近くの写真が収まっている。ふと、デスクの脇に目をやった。

シュレッダー――。

事務所へ持ち帰ったゴミ袋の中には、シュレッダーで裁断された紙が大量に入っていた。その中に、写真の印画紙のようなものもあった。

もう一度、手の写真を眺める。

普通の、よくある記念写真だ。どこかの渓谷を背に、桂山がこちらを向いて立っている。チーズ、をするでもなく、むしろどこかつまらなさそうな表情にも見える。

「…………」

奇妙に思えたのは、フォルダーに入っているすべてが同じ写真だったということだ。渓谷を背にした桂山の写真が、様々なサイズにプリントされている。全部同じカットだった。あるものは明るく、あるものは暗めに焼かれている。

これはいったいなんだろう？

案外ナルシストなのか、とも思ったが、それにしてもどこかおかしかった。第一、他のフォルダーに収められているものと、種類が違いすぎる。

わからないまま、大きく引き伸ばされた写真の一つを床に置き、デジカメで接写した。写真を戻そうとして、思わず、声を上げそうになった。慌てて写真を持ち直し、凝視した。

巨大な岩の上に桂山が立っている写真だ。

その彼の足下の岩肌が、女性の顔のように見える……。

いや、紛れもなく、女性の顔だ。岩肌の陰影が、愁《うれ》いを帯びた女性の顔を作り出している。そして、さらに驚いたのは、その女性のものと思われる手が、桂山の足首のあたりを摑んでいるように見えたことだった。

心霊写真――？

だとすると、これが桂山博史の周辺で起こっている奇妙なことなのか？

いや、と賢一は首を振った。桂山の目的は、能城あや子のインチキを暴くことだ。ウイークリーFACTS《ファクツ》の稲野辺と組み、インチキ霊能者の尻尾を摑んでやろうとしているのだ。

ということは……と、賢一は向こうのデスクに目をやった。写真を持ったまま、パソコンが置かれているデスクの前に立つ。内ポケットから携帯を取り出した。マイク付きのイヤホンを耳に差し込み、ボタンを押す。呼び出し音一回で、悠美が出た。

──子供電話相談室です。

「ばかやろ。桂山の部屋」

小声で言う。

──了解。なにかあったの？

「パソコンを開けて中身を調べようと思うんだが、注意事項を教えてくれ」

──デスクトップ？

「ノート」

──電源コードは？

パソコンの後ろを覗き込んだ。

「挿《さ》さったままだ」

──ノートのカバーは閉じてる？

「ああ」

──パイロットランプか、液晶の表示が点《つ》いてる？

「緑色のランプが点いてるね」

──てことは、レジューム状態か。ルーターか、モデムか、接続されてる？

「カードが入ってる。たぶん無線LAN《ラン》だと思う」言いながらデスクの下を覗いた。

「ルーターがあるよ。こっちのパイロットランプも点いてる」

——わかった。何を調べるつもり？

「デスクの抽斗に心霊写真が入ってた」

——心霊写真？

「たぶん、桂山のダンナの自作だと思うんだ。その確証がほしい」

——なるほど。じゃあ、とにかくノートのカバーを開けてみて。

悠美に言われるままカバーを開けると、液晶のディスプレイに、デスクトップが呼び出された。

「開けた。ウィンドウズだ」

——XP？

「だと思う。ちょいまち」言いながら、マウスでマイコンピュータのアイコンをポイントし、システム・プロパティを呼び出した。「XPプロフェッショナル、SP2」

——おっけー。グラフィックソフトを探して。

スタートボタンから、プログラムリストを表示させる。

「フォトショップがある」

——起動して。立ち上がったら、ファイルメニューから〈最近使用したファイルを開く〉ってのを選んで。

「なるほど。ファイルが十個あるが……」

——とりあえず、一番最近のヤツを開いてみましょ。一番上のファイルね。

言われた通り操作すると、画面に先ほど見たばかりの、渓谷を背にして立っている桂山の記念写真が表示された。

「ビンゴ！」

——当たりだった？

「やっぱりそうだ。自作の心霊写真だよ。見事な腕前だね」

——草壁君、フラッシュメモリー持ってるよね。

「あるよ。コピーする？」

——もらっといたほうがいい。

「オーケー。ちょっと待っててくれ」

胸ポケットから、フラッシュメモリーを取り出した。長さ七センチ、幅二センチ弱の小さなUSBメモリーだ。重さは十グラム程度しかないが、1G《ギガ》バイトの情報を記録できる。CD-ROM二枚弱、フロッピイディスクなら七百枚以上の容量を持っている。

ノートパソコンの脇にUSBポートを見つけ、フラッシュメモリーを挿し込む。そこへ、心霊写真のファイルをコピーした。

「完了」

——訊きたいんだけど、どんな心霊写真？

「クルマに戻ったら、そっちへ送るよ。それで見てみりゃいい」

――そうじゃなくて、せっかくだからもうちょっといただくものがあるかもしれない。

「……記念写真。桂山の足下は岩場なんだけど、その岩肌に女の顔が浮かび上がって見える。さらに、桂山の足首を、その女の手が摑んでる。そういう写真」

――すげえ。だとすると、女の顔と手の元画像がある筈《はず》よ。さっきの〈最近使用したファイルを開く〉で、二つ三つ開いてみて。

「わかった」

悠美の予想が的中した。二つ目に開いた画像は、古びた女性の写真で、その顔は、まさしく岩肌に浮かび上がっていたものと同一だった。そして、三つ目のファイルは、罐ビールを摑んでいる手のアップ写真だったのだ。

悠美に言われるまま、賢一はその二つの画像ファイルもフラッシュメモリーにコピーした。

――古い写真かぁ。その出典がほしいなあ。うまくいくかどうかわからないけど、ブラウザの履歴をコピーしてきてくれない？　あ、そうだ。ついでだから、アウトルックのデータもいただいちゃおうよ。

「……いっそのこと、パソコンごと持って帰れって言ったらどうなんだ？」

言うと、悠美は電話の向こうでケタケタ笑い出した。

ヘトヘトになって賢一が事務所に戻ると、鳴滝と悠美がプリントアウトされた例の心霊写真を眺めていた。霊導師先生の姿は見えなかった。

「なかなかよくできたトリック写真だな。この出来映えなら、たいていの人はごまかされるね」

鳴滝は眼を細めるようにして、写真を眺めている。

「つまり」悠美が言いながら、賢一にウーロン茶を運んできた。「博史クンは、この写真を先生に霊視させて、昔この川で溺《おぼ》れた女性の霊が憑いてる、とでも言ったが最後、あんたの霊視はインチキだって叫《わめ》きはじめるつもりなのね」

賢一は、ウーロン茶をゴクゴクと飲みながら、悠美に親指を立てて見せた。

「ブラウザの履歴から調べたら、その女の人の写真、昭和の初めのころに活躍してたなんとかって写真家が撮ったものだってわかった。写ってる女性がどういう人なんだかは、よくわかんないけどね。博史クンは、インターネットで使える写真を探したってわけ。罐ビールを摑んでる手の写真も、やっぱりインターネットから持ってきてる」

でもさあ、と賢一はウーロン茶を飲み干しながら悠美を見返した。

「先生が、これは心霊写真じゃない、あなたが自分で作ったものだって言うのはいいけどさ、それだけだとちょっと弱いね。まあ、ぎゃふんと言わせることにはなるだろうけど」

ポンポン、と悠美が賢一の肩を叩いた。

「大丈夫。草壁君のお蔭で、ネタが出てきたから」

「ネタ？」

見返すと、悠美はニッコリ微笑《ほほえ》んだ。

「送ってもらったデータに、博史クンのスケジュールが入っていたんだ」

「スケジュール……」

悠美がうなずいた。

「ほら、アウトルックのデータ」

「ああ、あれか」

「そのスケジュールを調べてみたところ、興味のあるものがみつかった」と、鳴滝が、持っていた心霊写真をデスクに置き、椅子を賢一のほうへ向けた。「桂山は、何年も前からのスケジュールを消さずに、ずっと残していた。見ていくと、用件の記入されていないスケジュールが毎年同じ日に立てられている」

「用件が記入されてないって、どういうこと？」

「日付だけあって、用件の欄には二重丸のマークが打たれているだけなんだ。毎年、一月二十七日。今年も、去年も、一昨年《おととし》も、ずっとね」

「それ、なに？　誕生日か何か？」

「桂山の誕生日は六月十五日だ。何かあるのかもしれないと思って、藍沢君に調べてもらった」

へへへ、と悠美が笑いながらデスクに置いてあったノートを取り上げた。

「一月二十七日をどんどん遡《さかのぼ》って調べてみたの。その日に何があったのかって。そしたら、ちゃんと新聞に載ってたのよ。十年前の一月二十七日、桂山博史クンの妹さんが亡くなってたんだ」

「妹？」

「桂山亜紀《あき》さん。亡くなった当時十七歳で高校二年生。ちなみに、その時、博史クンは十九歳の大学生だった」

「亡くなったって、病気かなにか？」

悠美は首を振った。

「自殺」

「…………」

「アパートの屋上から飛び降りたんだって」

「アパートの……」

見てきたばかりの〈コーポ元町〉を思い浮かべた。それを察したのか、悠美が首を振った。

「そのころ桂山兄妹は、お父さん、お母さんと一緒に、板橋区《いたばし》にある蓮沼《はすぬま》団地ってとこに住んでたのよ。その団地は高層アパートで、亜紀ちゃんは二十階建てのアパートの屋上から飛び降りちゃったんだって。もともと自殺が多かった団地みたいで、そこから手繰《た ぐ》って調べてみたら〈急増する若年層の自殺〉っていう特集記事が、当時の週刊誌に載ってた。記事を探して読んでみたら、亜紀ちゃんの自殺にも触れてあったってわけ」

悠美は、言いながらノートの間からコピーした記事を抜き取って差し出した。賢一は、黙ったままそのコピーに目を落とした。

「図書館に飛んでいって、探すのえらい大変だったんだから」

「じゃ、今度は交代しようぜ。オレが図書館に行ってやるから、悠美ちゃんは空き巣の真似《まね》して人の家に忍び込んでくれ」

「まあまあ」と、悠美は宥《なだ》めるように賢一の腕を叩いた。「亜紀ちゃんの自殺の動機は、妊娠だったみたい」

「妊娠」

「そう。遺体を調べたら、わかったんだって。遺書なんかはなかったみたいだけど、亜紀ちゃん、ちょっといろいろあったみたいね。学校はしょっちゅう休んでたし、補導歴も何回かあって。それで、その一月二十六日、妊娠したことがお兄ちゃん――博史クンにバレちゃったんだか、口喧嘩《くちげんか》みたいなことになって、亜紀ちゃんは午後七時頃にアパートを飛び出しちゃったんだって。ずっと帰って来なかったんだけど、明け方、そのアパートの屋上から飛び降りた。アパートの屋上には、亜紀ちゃんの上着と靴と、タバコの吸い殻がいっぱい残されてたんだって」

賢一は、記事のコピーから目を上げた。

「ようするに、一月二十七日は、桂山にとって妹の命日だったってことなんだ」賢一は、そう言って、あ、と顔を上げた。「桂山が今のアパートに移ったのって――十年前だ」

ほう、と鳴滝が賢一に目を返した。

「一応、不動産屋にあたって調べてみたんだけどね」

「不動産屋？」鳴滝が顔をしかめて訊き返した。「桂山博史を調査している人間がいたという痕跡を残すとまずいぞ」

「バカにしちゃいけませんよ。コーポ元町の二〇三号室に宅配便を届けに来たんだけど、山本って人じゃなくて、別の人が住んでるみたいだった。山本さんがどこに引っ越したかわかりませんか、って訊きに行ったんですよ」

「なるほど」

「そしたら、一応調べてくれたけど、妙な顔して、今の桂山さんは十年前からあの部屋に住んでるって、その前も山本なんて人じゃないですよってね。オレは、おかしいなあ、って頭掻きながら、すごすご引き揚げたってわけ」

パチパチと、悠美が手を叩いた。

「妹の命日を毎年スケジュールに書き入れているってことは」鳴滝が賢一の手から記事のコピーを取り上げた。「彼にとっては、妹の死がずっと心の重みになってるってことだろう。口喧嘩して飛び出した妹が自殺してしまったんだからな。それで辛《つら》さにたえられずに、アパートを出て一人暮らしをはじめた、と」

「これを先生に取り上げてもらえばいいってことだね」

言うと、鳴滝は小さく首を振った。

「なんで？」

「弱いな。もうちょっと何かほしい。たしかに、桂山にとっては妹の死を持ち出されればショックだろうが、だからその妹の霊が憑いてるなんて言われても、納得するようなヤツじゃないだろう。草壁、その、蓮沼団地まで行ってみようって思わないか？」

「思わねえよ」

●二●

〈コーポ元町〉と比べて、蓮沼団地の一室に忍び込むのは、いささか厄介だった。一つは、その部屋には、現在も桂山博史の両親が住んでいるということであり、もう一つは、そこが高層アパートだということだった。

たとえそれがエンパイア・ステート・ビルみたいなとてつもない高さだったとしても、悪さをしようという人間にとってエレベーターを使うのは危険だった。誰かと乗り合わせてしまうという危険もそうだが、エレベーターというのは、そこから降りるとき、ドアの向こうに誰が立っているのか予測できないのだ。

老朽化が進んでいるアパートの薄暗い西階段を八階まで上り、賢一は前に続く通路を眺めながら息を整えた。一番上の二十階でなかったことに、感謝した。

午前中のうちに、桂山の両親のことは一応調べておいた。父親の久義《ひさよし》は今年で還暦を迎えるが、現在も小さな印刷所で働き続けている。勤め先は中板橋《なかいたばし》にあり、彼は三キロほどの道を徒歩で通っているようだった。母親の千代子《ちよこ》は、日本舞踊の先生をしている。週に三回、赤羽《あかばね》にある稽古場《けいこば》へ通っているらしい。運のいいことに、この日は、ちょうどその稽古の日にあたっていた。三十分ほど前、着物姿の桂山千代子がアパートの中央玄関を出て行った。

その部屋は、通路の手前から四番目だった。各階の北側に外通路が延びている。エレベーターは建物のちょうど中央部分に備えられているが、階段は建物の両端——西と東に造られている。各階には部屋が二十戸あり、通路に立てば、西から東までとても見通しがいい。見通しがいいということは、賢一にとっては具合が悪いということだった。二十もドアがあれば、いつどのドアが開いたっておかしくないのだ。

階段の踊り場から通路に出ると、通り過ぎたばかりの部屋のドアが開き、小さな子供を連れた母親が通路に姿を現わした。賢一は、手にした紙ばさみに目を落とし、横のドアの住居表示と見比べるようにして、その母子《おやこ》をやり過ごした。母子がエレベーターに乗り込んだのを確認してから、目的の八一六号室の前へ進んだ。すでに手の中には道具を準備している。念のために、インタホンのボタンを押してみる。三十秒待ったが返事はなかった。最後の五秒でシリンダー錠のロックを解除し、部屋へ侵入した。ドアスコープを覗き、外通路に人がいないことを確認する。錠を下ろし、靴にシューズカバーを装着した。

デジカメを手に、玄関を上がる。細い廊下が奥へ延びていて、突き当たりにドアが閉まっている。玄関を上がってすぐ左にアコーデオンカーテンの仕切りがあり、バスルームになっていた。廊下の右側には二つドアがある。手前のドアを開けると八畳ほどの和室で、どうやら夫婦の寝室として使われているらしい。デジカメのシャッターを切りながら、息子の部屋よりもよほど人間味があるとうなずいた。掃除も行き届き、清潔ではあるが、つまり、行き過ぎていないということだ。

隣のドアは開け放されていて、リビングダイニングだった。ここが、千代子夫人の縄張りなのだろう。窓の外はベランダで、洗濯物が干されていた。緊急の場合は、この洗濯機の裏に隠れるしかないな、とさほど広くないベランダを眺め回しながら賢一は思った。一応の撮影を済ませると、廊下突き当たりの最後のドアが残った。

「…………」

ドアを開ける前の予想が外れた。てっきり、父親の書斎か何かだろうと思っていたのだ。しかし、実際は物置のようだった。床は、いたるところ段ボール箱が積み上げられ、古い家具がその間を埋めている。少しずつ奥へ進みながらデジカメのシャッターを切る。

ふと、壁に貼られたポスターに目がいった。

ロックバンドのステージを大きく引き伸ばしたもので〈THE 虎舞竜〉と赤い文字が入っている。THE TRA－BRYUと下に書かれているところを見ると「トラブリュウ」と読むのだろうか。賢一は、このバンドのことを知らなかった。音楽方面は、なにもわからない。今どんな曲が流行《はや》っているのかも知らないし、ましてロックなんてどれを聴いても同じに聞こえる。壁のポスターはだいぶ古く、ところどころが破れ、ホコリが溜まっていた。

桂山亜紀が貼ったものなのではないか……。

還暦を迎える父や、日本舞踊を教えている母の趣味だとは考えられないし、博史がこのバンドのファンだったと想像するのも難しい。亜紀は、当時高校二年生。たぶん、間違いないだろう。

ということは、ここは亜紀の部屋だったのだ。いや……と、賢一は天井を見上げた。

思った通り、部屋の天井の真ん中に、カーテンレールが渡されていた。それをデジカメに収める。兄と妹は、この部屋を真ん中で仕切って使っていたのだ——十年前まで。

亜紀が自殺し、博史がこのアパートを出て行ってから、この部屋は使われないまま、物置になってしまったということだろう。壁のポスターが剝《は》がされないで残っているのが、どこか物悲しく思えた。

だとすると、この部屋を重点的に調べるべきだ。賢一は腕の時計を見た。あまり長居はできない。後で持ち込まれたと思われる段ボール箱や家具の類は、この際無視する。重要なのは、十年前からずっとここに置かれたままになっているものなのだ。

物を不用意に動かさないよう注意しながら、賢一は、ゆっくりと部屋の中を観察していった。

押し入れを開ける。博史や亜紀の物が残っているとするなら、むしろ押し入れの中だ。

積まれている布団や段ボール箱。すべてがホコリを被っている。箱の類を一つ一つ開けてみる。教科書、アルバム、文具、人形、大量に集められたシールや、ＣＤ。そのＣＤの箱の中には、やはり虎舞竜のものがかなり含まれていた。

ふと気がつき、賢一は、押し入れの上の天袋を開けた。その中にも箱が積み重ねられている。脇にあった木製の丸椅子を引き寄せ、そこに上がって天袋の中を覗いた。

雛人形《ひなにんぎょう》の箱を動かそうとして手をかけたとき、天板の一部の色が変色していることに気づいた。天板がずれているようにも見える。

天板の上は、天井裏だ。この板は、動かされたことがある……。

試みに、天板を持ち上げ、横にずらせてみた。何かが板に当たり、コトリと引っかかる音がした。

まてよ……。

開いた天板の隙間《すきま》から手を伸ばし、上を探ってみる。なにか硬いものが手に触れた。注意しながら触れたものを摑み、ゆっくりと取り出した。

「…………」

本だった。ホコリまみれになった革表紙の本——いや、その表紙には〈ＤＩＡＲＹ〉という薄れた文字が読める。

丸椅子から床に降り、そっと開いてみる。

「わお……！」

思わず、声が出た。

それは、丸っこい文字で書かれた日記帳だったのだ。

〈Rがプレゼントをくれた♡　キティちゃんの万年筆っていうのが笑っちゃったけど、もち、本人の前では笑わなかったぞ。それ使って、これ書いてるのだ。今日のRは、やっぱりジョージに似てた〉

間違いはなかった。

これは、桂山亜紀の日記帳なのだ。

二

草壁賢一と藍沢悠美のいるこの事務所は、一応〈有限会社ＯＭＯ〉という名前がついている。賢一は、いまだに「ＯＭＯ」がなんの略なのか知らなかった。知りたいとも思わない。悠美のほうは、もしかしたら知っているのかもしれなかった。なにかの勘違いで問い合わせがあったような場合は、編集プロダクションだと答えることになっている。

同じフロアの隣には〈株式会社 能城コンサルティング〉というのがある。いわゆる、これが能城あや子の事務所ということになるわけで、鳴滝昇治は、そちらの人間だ。もっとも、「能城コンサルティング」も「ＯＭＯ」も、社長は鳴滝なのだが。

隣同士の部屋だが、なんてことはない、間を隔てている壁にはファイルボックスの陰に潜り穴が開いていて、鳴滝は自由にそこから出入りしている。つまり、稲野辺俊朗のような人間に、霊導師能城あや子の後ろに調査スタッフがいることを隠しておくための、単純なトリックなのだ。単純ではあるが、今のところ完璧に機能している。

この二時間あまり、鳴滝と悠美は、賢一が持ち帰った日記のコピーを読み続けていた。よほど面白いものらしいが、賢一には女子高校生のペナペナした日記など、読む気にもなれなかった。第一、それは賢一の仕事ではない。奥のソファに腰を下ろし、カップラーメンを啜っている。

遅い夕食を摂《と》りながら見ていると、鳴滝と悠美では日記の読み方がかなり違っていた。鳴滝は、タバコをくわえながら、一ページ一ページじっくりと読んでいる。悠美のほうは、読んでいたかと思うと、パソコンに取り付いてネットにアクセスをしてみたり、プリンタに何か打ち出したりと、かなり忙《せわ》しない。なんとなく、その二人の対照が面白く、賢一はずっと二人の間で視線を往復させていた。

「草壁君、大ヒットね」

コピーの束をフォルダーに挾み込みながら、悠美が声を上げた。うむ、と鳴滝はコピーに目を落としたままうなずく。

「ものになりそうかな？」

賢一が訊くと、悠美は大きくうなずいてみせた。

「なりそうなんてもんじゃないわよ。ね、鳴滝さん」

「ああ」と、鳴滝がようやく顔を上げた。「思ったより、こいつは収穫だった」

「だけど、この亜紀ちゃんの日記を読んで、逆にわかんなくなっちゃった」

「わかんない、とは？」

「動機よ。亜紀ちゃんが自殺した動機。どうして自殺なんてしちゃったんだろ」

賢一は悠美を見返した。

「動機って、妊娠しちゃったからなんじゃないのか？」

悠美が首を振る。

「亜紀ちゃん、産むつもりになってたみたい」

「産むつもり……って、高校二年だろ、彼女」

「うん。考え方はもちろん甘いんだけど、堕ろすのは殺人だって書いてる。絶対にそんなことできないし、お腹にいる赤ちゃんは自分が守ってあげなきゃって考えてたみたい」

「へえ」

「だから、少なくとも、妊娠したことが自殺の原因じゃないわけよね」

「補導歴のある女の子にしちゃ、ちょっと意外でもあるね」

「けっこう真面目ね、亜紀ちゃんて。深夜に盛り場で補導されたとか、万引きとか、ブルセラショップで下着売ってたとか、そういうことはあったみたいだけど、ほんとの亜紀ちゃんは、とっても真面目な高校生だったのよ」

「だから、そういう本音を書いた日記は、誰にもみつからないように隠してあったんだな」

うん、と鳴滝が椅子の上で身体《からだ》を起こした。

「そこが大きなポイントになる」

「どこが？」

訊き返すと、鳴滝はデスクの上からマールボロの箱を取り上げた。一本引き抜いて口にくわえる。火をつけて、大きく煙を吹き出しながら賢一に目を返した。

「日記によれば、もともとあの天袋の上を隠し場所にしていたのは、亜紀ではなくて博史のほうだったようだ」

「……どういうこと？」

「兄貴は妹に弱みを摑まれたんだな。亜紀はある日、博史が天袋の中をゴソゴソやっているところを偶然見てしまったらしい。それで一人になってから、何をしていたのか探ってみたら、天袋の上から数冊のエロ本を発見した」

「ははあ、なるほど」

悠美が笑いながら、メモを取り上げた。

「今は廃刊になってるみたいだけど〈ローズ〉っていうエッチな週刊誌」

「当然のことながら」と鳴滝は続ける。「亜紀は兄貴に強請《ゆすり》をかけた。ばらしちゃうよ、とかってね」

「ええと、十年前には桂山は大学生……まあ、親にもよるだろうけど、あんまりばらされたくはなかろうね」

「そして、博史はそれ以後、そこを隠し場所にするのをやめた」

「ああ、そうか」賢一はうなずいた。「だから、亜紀にとっては、逆に絶対に安全な隠し場所になったってわけだ。兄貴としては体裁もよくないし、もう天袋の天板を上げるようなことはやらないだろうからね」

「そういうこと。これは、かなりポイントが高いよ。でさ、だから草壁、もう一度、蓮沼団地へ行ってきてくれよ」

「……なんだ、なんだ？」

賢一は眼を見開いた。鳴滝が、わざとらしく肩を竦めてみせる。

「桂山亜紀の日記帳、元の場所に戻してきてほしい」

「…………」

「もちろん、触ったことがわからないように、十年分のホコリも被せてね」

賢一は、頭をガリガリと掻いた。

「冗談だろ？」

「こんなことで冗談なんか言えないよ」

悠美が椅子の上で激しく笑い出した。

それから半月ほど経《た》った夜、能城あや子とそのサポートスタッフは、揃って事務所のテレビを前に座っていた。

ゴシップ誌どころではなく、新聞や一般誌が争うように取り上げることとなった番組を見返すためだった。もっとも、盲目の能城あや子には、画面が見えるわけはなかったが。

「霊導師　能城あや子」は、八時枠のバラエティ番組の一コーナーである。コーナーに与えられた時間は、もともと十五分程度のものだったのだが、この回は、緊急特番、として一時間の番組枠を能城あや子が独占することになったのだ。

まず、番組は、この日の相談者である桂山博史の紹介から始まった。相談者が霊能者を告発するようなホームページを持っていたことが、演出上、かえって番組を盛り上げることになったからだ。桂山と稲野辺の意図は、完全に裏目に出た形となった。

桂山のプロフィールが紹介された後、場面はスタジオに移る。司会進行役のお笑い芸人が、いつものようにギャグを飛ばしながら能城あや子と桂山博史を引き合わせた。

桂山が用意していたのは、例の心霊写真だった。写真がモニターに拡大されて示された途端、スタジオ内で悲鳴が上がった。

「これ……こんなの、僕、見たことないですよ」

タレントが驚きの声を上げて言った。アシスタントの女性アナウンサーも、その横で口に手を当てて眼を見開いている。

「怖いよ、これはマジで怖いです。すごいですね。足、摑まれてるじゃないですか」

スタジオ中が驚き、震えている中で、二人だけが落ち着いていた。一人は桂山で、もう一人は能城あや子だった。

右手に招霊木《オガタマノキ》の枝を持ち、真っ黒なサングラスをかけた顔をゆっくりと左右に振っている。

司会者が、能城あや子のところへ心霊写真を持って行く。

「能城先生は、眼がお悪い……と言いますか、まったく見えない方なんですが、ええと、写真を見ていただくことって、できるんでしょうか？」

「写真は見えませんよ」と能城あや子が答えた。「でも、写真にこめられたものがあるなら、それを感じることはできます。そこに霊が写っているなら、霊視はできるだろうと思いますよ」

言いながら、能城あや子は司会者のほうへ左の手を差し出した。そこへ、写真が載せられた。

桂山は、そんな能城あや子をじっと見つめていた。いつもの相談者のような、脅えた表情はどこにもなかった。

能城あや子は、左手で写真を持ち、右手の招霊木《オガタマノキ》の枝をゆっくりとその写真にかざした。枝を揺らせると、葉が擦《こす》りあわされて、サラサラと乾いた音を立てる。そして、能城あや子は、静かに首を傾げた。

「これは、あなたがお撮りになった写真？」

前に座った相談者に語りかける。桂山は、いいえ、と首を振った。

「友人と奥入瀬《おいらせ》に遊びに行ったときに撮ったものです。シャッターを押してくれたのは友人で、真ん中に立っているのが私です」

「変わった写真ですね」

能城あや子は、写真を左の手で握るようにしながら言った。

「この写真からわかることは、ここには三つの時間が重なり合っているということです」

「…………」

何を言われているのかわからないのだろう。桂山が問いかけるような眼で能城あや子を見返した。

「二つの時間は、比較的最近ですが、もう一つの時間はかなり前のものです」

このとき、能城あや子のサングラスのツルから延びているイヤホンには、藍沢悠美の声が届いている。イヤホンは補聴器であると同時に、悠美のアドバイスを受ける受信機でもあるのだ。

「八十年近く前なんじゃないかしら。昭和の初期ですね」

切り返したカメラは、小さく顔をしかめる桂山の表情の動きをとらえていた。

「三つの時間。ですからこの写真の撮影者も三人います。別々に撮られた写真を一つにしたもので、これは霊でもなんでもありませんね」

「…………」

予想もしていなかった言葉だったのだろう。桂山は硬直した表情のまま、能城あや子を凝視していた。

スタジオ内に、どよめきが起こっていた。司会者が戸惑いながら、能城あや子に訊《たず》ねる。

「あの……これ、心霊写真ではないんですか？」

「違います。これは、作られたものです。あなたがお作りになったの？　これ」

司会者は、目を桂山に向けた。

「桂山さん、能城先生が言われたこと、あなたには心当たりがありますか？」

「………」

桂山は返す言葉を失っているようだった。

「あのね」と、能城あや子は言葉を続けた。「あなたが、私のことを信用していない……いえ、私だけではないけれども、こういうことを忌《い》み嫌《きら》っているのはかまいません。だけど一つだけ、あなたに申し上げておかなければならないことがあります」

スタジオ中が沈黙して、能城あや子を見つめていた。桂山も、黙ったまま目の前の霊導師を凝視している。

「妹さんのことは、あなたの責任じゃありません」

「え――」

思わず、桂山の口から声が洩《も》れた。

「あなたを妹さんの霊が見守っています」

「そんな……それとこれとは」

「いいえ、聞いて。たしかに、あの日、あなたは妹さんにひどいことを言いました。妹さんは逃げるようにして、あなたから離れていった。それが生前の妹さんをあなたが見た最後になりました。その後であんなことになってしまったから、あなたは妹さんに対して、ずっと責任を感じてきたのね。長い間、悔やんで、悩んで、苦しんできた。でも、それはね、あなたのせいじゃないの。妹さんが、そのことをあなたに伝えてほしいって言われてるの」

「…………」

「見てほしいものがあるって、妹さんはおっしゃってますよ」そこで、能城あや子は再び首を傾げた。「なんのことか、私にはわからないわ。ローズってなんですか？」

「え……？」

桂山が、恐怖に似た表情で首を振った。

「妹さんは、ローズの場所を見てほしいって。そうすれば、お兄さんのせいじゃないってことがわかるからって。なんなのかしら。ローズの場所って、あなた、おわかりになる？」

「…………」

そして、番組は、桂山のインタビューを挟んで急展開をはじめた。

桂山の両親に了解を取り、カメラは十年前まで住んでいた蓮沼団地の亜紀と博史の部屋へ入り込むことになった。博史が〈ローズの場所〉を教え、天袋の上からホコリだらけの亜紀の日記帳が発見された。桂山は、終始ショックを受けているようだった。それはそうだろう。すでに、彼の頭の中は大混乱を起こしていたにちがいないのだから。

しかし、全マスコミから注目を浴びることになる番組のハイライトは、実に、その直後から始まったのだ。

桂山亜紀の霊を鎮《しず》め慰めるために、一同は、アパートの屋上へ移動した。ここから飛び降りたのだと告げられたとき、能城あや子はゆっくりと首を振った。

「ここじゃありません。妹さんは、ここには来てませんよ。もっと下からだわ。ここじゃなくて、下の階の窓からです」

大騒ぎになり、桂山亜紀の日記が調べられることになった。

その結果、十年前の当時、このアパートの十九階に住んでいた植松《うえまつ》亮治《りようじ》という男が、殺人と死体遺棄の疑いで警察に逮捕されることとなったのだ。植松亮治は、〈R〉というイニシャルで亜紀の日記に何度も登場していた。

亜紀は、日記の中で、植松は〈THE 虎舞竜〉の高橋ジョージに似ていると書いていた。

「オレ、よくわかんないことがあるんだけど」

番組を最後まで見返して、賢一は疑問を口にした。

「わかんないって、なにが？」

悠美が冷蔵庫へ歩きながら訊き返す。

「どうして、亜紀ちゃんが屋上から飛び降りたんじゃないってわかったんだ？」

「なんだよ」と鳴滝が笑い声を上げた。「わかんないで見てたの？」

「ああ。なんとなくわかったような気になってたけど、よく考えてみたらわかんなくなった」

あはは、と悠美が冷蔵庫から罐ビールを取り出しながら笑った。

「バカだよ。どうせオレはバカですよ」

「あのさあ」鳴滝は、言いながら賢一の隣へ移動してきた。「考えてみろよ。亜紀ちゃんが亡くなったのは一月二十七日なんだぜ」

「うん、知ってる」

「一月ってのは真冬なんだよ。そんな寒い時に、屋上で上着脱いだりするか？　靴脱いだりすると思う？　タバコの吸い殻がいっぱい落ちてたって言うんだから、そうとう長い時間そこにいたっていうことなんだしさ」

「あ、そうか」

「一番納得できる説明は、亜紀ちゃんはどこかの部屋に靴を脱いで上がり、暖かい部屋で上着を脱ぎ、くつろいでタバコを吸ってたってことだ。亜紀ちゃんは、植松亮治の子供を産むつもりになっていた。彼女はそれで幸せだったんだが、逆に植松にとっては恐怖だった。堕ろせ、堕ろさないの言い合いになり、喧嘩になって、あげく、植松は亜紀ちゃんをベランダから突き落とした。そして、植松は自分と亜紀ちゃんの関係を隠すために、彼女の上着と靴と吸い殻を屋上へ運んだってわけだ」

「調べてみたら」と、全員の前にビールを置きながら、悠美が続けた。「十年前にイニシャルに〈R〉のつく住人は、あのアパートには植松亮治しかいなかったの。亜紀ちゃんが落下した場所は、植松の住んでいた部屋の真下だったのよ。だから先生は、屋上じゃない、って断言したってことね」

「なるほど」

「亜紀ちゃんがファンだった虎舞竜のヒット曲に『ロード』っていうのがあるの。すごく素敵なバラードなんだけど、知ってる？」

首を振ると、悠美はデスクから紙を取り上げ、賢一に差し出した。

「三コーラス目の歌詞、亜紀ちゃん、自分と植松亮治を重ね合わせてたんじゃないかって、そんな感じがしたんだ」

三コーラス目には、こうあった。

子供が出来たと君は　戸惑いながら話し
うつむき口を閉じて　深いため息を吐く
春が来るのを待って　二人で暮らそうかと
微笑む俺に泣きつき　いつまでも抱き合ってた

しばらく、誰もが黙っていた。能城あや子のビールを飲む音が、やけに大きく事務所に響いた。悠美がクスッと笑った。

「なんとなくさあ、結局、亜紀ちゃんの霊が植松亮治に仕返しをしたんじゃないかって思えちゃったりするんだ。もちろん、あたしたちが亜紀ちゃんの仇《かたき》を取ってあげたことになるわけだけど、そうさせたのは、亜紀ちゃんの霊だったんじゃないかって」

ふん、とそれまで黙っていた能城あや子が鼻を鳴らした。

「バカ言うんじゃないよ。霊なんて、いるわけないだろ。バカバカしい」

一瞬の沈黙の後、全員が笑い出した。

金縛

かなしばり

●二三

控え室用のモニターが不規則に揺らいでいるのを見て、藍沢悠美はディスプレイをピンピンと指で弾いた。

「また、変になってる」

言いながら、チラリと脇へ目をやる。

草壁賢一はバンの後部ドアを背もたれにして床にペタリと座り、キャップを目深《まぶか》に被《かぶ》ったまま寝たふりをしていた。

「ずっとこんな調子。チェックしたけど、べつにモニターが不調なわけでもないから、電波の調子？　アンテナをチェックしてみたらどうかと思わない？　草壁君」

賢一は、モニャモニャと口を動かしながら、胸の前で組んだ腕を小さく揺すっている。

悠美はヘッドセットのイヤホンを耳に当て直した。

「音声のほうも雑音が入るの。控え室だけじゃなくて、肝心のスタジオのほうもなんだ」

言って、悠美はマイクのスイッチをオンにした。

「先生。テストです。音の具合、いかがですか？」

モニターの中で、折り畳み椅子《いす》に腰掛けた能城あや子が髪に手をやった。一応、こちらの音は伝わっているらしい。

マイクのスイッチから指を離し、もう一度、賢一のほうへ目をやる。

「草壁君」

もっそりと、賢一が顔を上げた。

「……あん？」

「聞こえてたでしょ？　寝たふりなんてしないでよ。これから本番なんだから」

「徹夜だったんだぜ。悠美ちゃんが鼻チョウチン膨《ふく》らましてグースカ寝てる間も、オレは仕事させられてたわけ」

「そんなもん膨らましてません。眠れる森の美女みたいな美しい寝姿に、鼻チョウチンは似合わないし」

「頼むから、そのまま百年ぐらい寝ててくれ。どうせ、キスで起こしてくれる王子様もいやしねえんだからさ」

「キスで起こされるのはイヤだな。寝起きの口って臭いし。あれって、ちょっと現実味薄いよね。でさ、アンテナ、見に行ってくんないの？」

「もう本番で人がいっぱいいるのに、潜り込んだりできないでしょ。問題がアンテナじゃなかったら、カメラからケーブルから全部チェックすることになっちゃうんだしさ。今日《きょう》は無理だよ。明日《あした》か明後日《あさって》——次の収録までにやればいいじゃないか」

「忘れずにやっといてね」

それには応えず、賢一はキャップをグイと被り直し、また腕組みをして寝たふりを始めた。

テレビ局屋外駐車場の一番端というのが、番組収録時の定位置だった。局内の何ヵ所かに隠しカメラと隠しマイクが取り付けてあり、天井裏と壁の中を伝うケーブルが、駐車場に面した三階の窓下に設置された小型アンテナに接続されている。その電波を駐車中のバンの中で拾っているのだ。アンテナのある窓は男子トイレのものだし、潜り込んで修理するぐらいのことが賢一にできないわけはなかったが、悠美もそれ以上の言葉は控えた。このところ、賢一がオーバーワーク気味なことは、悠美にもよくわかっていたからだ。

悠美は、含み笑いの顔を賢一からモニターへ戻した。ディスプレイの中では、能城あや子と鳴滝昇治が小声で打ち合わせをやっていた。イヤホンのボリュームを調整してみる。ブツブツと途切れがちの音声にさほどの違いはなかった。

——本人がまるで気づいてないっていうのは、間違いないの？

能城あや子が鳴滝に訊《き》き返している。

——気づいてない。健康のためだと思っているようだし、おそらく愛情表現の一つだとでも思い込んでるんじゃないか。

——だとしたら、まあ、かなりショッキングなことになるわねえ。

悠美は、また脇の賢一に目をやった。賢一が徹夜で頑張ってくれたお蔭《かげ》で、今日の収録はかなり衝撃的なものになりそうな予感があった。

仕事をしていないときの賢一は、まるでぐうたらなドラ猫のように見える。何か食べているか、マンガを読んでいるか、寝ているかだ。だが、彼の仕事ぶりは超人的だった。

詳しいことは悠美も知らないが、賢一の経歴は相当怪しいものであるらしい。興信所に勤めていたというのはなるほどとも思えるけれど、その興信所を抜け出して空き巣狙《ねら》いをやっていたというのは、本当か嘘かまるっきりわからない。鳴滝は知っているのだろうが、彼はそういう一切を語ることをしないし、悠美のほうも訊こうとは思わなかった。女子トイレや更衣室などに隠しカメラを仕掛け、ポルノプロダクションにビデオテープを売っていたという話や、電話を盗聴して他人の秘密をネタに強請《ゆすり》をやっていたなどというのは、賢一の仕事ぶりからすればリアリティがあるものの、実際に彼と話をしている限り、そんなことをやりそうな男には到底思えないのだ。

モニターの中で、控え室のドアが開いた。顔を覗《のぞ》かせた女性を見て、悠美は反射的に脇のパソコンのキーボードを叩いた。番組スタッフの一覧から彼女の最新情報を呼び出す。

——能城先生、あと十分ほどですので、スタジオの方へよろしくお願いします。

女性が能城あや子に声を掛け、鳴滝のほうへも会釈をした。悠美はマイクのスイッチをオンにした。

「桜井《さくらい》亜弓《あゆみ》AD。一昨日《おととい》、兄の孝之《たかゆき》に男の子が誕生。桜井さんにとっては初めての甥《おい》ができたってことになるようです。母子共に健康」

悠美の言葉を受けて、能城あや子が桜井ADに笑いかけた。

——とっても良いことがあったみたいねえ、桜井さん。

——え？　あ……そうですか？

桜井ADが、驚いた顔を能城あや子に返した。もちろん、盲目の能城先生にその顔は見えていない。

——叔母さんになったのね。よかったわ。おめでとう。

——えー、どうしよう。誰にも言ってないのに……。

と、桜井ADは口を両手で押さえながら照れたように笑った。

——どうも、ありがとうございますゥ。でも、どうしてそういうの、わかっちゃうんだろう。まいっちゃうなあ。

能城あや子が、声を上げて笑った。

――それが、私の特技だもの。

桜井ADも困ったように笑い、そして、

――じゃあ、よろしくお願いします。

と、もう一度会釈をして、逃げるように控え室のドアを閉めた。鳴滝だけは、笑っていなかった。

能城あや子の霊導師としての真実味を補強するために、番組スタッフのデータは常に最新のものが用意されている。敵を欺《あざむ》くためには、まず味方から、というわけだ。こういったデータも、ほとんどは賢一が探ってくる。文献や、インターネットなどで調べられるものなら悠美の担当だが、あまりに個人的なデータは賢一でなければ集めるのが難しい。

そうは見えないんだけどなあ……。

悠美は、また賢一を眺めた。スースーと聞こえる鼻息は、本当に眠ってしまっているようにも見えた。

もっとも……と、悠美は小さく首を振った。賢一の経歴をとやかく言えたものではない。悠美の経歴だって、他人から見ればかなり怪しいのだ。

チョイチョイ、と鼻の頭を掻《か》き、一人可笑《おか》しくなって口許《くちもと》が綻《ほころ》んだ。

●二

藍沢悠美の特技が開花するきっかけとなったのは、ある種の義憤からだった。

大学に入って間もないころのことだ。それは、高校時代の同級生が久しぶりに掛けてきた電話から始まった。

「変なメールがいっぱい来るの。もう、死にたい」

「変なメール？」

悠美は、今にも泣き出しそうな彼女の声に動揺しながら訊き返した。富塚真希《とみづかまき》は高校三年の時の同級だった。さほど仲がよかったわけでもなく、体育祭で立て看板を作るときに同じグループだったという程度の付き合いしか記憶にない。

「知らない男の人から、一日に十通も二十通もメールが来るの」

「どんなメールなの？」

「……いやらしいメールばっかり」

ははあ――と、悠美は息を吸い込んだ。

ちょうど、インターネットが急速な普及を始めたばかりのころだ。個人のホームページが次々に開設され、電子メールを利用する者もかなりの数になってきていた。それと同時に、それまでは馴染《なじ》みのなかった新しい犯罪や嫌がらせが、ネット上に出現し始めた。

「どうしたらいいのかわからなくて……藍沢さんが、コンピュータとか情報処理なんかの専攻だって思い出したから、迷惑だって思ったんだけど――」

「迷惑なんて気にする必要ないけど、富塚さん、どこかの掲示板にメールアドレス書き込んだりしてない？」

そういうことをした覚えはない、と真希は言った。だいたい、ネット上の掲示板では発言したことすらないと言う。

「届いたメール、とってある？」

「みんなゴミ箱に捨てた。今日届いたぶんは、まだ捨ててないけど……」

そのメールは消さずにとっておくように言い、まずは現在加入しているプロバイダをやめるようにと、悠美はアドバイスした。消極的な方法ではあるが、メールを一切受け取らない状態にしてしまうのが、彼女の場合一番だと判断したからだ。

翌日、悠美は富塚真希の家を訪ね、パソコンを見せてもらった。

「こういうメールなの」

真希は、まるでそのパソコン自体が不潔なものででもあるかのようにマウスを扱いながら、メールのリストを表示した。

消されずに残っているメールは七通あった。

悠美は一通ずつメールを開き、内容よりもまず、ヘッダをチェックすることから始めた。もしかすると、差出人の名前は違っていても、すべてが同一人物からのメールではないかとも想像していたのだ。

すべての電子メールには、メッセージの前にヘッダと呼ばれるものが付加されている。メールの属性情報が記録されている部分で、タイトルや差出人、宛先はもちろん、使用されたメールソフトの種類や、そのメールがどのような経路を辿《たど》って真希のパソコンへ到着したかといったことまで細かく記載されている。

しかし、ヘッダを見る限り、届いた七通はすべてが違う人物から送られたもののようだった。もちろん、相手がある程度の腕前を持ったコンピュータ使いであれば、メールヘッダを書き換えるようなことも不可能ではない。だが、まずは当たり前に考えてみることにした。

それぞれのメールが違う人間たちから送られたものだとすれば、当然、手掛かりはメールの本文から探すということになる。

「………」

読み始めていくらもしないうちに、悠美は吐き気を催《もよお》した。覚悟はしていたつもりだが、想像以上にえげつないメールだったのだ。すべてのメールに、真希をアブノーマルな性行為の対象とした侮蔑《ぶべつ》の言葉が、あからさまに書き連ねられていた。

「なに、これ……」

真希に目をやると、彼女はパソコンから目を背け、床に座って自分の膝《ひざ》を抱いていた。

むかつくメールを我慢して眺めているうちに、悠美は二つのことに気づいた。

一つは、すべてのメールが「富塚真希さん」あるいは「真希ちゃん」などと、彼女を本名で呼んでいることだった。

通常、インターネット上の掲示板に本名を書く人は少ない。ほとんどの人は、ハンドルネームと呼ばれる自作の愛称で発言を行なう。そういう場所で知り合った者同士がメールをやりとりするようになっても、かなり親密になってからでなければ本名は明かさないのが普通だ。それが女性であればなおさらのことである。ところが、七通のメールは、すべてが真希を本名で呼んでいた。

もう一つは《zuru-zuru《ズルズル》》という文字が四通のメールに含まれていたことだ。あるメールには〈zuru-zuru で見てメールします〉と書かれており、別のメールでは〈zuru-zuru の真希ちゃんの要望は俺が満たしてあげよう〉と書かれていた。

「ズルズルって、なんだかわかる？」

訊くと、真希は黙ったまま首を振った。

「たぶん、ウェブサイトか、掲示板の名前だと思うんだけど」

「知らない。そんなとこ、ほんとに覗いたこともない」

「そうか……」

悠美はうなずき、メールソフトを終了して、真希の横へ腰を下ろした。

「訊きたいことがあるんだけど、誰かに恨まれてるとか、そういう心当たりはない？」

「こんなにたくさんの人から恨まれるような覚えなんて、どこにもない」

真希は、消え入るような声でそう答えた。

「たくさんの人じゃない。一人でいいの。たぶんね、こういうことだと思うのよ。たとえば、富塚さんにふられたとか、何かのポジションをとられたとか、そんなことで恨みを持っている人がやったことなんじゃないかな」

「………」

「このズルズルって名前の掲示板か何かに、富塚さんの名前を使って書き込みをしたのよ。スケベな男を煽《あお》るような下品な書き込みね。だとするとさ、犯人は富塚さんをよく知ってる人ってことになる。自分勝手な恨みを、こういう嫌がらせをして晴らそうってことなんだと思う」

真希は顔をしかめ、またゆっくりと首を振った。

「……そんな人、思い当たんないわ。いくらなんだって、こんなのひどすぎる」

うん、と悠美は一つうなずいた。

「迷惑だったら断ってくれてかまわないけど、メールのアドレスブックをコピーさせてもらえないかな」

「アドレスブック？」

「うん。犯人は、少なくとも富塚さんのメールアドレスを知ってる人なのよ。富塚さん自身は公《おおやけ》の掲示板なんかで書き込みをしたことがないわけでしょ？　だとすると、犯人は富塚さんとメールのやりとりをしたことがある人か、そうじゃなかったら、富塚さんからメールアドレスを教えてもらった人の中にいる筈《はず》なのよ」

「……………」

●●
二

能城あや子がスタジオへ入ると同時に、悠美は二台のモニターを切り替えた。一台は、副調整室《サブコン》から横取りした主モニターの映像だ。

ＡＤに手を引かれて能城あや子が定位置につき、カウントが始まると、スタジオに緊張が訪れる。

能城あや子は、巫女《みこ》の装束をベースにした独特のコスチューム。袴《はかま》の色は、見た目で単純に紫だと思い込んでいたが「これは濃色というのよ」と色などまったく見えていない筈の本人に訂正された。単衣《ひとえ》の白衣には、なぜか胸元にやたら派手なレースのフリルが牡丹《ぼたん》のように咲いている。赤ん坊を抱くように両手で招霊木《オガタマノキ》の枝を持ち、さらに顔のサングラスがいささか彼女の印象を異様に見せていた。盲目に加えて難聴の彼女の両耳には、サングラスのツルから延びたイヤホンが差し込まれている。もちろん、そのイヤホンは補聴器であると同時に、悠美からのアドバイスを受ける受信機でもあるわけだ。

ひとしきり、テレビカメラは椅子に腰を下ろした能城あや子の全身像とバストショットを撮り、やがて司会役のお笑い芸人に切り替わった。フロアＡＤの合図を受けて、司会者は今回の相談者を紹介する。

「さて、本日の相談者、ご紹介いたしましょう。神奈川からお越しの杵淵珠絵《きねぶちたまえ》さん。三十二歳の主婦の方でいらっしゃいます。こちらへどうぞ、はじめまして」

呼ばれた相談者は、小さな声で「よろしくお願いします」と頭を下げた。

悠美は、マイクのスイッチをオンにした。

「薄い水色のスーツ。ブラウスは白。スーツの胸にオレンジ色の石が入ったちょっと大きめのブローチ。指輪は左薬指のものだけ。髪はアップにまとめています。ブローチ以外に目立ったアクセサリーはつけていません。緊張のためか、かなり表情は不安そうに見えます。草壁君が調べたところでは、彼女の小銭入れには、小さな緑色の石でできたカエルがぶら下がっているということです。その小銭入れを今彼女が携帯しているかどうかは不明」

能城あや子は、無表情のまま椅子の上で前を向いていた。司会者が、まず、相談者の訴えを聞く。

「あのう……金縛《かなしば》りって言いますか、毎晩、あるんです」

「ああ、よくいらっしゃいますね。金縛りに遭《あ》うって方ね。毎晩って、必ずなんですか？」

「はい。毎晩、必ずあるんです。息苦しくなって、胸が締めつけられるみたいになって、目が覚めるんですけど、身体《からだ》が全然動けなくなってて……だから、いつも夜寝るのが怖くて」

司会者が、大きくうなずいた。

「そりゃ、毎晩だと怖いですよねえ。でも、まあ、日常の生活に影響があるとか、そういうことじゃないんでしょう？」

「いえ、怪我《けが》をさせられたりするので、なんていうか……」

「え？　ちょっと——怪我って、なんですか？」

事前に、ある程度の予備知識は与えられている筈だが、司会者は大袈裟《おおげさ》に驚いてみせた。

「起きてみて気がつくんですけど、痣《あざ》ができていたり、切り傷があったり……」

スタジオ内で、えー、というざわめきが起こった。カメラの後ろには三十席ばかりの視聴者席が設けられている。

司会者が眼を丸くした。

「え、あの、痣とか切り傷って……寝てる間に？」

はい、とうなずいて、杵淵珠絵がスーツの右袖をまくり上げた。カメラが、すかさずその手首に寄る。スタジオ内のざわめきが、恐怖の声に変わる。彼女の右手首をグルリと紫色の痣が横切っていた。長時間、なにかで縛りつけられていたような痣に見える。

「いや……これは、ちょっと、すごいなあ。あの、他にもあるんですか？」

「はい。ここでお見せするのは恥ずかしいので、写真を撮っていただいたんですけれど――」

用意されていた写真のパネルが紹介された。それは、彼女の脇腹、脹《ふく》ら脛《はぎ》、背中の写真だった。それらの写真には、無数の青痣や切り傷が写し出されていた。

「あの……」と司会者が驚いた顔のまま、杵淵珠絵に向き直った。「失礼なことを伺いますけど、一応、確認ということで。こういう傷とか痣……杵淵さんがご自分でつけられたというわけじゃないですよね」

「はい。主人は、私が寝ている間にどこかにぶつけたとかしただけだろうって言うんです。でも、そんな覚えないし、いくらなんでも、こんな痣ができたり傷ができたりするようなぶつかり方したら、目が覚めると思うんです」

「まあ、そりゃ、そうですよねえ」

「金縛りに遭ってるときに、何かが私の上に乗ってくるんですよね。押さえつけられて動けないような。そのときに、つけられたとしか、やっぱり思えないんです」

司会者が頭を掻いた。

「これはちょっと……すごいなあ。こういうのって——」と、彼は能城あや子のほうへ向き直る。「僕は聞いたことないんですけど、先生、あるもんなんですか？　あるもんっていうか、金縛りで傷をつけられたり痣を作られたりって」

能城あや子は、やや小首を傾《かし》げるようにして、司会者の声がする方向へ顔を向けた。

「金縛りというのは、いくつかタイプがあります。一つは、その方の体調とか、精神状態とかが原因で、眠りの浅い時、身体は寝ているのに意識のほうは完全に眠ってはいないという状態を金縛りと感じるというもの。一つは、また今日も金縛りに遭うんじゃないか、といった不安が逆にそんなことを引き起こしてしまうもの。自己暗示をかけてしまうんですね。そして、もう一つは、霊が起こすものなんですね。身体に傷や痣を現出させてしまうほどの霊の所行は、よほどでなければ起こらないだろうと思いますけれど、やはりまったくないとは言い切れませんね」

「だとすると、杵渕さんの場合は、そういう滅多《めった》に起こらないような霊の仕業《しわざ》だってことになるわけですか？」

能城あや子は、静かに首を振った。

「拝見してみないと、これは何とも言えません。そうかもしれないし、べつの原因があるのかもしれません。ただ、杵渕さんからは、なにか不思議な波のようなものが出ているように感じますから、それを観てみる必要があると思います」

「波、ですか？　杵渕さんご自身から、そういうものが出ているんですか？」

「ご本人から出ているのか、あるいは、べつのものが出しているのか、どちらかなんでしょうね」

「じゃあ、さっそく霊視を始めていただくことにしましょう」

そう言い終えると、司会者の顔から緊張が抜けた。同時に、「はい、ＣＭ入りまーす」とＡＤが声を上げた。

杵渕珠絵の身体につけられた傷や痣の衝撃を引きずったスタジオは、なんとなくいつもよりざわついていた。

悠美はバンの中で、ふう、と息を吐き出した。

富塚真希のメールソフトからアドレスブックを持ち帰り、悠美が最初にやったのは、インターネット上で《zuru-zuru》という名前を持つプロバイダやウェブサイトを探索することだった。

現在でこそ、誰もが検索サービスを利用できる。ブラウザにキーワードを打ち込んでやるだけで、その言葉を含むページを大量に探し出してくれるようなことが当たり前になっている。だが、当時のインターネットは、まだまだそういう状況にはほど遠かった。〈YAHOO!〉《ヤフー》などの検索サービスが登場してくるのは、その翌年あたりからというころのことで、イエローページ風のディレクトリサービスも試験的に作られ始めたばかりの状態だった。

だから、探索はかなり原始的な方法で始めるしかなかったのだ。利用者が少ない夜間、大学のUNIX《ユニックス》マシンを使って作業を行なった。電算室に夜食のサンドイッチと牛乳のパックを持ち込み、部屋の隅の端末を占拠する。

キーボードからコマンドを打ち込み、《zuru-zuru》という名前を持ったドメインを探索する。〈zuru-zuru.co.jp〉だの、〈zuru-zuru.com〉だの、虱潰《しらみつぶ》しにサイト探しを行なうのだ。だが、予想していたことではあるけれど、そういうサイトは存在していなかった。

となると、プロバイダとの契約を結んだ団体か個人のサイトで《zuru-zuru》を探すことになる。二時間もあれば、という当初の考えはかなり甘かった。悠美が、ようやくその掲示板を発見したときには、すでに窓の外が白み始めていた。

まだ誕生して半年ほどしか経《た》っていない新興プロバイダに、その電子掲示板《BBS》は設置されていた。潔《いさぎよ》いほどに掲示板だけに徹したページで、個人のホームページにありがちな日記だの自己紹介といったものは一切ない。それどころか表紙ページすらないのだ。アクセスすると、最初のインデックスページがそのまま掲示板になっている。《zuru-zuru Board》という名前や、真希に送られてきたメールの印象からは、卑猥《ひわい》なことばかりを扱っている掲示板をイメージしていたが、ずらりと並んだ発言を読んでいくと、むしろかなり真面目なテーマについての意見が活発に交わされているようだった。

ふうん、と意表を突かれた気持ちで発言を遡《さかのぼ》って読み進めると、半月ほど前の発言に問題の書き込みがあった。発言者の名前は《富塚真希》となっていて、その名前に彼女のメールアドレスが貼り付けられていた。名前をクリックすれば、そのままメールを送ることができるわけだ。

それは、ある種の悩み相談のような体裁の投稿になっていた。呆《あき》れたことに、その悩みとは「私には強姦願望がある」というものだったのだ。

——そんな願望を持っている自分が、とても異常に思え、不安でたまりません。どなたか、助言をいただけないでしょうか。掲示板にお答えをいただくのは、とても恥ずかしいし、もう一度書き込みをする勇気もありません。ですから、助言はメールでいただけると嬉しいです。

発言は、そう結ばれていた。

二日後、プリントアウトした掲示板の投稿記事を読んで、真希は両手に顔を埋《うず》めた。

「どんな仕返しをしたい？」

訊くと、真希は眼を丸くして悠美を見返した。

「仕返し……」

「あたしも腹が立って仕方がない。この書き込みをしたヤツを見つけ出して、袋叩きにしてやりたい気分」

「でも……私のこと知ってる人がやったんでしょう？　仕返しなんて、もっと怖い」

「痛めつけてやらないと、またべつの嫌がらせをされるかもしれないのよ？」

「……うん」

「じゃあ、あたしに任せてくれる？」

真希は「任せるって……」と不安そうな声を出した。

「富塚さんには、嫌がらせの犯人が誰かってことだけ教える。そいつへの仕返しは、あたしがやるから」

真希が、ゴクリと唾《つば》を呑み込んだ。

●二●

杵淵珠絵が能城あや子の前に腰を下ろしたのを確認して、悠美はマイクのスイッチを入れた。

「杵淵さんは正面です。座高は先生より少し高いですから、顔はやや上にあります」

能城あや子が招霊木《オガタマノキ》の枝を掲げ、杵淵珠絵のほうへ伸ばした。葉を小刻みに揺らせながら、ゆっくりと左右に動かす。珠絵は、眼をギュッと閉じ、神妙に頭を俯《うつむ》かせていた。

「事前に局のほうへ杵淵さんが申告したものによると」悠美は、パソコンのデータに目を走らせながら告げた。「金縛りが始まったのは約二ヵ月ほど前からです。それが起こり始める直前、杵淵さんは一週間ほど福岡の実家に帰っています。実家の法事に出るためで、高校時代のクラス会にも出席したということです」

能城あや子は、うーむ、と唸《うな》るような声を上げ、さらに招霊木《オガタマノキ》の枝を杵淵珠絵の頭の上へ翳《かざ》す。

「杵渕さんの母方のお祖父《じい》さんが亡くなったのは、六年前です。守口弥一《もりぐちやいち》さんというのがお祖父さんの名前。亡くなったときは八十九歳でした。杵渕さんは、この弥一お祖父さんに、とっても可愛がられて育ったということです。彼女はいまだに、お祖父さんが樫《かし》の木を削って作ってくれた人形を大切にしているようです。その木彫りの人形は、布にくるんで押し入れの奥にしまわれています」

能城あや子が招霊木《オガタマノキ》の枝を膝の上へ下ろした。スウッと息を吸い込んだ。

「あれはなんだろう？」と、首を傾げながら呟《つぶや》くように言う。「人形かしら。でもこけしとは違うみたいね。木を彫って作った人形みたいなもの」

「………」

杵渕珠絵が、え？　と眼を見開いた。

「布でくるんであるから、ちょっとわからないんだけど、堅い木の人形――あなた、持ってますよね」

「あ……はい」

「あんなに大事なものを、どうして押し入れにしまったままにしてるの？　お祖父さまからいただいたものよね？」

驚いた表情のまま、珠絵がうなずいた。

「祖父の手作りのお人形のことでしょうか？」

「そう。あなたのお祖父さま、とっても悲しんでいらっしゃるわ」

「人形って」司会者が横から声を上げた。「杵淵さんのお祖父さまの手作りの人形があるんですか？」

「あ、はい。子供のころに祖父が作ってくれた木の人形なんです。押し入れにしまってあります」

「布でくるんで？」

「……はい」

スタジオに、驚きとも感嘆ともつかないざわめきが起こった。

「先生、その人形が、杵淵さんの金縛りを起こしてるとか……なんでしょうか？」

「馬鹿なこと、言うんじゃありませんよ。誰がそんなこと言いました？」

「あ……すいません」

司会者が頭を掻き、スタジオに小さく笑いが立った。

「杵淵さん、あなたね、お祖父さまがとってもあなたのことを心配していらっしゃいますよ」

「……お祖父さんが」

「すごく可愛がっていただいてたわよね」

「はい……とっても。私、お祖父ちゃん子だったんです」

「亡くなってからも、お祖父さまはずっと、あなたのことを心配してらっしゃるのよ。二ヵ月前ぐらいかしら。いえ、もうちょっと前かな？　あなたの周囲に変化が起こってますね」

珠絵が、コクリとうなずいた。

「はい。金縛りに遭い始めたのが二ヵ月ぐらい前からなんです」

「いいえ、そうではなくて、その少し前だと思いますよ。あなた、家《うち》を空《あ》けるかなにか、したんじゃない？」

「……あ、はい。田舎のほうへ——実家の法事に行きました」

「一週間ぐらいかしらね。家を空けたの」

「……はい」

「金縛りが始まったのは、それから家に戻られてからでしょ？」

「あ、そうです……その通りです」

「その一週間の間に、変化が起こったようですね」

「あ……あの、実家に行って、霊を連れてきてしまったってことなんでしょうか？」

能城あや子は、ゆっくりと首を振った。

「そうじゃないの。お家のほう。あなた、家に帰ってきたとき、なにか感じませんでした？　出かける前とは、違う空気のようなものを」

「空気……」

杵淵珠絵が眼を瞬《しばたた》いた。

「さっき、波のようなものが出てるって、言いましたよね」

「……はい」

「とっても邪悪なものです。あなたが実家へ帰っている間に、その邪悪なものが家の中に潜り込んできた。以前から存在していたんだろうと思いますけれど、家の中へ入り込んだのは、あなたの留守中ですね」

「それって」と司会者がまた口を挟む。「お祖父さんの霊とはべつのものなんですか？」

「お祖父さまの霊は、杵淵さんを見守ってくれているんです。逆に、お祖父さまが心配しているのも、その邪悪な波のことなんですよ」

「どういうものなんでしょう？　悪い霊が出しているものなんですか？」

「波はね、杵淵さん、あなたを追い払おうとしているんじゃないかと思いますよ」

「追い払う？　私を？　その霊は、どういう……」

珠絵が恐怖の表情で訊き返した。能城あや子が、首を振った。

「霊が出しているものではないですね。これは、もっとたちの悪いものでしょう」

「霊よりも、たちの悪いものなんですか？」

司会者が、いささかオーバーな声で反応した。能城あや子は、ふう、と溜《た》め息《いき》を吐《つ》くようにして、司会者のほうへ顔を上げた。

「たちの悪い霊は、そんなに多いわけじゃありませんよ」

「ああ、前にもそう仰《おっしゃ》ってましたね。だとすると、その邪悪な波を出しているっていうのは、なんなんですか？」

司会者の質問には答えず、能城あや子は杵淵珠絵のほうに向き直った。

「それが霊の仕業であるなら、霊導を行なって鎮《しず》めることもできる。けれども、これはそのようなものではない。お祖父さまは、その邪悪な者たちの所行を二ヵ月の間苦痛の中で見続けておられたのです」

「………」

何を言われているのか理解できないのだろう。珠絵は、怯《おび》えたような表情で能城あや子を見つめていた。

「お祖父さまは、なんとか孫娘を助けてあげてほしいと訴えています。あなたはこの二ヵ月、金縛りに苦しめられてきた。その苦しみから逃れたいですか？」

モニター上でも、珠絵が唾を呑み込むのが見て取れた。

「はい……」

「そこから逃れるには、あなた自身が立ち向かわなければならない。それは、ある意味で、今以上の苦しみを味わわなければならなくなるかもしれません。それでも、立ち向かうことができますか？」

「……それは、どういう」

「あの……」と、司会者が慌てたような素振りで能城あや子を覗き込んだ。「杵淵さんは、金縛りで身体中に痣をつけられたりしてるんですよ。そこから逃れるために、それ以上の苦しみを味わうんですか？」

「金縛りに遭ってるわけじゃありません。杵淵さんは、それが金縛りだと思い込まされているだけです」

「え？　金縛りじゃないんですか？」

司会者は、能城あや子と杵淵珠絵を見比べた。そして、どうなってるの？　というようにその視線をアシスタントの女性アナウンサーのほうへ向けた。

「杵淵さんが、それを金縛りだと思えば思うほど、そして、それを訴えれば訴えるほど、世間は彼女に対して冷酷になるでしょう。そして最後には家から追い出されることにもなる。そういう状況を作るために、金縛りだと思い込ませているのです」

「ええと……その、金縛りに遭ってるって思い込ませてるって、なにが？」

能城あや子が、杵淵珠絵の顔を指差した。

「ご主人です。あなたのご主人」

「…………」

一瞬、スタジオから音が消えた。

●二

インターネットの世界には《串《クシ》》という隠語がある。proxy《プロクシー》（代理）という言葉を縮め、漢字を当てたものだ。

代理《プロクシー》サーバーというものが、広くインターネットで使われている。これは主に、セキュリティや、インターネットアクセスの高速化などを実現するために設けられているものなのだが、この代理サーバーがしばしば別の目的のために使われる場合がある。ネット上で自分の正体を隠すための変装ツールとして悪用されるのだ。

たとえば、どこかのウェブサイトで読み書きを行なったとしよう。その都度、サーバーは、書き込んだ者がどこのコンピュータからアクセスしたのか記録している。何かの不正が行なわれた場合、その記録を見れば、ある程度不正の元を辿ることができる。しかし、代理サーバーを中継してアクセスされた場合は、コンピュータにはその代理サーバーからのアクセスだという記録しか残らないのである。言ってみれば、他人のパスポートを提示して、あちこち旅行をするようなものだ。

もちろん、代理サーバーのほうにもアクセスの記録は残されているのだから、そちらを手繰《たぐ》っていけば、アクセス元は判明する。しかし、その作業は手間がかかるし、犯罪に関係していることが証明できない限り、サーバーの記録を調べることすら難しい。

つまり〈串を使う〉というのは、そういったテクニックを示している。

悠美が、初めて〈串使い〉になったのは、富塚真希に嫌がらせをしている犯人を探り出し、仕返しをしてやるためだった。

犯人は、掲示板に「富塚真希」の名前を使って書き込みをしている。打ち込まれたメールアドレスも真希のものだ。だから一見、そこから犯人を割り出すことは不可能なように も思える。

しかし、実は《zuru-zuru Board》には、犯人を手繰る手掛かりとなるデータも書き込まれているのだ。普通にアクセスしただけでは表示されないが、サーバーに保管されている掲示板のデータには、書き込みを行なったコンピュータの情報も残されている筈だった。

まずは普通にアクセスし、《zuru-zuru Board》の管理者の書き込みを探すことから始めた。管理者とは、つまり、この掲示板の持ち主だ。持ち主を見つけ出すのは、さほど難しいことではない。ほとんどの場合、掲示板の最初に書き込みをしているのが管理者だし、全体の発言数も管理者が最も多いからだ。

読み返したところ《zuru-zuru Board》の管理者は〈トンキン〉というハンドルネー

ムを使っているようだった。

「トンキンって……ベトナムのトンキン？」

つい声に出して呟き、その自分の声にギクリとして悠美は端末から顔を上げた。電算室にいるのは悠美一人だった。聞かれていなかったことにホッとして、悠美はまたディスプレイに目を戻した。

読み返してみると、このトンキン氏の書き込みには、軍事的な話題があちこちにある。ふうん、とうなずいて悠美はキーボード脇に置いたレポート用紙に「ベトナム戦争」とメモした。メモは、この管理者のパスワードを探るためのヒントだった。

掲示板のデータを手に入れるためには、トンキン氏のパスワードが必要だ。

現在では、ネット上でのセキュリティが社会的にも大きく取り上げられ、パスワードも複雑な付け方をされることが多くなったが、当時はそういった意識がまだまだ薄かった。でたらめな文字の羅列をパスワードにしている場合は面倒な探索も必要になるが、ほとんどは覚えやすい単語が選ばれる。覚えやすいパスワードは、同時に他人から推測されやすいものでもある。自分の誕生日や、家族の名前、ペットの名前、そして本名やハンドルネームそのものがパスワードとして使われることもかなり多いのだ。

データが必要であるなら、事情を書いたメールをトンキン氏に送り、協力を頼むという穏便な手段もある。しかし、悠美が考えていたのは、犯人への仕返しだった。卑劣な犯人には、卑劣な仕返しをしてやりたかった。ネットを使った嫌がらせを取り締まるような法律は、当時まだ不完全なもので、警察に届けたとしても、犯人が罰せられる可能性は低かった。だから、すでにこの時点で、悠美は違法な仕返しを考えていたのだ。トンキン氏に協力を頼むような発想は、最初から持っていなかった。

今度は〈串〉を使い、自分の正体を見えにくくしておいた上で、あらためてサーバーへの接続を試みる。もっとも〈串〉など使わなかったとしても、バレてしまうのは大学のコンピュータまでだ。この端末を誰が使ったか特定することは、まず不可能に近い。電算室の端末を利用するには、管理部への申請が必要だということに一応はなっているのだが、そのルールを守っている学生などほとんどいなかった。空《あ》いていれば使う――それが当たり前になっていた。〈串〉は、いわば二重の安全策だった。

侵入するターゲットは、サーバー内部のトンキン氏に与えられたディスクエリアだ。そこへ侵入する際に、パスワードの入力が求められる。

最初は、単純に「tongking」と打ってみた。瞬時にパスワードが間違っているという表示が現われ、再度入力を求められた。それほど甘いものではない。

〈トンキン〉は漢字で書くと〈東京〉であることに気づき、今度は「tokyo」と入力してみる。やはりこれもだめだった。

入力を一時中断し、隣の端末から大学のデータベースで「ベトナム戦争」と「トンキン」を検索してみる。「トンキン湾事件」という項目が引っかかった。

一九六四年八月二日、アメリカの駆逐艦マドックス号が、トンキン湾上で北ベトナム軍からの攻撃を受けた。それが、ベトナム戦争の発端となった——と、そこには記されていた。

よし、とうなずいて、悠美はパスワードに「maddox《マドックス》」と打ち込んでみた。

「ビンゴ！」

思わず声に出た。また電算室の中を見渡す。やはり悠美以外には誰もいない。

コンピュータというものは、侵入さえしてしまえば、あとはどんなことでもやり放題だ。トンキン氏に許されていることであれば、ファイルのコピーはもちろんのこと、書き換えや削除だって簡単にできる。

悠美はトンキン氏になりかわり、ディスクの中から掲示板のデータファイルを探し出した。それをダウンロードし、いったん接続を切る。次にしなければならないのは、このデータファイルを解析することだった。

ファイルには、掲示板に書き込まれたすべての投稿データが納められている。発言内容、投稿者のハンドルネーム、メールアドレス、投稿した日時といったデータと共に、ＩＰアドレスというものが付け加えられている。このＩＰアドレスこそ、悠美が手に入れたかったものなのだ。

ネットに接続されているすべてのコンピュータに、ＩＰアドレスが割り当てられている。インターネットの中では、これがそれぞれのコンピュータを識別する名前なのだ。〈202.232.58.0〉といった数字の羅列で示されるものだが、これではわかりづらいので、ドメイン名という別の名前が与えられている。〈202.232.58.0〉は、調べれば〈kantei.go.jp〉――つまり首相官邸のサイトが置かれているサーバーであることが簡単にわかる。このドメイン名は、メールアドレスにも使われているものだ。

データの中から富塚真希の名前で書き込まれた投稿を探し、そのＩＰアドレスをメモに書き取った。そこからドメイン名を割り出す。そして、真希から預かったメールのアドレスブックとの照合を行なうのである。嫌がらせ投稿を行なった犯人のメールアドレスは、同じドメイン名を持っている可能性が高いと考えられたからだ。

「……………」

それを発見したとき、悠美はいささか驚いた。富塚真希の名前で嫌がらせを書き込んだ主は、他ならぬその掲示板の管理者、トンキン自身だったのだ。

アドレスブックには、トンキンの本名が「杵淵哲也《てつや》」と記載されていた。

翌日、その結果を持って、悠美は真希に電話を掛けた。犯人の名前を告げると、真希は絶句した。

「どういう人なの？　杵淵哲也って」

「先生……」

「先生？」

　通っている大学の助教授だと、真希は言った。

⁂

　スタジオの緊張が、悠美のいるバンの中にまで伝わってきていた。

「あの……先生」司会役のお笑い芸人が能城あや子の顔を覗き込むようにして腰をかがめた。「杵渕さんのご主人が、金縛りだと思い込ませているって……それ、どういうことなんですか？」

　能城あや子は、司会者の反応には構わず、杵渕珠絵に向かって首を傾げてみせた。こういう仕種《しぐさ》をすると、彼女が盲目であることを誰もが忘れてしまう。目の前にいる者は、見据えられているような気分にさせられるのだ。珠絵は、驚いた表情のまま、口を半開きにして能城あや子を見つめていた。

「あなたのご主人、お医者さまか何かなの？」

　問われたことを反復するように珠絵はもごもご口を動かし「……あ、いえ」と首を振った。

「大学で心理学を教えています。ボランティア活動とかもしていますけれど——」

ふん、と能城あや子はうなずいた。そして、招霊木《オガタマノキ》の枝を右手から左手へ持ち替えた。

おっと……と、悠美はパソコンの画面を眺めながらマイクをオンにした。枝を持ち替えるのは、情報を寄越せという合図なのだ。情報はすべて、打ち合わせの時に伝えてあるのだが、忘れてしまったらしい。

「杵淵珠絵さんの夫、杵淵哲也は、臨床心理学の助教授です。心理学科は文学部に属していて、珠絵さんのお父さんが学部長をしているということです。杵淵哲也が、現在の大学での仕事に就いたのは、その義理のお父さんの口利きに因《よ》るものです」

マイクに伝えると、それに応えるように、能城あや子が大きくうなずいた。

「こういうことを言うのは、いくら私でも気が退《ひ》けるけど、あなたのご主人は、非常に邪悪なものを持っています」

珠絵が、手にしていたハンカチで口許を押さえた。

「あなたね、ずっとご主人に利用されてきたわね。お祖父さまが、そう仰ってますよ。なのに、ご主人は、あなたにひどいことをし続けている」

珠絵が小さく首を振った。

悠美は、マイクで「杵淵さんは、首を振っています」と伝える。

「いいえ。自分の心にまで嘘をつくのはおやめなさい。あなた、どうして金縛りにあったりするのか、起きてみたら切り傷や痣を作られたりしているのか、まるで思い当たることはないの？」

「あの……仰っていることが――」

「わからない？」

「……はい」

「よく考えてご覧なさい。お祖父さまは、ちゃんと見ておられるんですよ。金縛りに遭う前、寝床に入る前に、ご主人はあなたに何をしているの？」

「え……」

珠絵が、ブルブルと首を振った。モニターの画面でも、彼女の息遣《いきづか》いが荒くなっているのがわかる。

――杵淵珠絵の夫の名が「哲也」であるという調査結果に、悠美は最初、まさか、と思った。しかし、事実はそのまさかだった。今回の相談者杵淵珠絵の夫は、悠美の大学時代、富塚真希に嫌がらせをやっていたあのトンキンだったのだ。

あの騒動のあと、杵淵哲也は真希が通っていた大学を退職した。依願退職という形が取られたが、実際のところは馘首《くび》だった。何人もの女子学生たちにセクハラを行ない、それが通用しない相手には、インターネットを使って嫌がらせをしていたことが公《おおやけ》になってしまったからだ。杵淵哲也のホームページ上に、彼を告発する文章が掲載された。

言うまでもなく、それを仕掛けたのは悠美だった。

悠美は、トンキンのディスクスペースを占拠し、杵淵哲也本人にはアクセスできないようにパスワードを書き換えた。その上で、富塚真希から聞いた情報を元に、告発ページを作成したのだ。ある日、そのウェブサイトが学内掲示板で紹介され、多くの人が告発ページを閲覧した。大学側は、できる限り穏便に事態を収拾しようとしたが、虚実取り混ぜた情報が飛び交い続けるネットの騒ぎを鎮めることは、ついにできなかった。

「おっかねえ女だなあ」

その話をしたとき、草壁賢一はニヤニヤしながら、むしろ悠美のことを評してそう言った。

「なんでよ。仕返ししてあげただけじゃない」

「だけど、悠美ちゃん自身がセクハラされてたってわけじゃないだろ」

「女の敵よ。馘首になって当然」

「言っとくけど、オレ、女の味方だからね。敵じゃないからね」

杵淵珠絵が金縛りに遭っているという状態を実際に確認するために、杵淵家の寝室に隠しカメラを仕掛けることになった。むろん、それを仕掛けるのは賢一の役目だ。しかし、その隠しカメラが捉えた映像は、悠美たちを愕然《がくぜん》とさせた——。

「よく聞きなさい。そして、思い出しなさい」と、能城あや子は一言一言を区切るようにしてゆっくりと告げた。「毎晩、毎晩、あなたのご主人が、あなたにしていること」

「………………」

「あなたにとっては、とても、気持ちのいいこと。されてるわよね」

珠絵が顔を赤らめ、司会役のお笑い芸人が狼狽《ろうばい》したように割り込んだ。

「ちょっと、ちょっと、先生。いきなり、何を言い出すんですか」

同時にスタジオが笑いに包まれた。

しかし、能城あや子は表情を変えず、ゆっくりと首を振った。

「大切なことです。杵淵さんは、たぶんそれがご主人の愛情だと思い込んでいるでしょう。ご主人は、あなたの身体をほぐし、リラックスに導き、気持ちのいい眠りに誘ってくれている。そう思っているでしょう」

「……はい」と顔を紅潮させたまま、珠絵はうなずいた。「毎晩、寝る前に、マッサージをしてくれます」

「でもね、あなた、よく聞きなさい。あなたが毎晩されているマッサージほど、邪悪なものはないんですよ」

「……わかりません。どうしてですか？」

「ご主人は、あなたの身体と心を揉《も》みほぐしながら、あなたに暗示をかけているのです」

「暗示？」

司会者が声を上げたが、やはり能城あや子はそれを無視した。

「あなたを暗示によって誘導し、寝ている間に金縛りに遭うようにし向け、そして、あなたの身体を傷つける――あなたが毎晩ご主人にされているのは、催眠誘導というものです」

「催眠誘導って」と司会者が口を挟んだ。「それ、催眠術ってことですか？」

「お祖父さまは、それをずっと見てきました。あなたと一緒に、ずっと苦しんでこられたのですよ。それを、あなたに気づいてほしい、ご主人に欺《だま》されていることに気づいてほしいと、ずっと思い続けてこられたのです。お祖父さまが私に訴えているのは、そのことを孫娘に伝えてやってほしいということなのです」

スタジオが凍りついていた。

突然、その沈黙がフロアADによって破られた。フロアADは、丸めた台本を大きく振りながら、番組収録の一時中止を告げた。プロデューサーとディレクターが、慌てたように副調整室《サブコン》からスタジオへ降りてくる。このあとの番組をどのように進めるか、能城あや子の周りで緊急の話し合いが始まった。

収録は、鳴滝昇治が予想していたのと、完全に同じ展開になった。

隠しカメラの映像は、三日分が収録されていた。

杵淵夫婦の寝室を捉えた映像だ。時刻や細かい部分での違いはあるが、夜の寝室で行なわれていた儀式は、三晩を通じてほとんど似通っていた。

就寝時間が迫ると、夫婦は一緒にベッドに腰を下ろす。夫は妻の寝間着と下着を脱がせ、裸にした上で俯《うつぶ》せにベッドへ寝かせる。そして、ゆっくりと静かに背中へのマッサージが始まるのだ。

「おお、すげえ」

賢一は、最初、ビデオの再生を観ながら喜びの声を上げた。いかにも、それは夫婦の愛の交歓のように見えた。しかし、夫の呟くような声が、妙な言葉を発し続けていることに、観ている全員が気づいた。

――気持ちいい。とっても気持ちがいいね。僕の掌《てのひら》が、とても温かいだろう？　どんどん身体がほぐれていくね。まるでベッドの中に沈んでいくみたいな感じだ。深く深く眠っていくよ。でも、僕の声だけはよく聞こえている。深く、深く、もっと深く眠っていく。

「なんだこれ？」と、賢一が声を上げた。

「催眠術のようだな」

鳴滝がポツリと言った。

しばらくして、夫は妻の手首に縄をかけた。

――右の手がなんだか硬く、重くなってきた。チリチリしてむず痒《がゆ》い感じだ。指の先から石に変わっていってるんだ。大変だ。どんどん石になっていく。石になっていくのを止めようね。ほら、ここを縛って、これ以上石になるのが広がらないようにしておこう。もっとぎゅうっと縛らなきゃだめみたいだね。でも強く縛っても痛くないだろ？ぜんぜん痛くない。石になってしまわないように、しばらくこうしておこうね。

「なんてヤツだ……」

賢一が呆れたように言った。

夫は、妻の頭を撫《な》でたり、背中をさすったりしながら、次々に暗示をかけていく。俯せになっていた妻を仰向かせ、そして、静かにこう言い始めた。

――身体が動かないね。目は覚めているのに、身体を動かすことがまったくできない。珠絵の上に子犬ぐらいの生き物が乗っているだろう？　怖いね。怖いけど、よく見てごらん。老婆の顔をしている。皺《しわ》くちゃの気味の悪いお婆さんの顔をした生き物が珠絵を押さえつけている。

「ひどいな、これは」さすがに、鳴滝も顔をしかめた。「普通、催眠術ってのは、自分が嫌なことはかからないもんだって言うんだけど、夫婦だということや、長い間、ほとんど習慣的にかけられ続けて、完全にコントロールされるようになってしまったんだろうな。めちゃくちゃな男だね。こいつは」

悠美は、見続けるのがつらくなった。

珠絵には後催眠が施され、金縛りに遭ったことを除いて、術中の記憶をすべて覚えていないように暗示がかけられた。彼女にしてみれば、いつものように夫にマッサージをしてもらいながら気持ちよくなって寝てしまい、金縛りに遭ったということだけが記憶に残るのだ。目覚めた後、自分の身体につけられた痣や切り傷を発見することになる。

映像は、全員を嫌な気持ちにした。

そして、杵渕哲也のことを徹底的に調査しようという方針が決定したのだった。

⁂

能城あや子の霊視が、あまりにショッキングなものだったため、現時点での収録は続行不可能という判断が、プロデューサーと番組ディレクターによってなされた。スタジオでは他のコーナーの収録に移り、番組収録が終わってから、善後策が検討されることとなった。

いくら霊能者の言葉だとはいえ、犯罪を暴《あば》き立てるような内容のものを、確証もなく放映することなどできない。間違っていたとしたら、名誉毀損《めいよきそん》で局が訴えられることにもなりかねないのだ。

二時間後、能城あや子と鳴滝昇治は、局の会議室に呼ばれた。番組の主だったスタッフが顔を揃《そろ》え、あらためて能城あや子の話を聞くことになったわけだ。この会議室にもカメラは設置されている。

悠美は、モニターを会議室へ切り替え、ふう、と息を吐き出した。

——能城先生、いささか我々も戸惑っているんですが。

プロデューサーが口火を切った。

——霊視で観えちゃったものはしょうがないわね。

能城あや子は、平然と答えた。

——杵淵珠絵さんの金縛りは、ご主人が催眠術をかけて引き起こしたものだってことですよね。

——そうですね。

——先生には、その動機、っていうのか、ご主人がそういうことをする理由がおわかりになってるんでしょうか?

能城あや子が手の招霊木《オガタマノキ》の枝を持ち替えた。すかさず悠美は、マイクのスイッチを入れる。

「杵淵哲也は浮気をしています。ボランティアに参加したとき、偶然、昔の知り合いに会って、それから関係を持ち始めたようです。草壁君の調査によれば——」

思い出した、というように、能城あや子は髪に手をやった。

——ご主人のことを調べてご覧なさい。女が絡んでますから。

——女……浮気ってことですか？

——そうね。ボランティア活動をしてるって言ってたでしょ。そのあたりを調べてみれば、女が出てきますよ。浮気が本気になっても、なかなか離婚はできない。離婚したら大学から出て行かなきゃならないような事情もあるようですからね。だから、珠絵さんを精神的に痛めつけて、病院に入れてしまう。周囲にも病院に入れるしかしょうがないという空気を作ってしまう。そんなことでしょう、動機が必要なら。

ふーっ、と会議室に溜め息が洩《も》れた。

珠絵を病院に閉じ込めてしまうという計画があることは、賢一が相手の女性の携帯電話を寸借して判明した。もちろん、すぐに携帯は彼女のバッグの中へ戻されたが、そこには、杵淵哲也とのメールが、何通も残されていたのだ。

ただ、悠美にとって一番ショックだったのは、杵淵哲也の浮気相手の名前を知ったときだった。

富塚真希、というのがその名前だった。

真希は大学時代、杵淵哲也からの嫌がらせを受け、ひどい目に遭わされた。その男と再会したとしても、当然、そのころの嫌な記憶が残っている筈だ。陰湿で、信用できない男だ。今、妻にしていることを見てもよくわかる。そんな男と、どうして不倫する気持ちになれるのか。

「わかんないもんだよ、女心なんてさ」

賢一は言ったが、悠美には真希が理解できなかった。

ただ、ある記憶が甦《よみがえ》った。

杵淵哲也が大学を追われる羽目になったとき、彼女は、こう言ったのだ。

「なんだか、気が咎《とが》める」

「……どうして？」

「ひどいことされたけど、なにも辞めさせられなくても……」

「なに言ってんのよ。富塚さんだけじゃないでしょ。あいつは何人もセクハラしたり嫌がらせしたりしてた男なんだよ」

「うん……そうだけど」

結局、そのときの気持ちが、真希の中にずっと残っていたということなのだろうか。

悠美のように、ざまあみろ、という気持ちにはなれず、逆に彼女の中には罪悪感が残ってしまった。それが、ボランティア活動の中で偶然の再会をしたとき、ずっと持ち続けてきた罪悪感に出口を見つけさせた？

贖罪《しょくざい》……？

悠美は、自分自身に首を振った。

もちろん、悠美があのときにしたことは犯罪行為だ。他人のコンピュータに侵入し、データを改竄《かいざん》し、告発ページを公開した。正当な行為ではない。しかし、悠美には杵淵哲也を許すことなどできなかった。

会議室での結論は、番組として、杵淵哲也の犯罪の裏付け調査を試みてみる、ということになったようだった。しかし、もし裏付けが取れなかったなら……。

また、こっぴどい仕返しでもしてやろうか。

悠美は、そんなことを考えて、ふふっ、と一人で笑った。

目隠鬼

めかくしおに

●二三

まだざわついている本番前のスタジオを見渡しながら、鳴滝昇治は口の中で小さく「トカゲの皮……か」と呟《つぶや》いた。

いまだに、このスタジオの雰囲気に馴染《なじ》めない。少なくとも週に一度、多いときは三度も四度もテレビ局を訪れるような生活を、すでに五年以上続けている。にもかかわらず、やはり馴染めない。テレビの仕事というのは、どこか生きたトカゲの皮を撫《な》でるような感覚に似ていると、鳴滝は思った。恐怖心から最初は手を近づけるのも勇気がいるが、一度触れてみると、その冷たくて異様な感触に惹《ひ》きつけられ、また撫でてみたくもなるのだ。しかし、幾度撫でても、違和感は残る。

鳴滝の前方では、能城あや子がライトの中央に浮かび上がっていた。マーキングの上にセッティングされた椅子《いす》に腰を下ろし、メイク係の手に頭を委《ゆだ》ねて、髪を整えてもらっている。ふと、何かに気付いたようにその顔を起こし、メイク係のほうを振り返った。

盲目の彼女の眼には何も映っていないし、そのことは誰もが知っている。しかし、顔を向けられると、相手は自分が見据えられたような錯覚に陥《おちい》る。

一瞬の後、能城あや子は、膝《ひざ》に置いた招霊木《オガタマノキ》の枝をゆっくりと撫でながら、囁《ささや》くような声でメイク係に向かって声を掛けた。

「お庭の樹を切ったの？」

囁いているのに、そのよく通る声は広いスタジオの隅々まで届く。二十年近く前まで、彼女は旅芸人をやっていた。小さな劇団を引き連れ、座長として全国の小屋を回っていたのだ。芸名も風貌《ふうぼう》も今の彼女とはまるで違うため、そのことを知る者はまずいない。独特の発声法は、その役者人生で獲得してきたものだ。

能城あや子の声に、一瞬、ざわついていたスタジオが静まった。視聴者席を埋めた三十人ほどの主婦たちも、彼女が何を言うのかと耳をそばだてる。

メイクの女性は、恐れるような表情で能城あや子を見返した。

「……はい。車のスペースを作るのに、この前、二本ぐらい切ったんですけど」

もちろん、プライベートな話題を盲目の霊能者の前で話したことなど、彼女にはない。

「余計なことだとは思うけど、切るべきじゃなかったわね。あんまり良い結果にはならないような気がしますよ」

「えー、そうなんですか？……どうしよう」

「あのね、塀の際《きわ》でいいから、何本か苗を植えなさい。西側の塀に沿って、常緑の樹を三本か四本、植えるのがいいと思いますよ」

「常緑の樹……はい、わかりました」

神妙な顔でメイクの女性が能城あや子に頭を下げた。スタジオのあちこちから、溜《た》め息《いき》のようなものが洩《も》れる。鳴滝は薄笑いを消すために、小さく首を振った。

本来、本番以外で霊能力など見せる必要はない。しかし、これも「霊導師 能城あや子」にリアリティを持たせるための演出だった。メイク係の家の樹が切られたというデータは草壁賢一が調べてきたものだし、それを能城あや子に伝えたのは藍沢悠美だ。悠美の声は、あや子のサングラスから延びる補聴器を兼ねたイヤホンに、無線で伝えられている。

樹を切って悪いことが起こるかどうかなどということが、能城あや子にわかるわけはない。彼女にしてみれば、そんなことはどうだっていい。ただ、確実に言えることは、もし今後メイク係の家族やその周辺で悪いことが起こった場合、能城あや子の言ったことが正しかったと彼らは考えるだろう。もちろん何かが起こってくれる必要はない。何も起こらなければ、彼女のアドバイスに従って苗木を植えたお蔭《かげ》で、厄災から免《まぬが》れたということになる。苗木を植えたのに不幸が起こったという場合にも逃げ道はある。「よかったわね。もし、私の言う通りにしていなかったら、もっと大変なことになったでしょうね」——それだけでいい。

過去、番組内で能城あや子が〈霊視〉を行ない、隠されていた社会的な事件のいくつかが明らかになった。それが番組外の——しかも、他局のニュースや新聞などでも取り上げられたりしたために、能城あや子の知名度は一気に上昇した。彼女の能力を信じる者は増え続け、番組に対しての問い合わせや相談の申し込みなども激増した。だから、彼女の言葉には誰もが耳を傾けるような雰囲気が出来上がっている。

そもそも「霊導師 能城あや子」のコーナーは、バラエティ番組のちょっとした味付けに用意されたものにすぎなかった。長くても十五分程度のコーナーだ。ところが、彼女の〈霊視〉があまりにもよく当たり、犯罪事件を解決するきっかけを作るようなことにまでなると、その反響の大きさから十五分のコーナーには収まりきらない状態になってきた。番組は当初の枠組みを大幅に変更し、能城あや子のコーナーを中心に据えるような構成が取られるようになった。ときには、他のコーナーの一切を排除し、能城あや子の〈霊視〉による特番に差し替えられることすらある。番組がスタートした時点では、収録も他のコーナーと同じ日に行なわれていたが、現在はこの「霊導師 能城あや子」のコーナーだけ別撮りされているという状況なのだ。番組の視聴率は、いまや能城あや子が一手に稼いでいる。

以前、あや子は罐《かん》ビールを飲みながら、鳴滝に言ったことがある。

「知らないよ、どうなっても。痛い目に遭《あ》うことにならないといいがね」

鳴滝自身にしても「霊導師 能城あや子」がこれほどの人気を呼ぶことになるとは、想像もしていなかった。あや子に言われるまでもなく、人気が高くなれば、それだけ危険も大きくなってくるのだ。自分たちのやっていることがインチキだと発覚したときに、どんな事態が待ち受けているのか——あまり考えたくはなかった。

「霊導師 能城あや子」が誕生したのは、およそ六年ほど前だ。それは、あや子はもちろん、鳴滝の発案でもなく、テレビ局のほうから持ちかけられた企画だったのだ。

昔からの飲み友達と話をしていたとき、いきなり相手が切り出した。

「お前、霊能者って、どう思う?」

「霊能者? どう思うって、信じるか信じないかって話か?」

その旧友はテレビ局でプロデューサーをしていた。妻木忠夫《つまきただお》というのが彼の名前だった。局内では敏腕という評価を受けていたらしい。

「信じるわけないだろ。ああいうのはインチキだよ」

妻木は、うん、とうなずき、ニヤリと笑ってみせた。

「そのインチキ、やってみる気はないか?」

テレビの世界では常に新鮮なキャラクターが求められているのだと、妻木は言った。歌手も、お笑いも、ニュースキャスターも、スポーツ選手も——とにかく視聴者のウケを取れる新しいキャラクターが必要なのだ。現在、新番組の企画を立てているのだが、予定されているのはお決まりのお笑い芸人ばかり。ようするに視聴率の取れる安全な牌《パイ》だけで固められたバラエティだ。しかし、妻木としては、そこにまったく異質なキャラクターを加えたいと考えたらしい。

「霊能者はどうかと思ってるんだよ」

ただし、妻木もまた、霊能者など信じてはいなかった。

「巷《ちまた》のインチキ霊能者じゃ、霊視とかなんとか言ったって、当たるものかどうかもわからない。当たったなんていうのは偶然にすぎないわけだからさ。危なくて使えないよ。だとしたら、いっそのこと作っちゃえば確実だろ」

そのころの鳴滝は、ちゃんとした定職を持っていなかった。だから、妻木は鳴滝に声を掛けてきたらしい。

妻木と二人だけで、何度か打ち合わせをした結果、できるものかどうか、とにかくやってみようということになった。インチキであることは局内にも秘密にしなければならない。スタッフで知っているのはプロデューサーの妻木だけ。後のお膳立てはすべて鳴滝が進めた。

その結果、「霊導師　能城あや子」が誕生した。

番組で〈霊視〉を受ける相談者のデータは、あらかじめ妻木から鳴滝に渡される。鳴滝は相談者の身辺を調べ上げ、それをもとに番組での〈霊視〉を組み立てるのだ。番組が始まって半年ほどは、さほどの反響もなかった。あや子の〈霊視〉は、むしろお笑い芸人の絶妙な話術によって支えられていた。能城あや子も鳴滝も、無難に自分の役割を果たしていたが、このまま続けてもすぐに視聴者から飽きられるのは目に見えていた。

そもそも、相談者の身辺を調査するといっても、鳴滝にできることは限られていた。調査が行なわれているというのは極秘中の極秘だったし、そういう制約の中で調べられることには限界がある。そこで、新たにスタッフが増強されることになったのだ。最初に草壁賢一が加わり、そして藍沢悠美が加わった。二人の調査能力は、鳴滝とは比べものにならないほど強力だった。それは、能城あや子の〈霊視〉の内容を劇的に進化させた。

しかし、スタッフが増えたその直後に、思いもよらない事態が起こった。それは、不祥事による妻木プロデューサーの懲戒免職処分というものだったのだ。妻木は、自分が担当していた別の番組で、いくつかの犯罪が行なわれる様子を監視カメラの映像として放映した。しかし、その犯罪すべてが、妻木のやらせによって演出されたものだったことが発覚し、彼は犯罪教唆《きょうさ》の疑いで逮捕され、同時に局を馘首《くび》になったのである。

これで「霊導師 能城あや子」も終わりだと、鳴滝は思った。ところが、思ってもいなかった方向へ現実が動き始めたのだ。問題になったのが別の番組だったために、能城あや子の出演しているバラエティ番組を続行することには、なんの問題もないという判断が下されたらしい。プロデューサーがすげ替えられ、そして当然「霊導師 能城あや子」のコーナーも、そのまま残されることとなった。

もちろん、新プロデューサーは、これが妻木と鳴滝によるでっち上げだとは知らなかった。いまさらインチキだと白状するわけにもいかず、「霊導師 能城あや子」は、番組内で生き続けることになってしまったのである。

幸い、テレビ局内に設置された隠しカメラやマイクなどの仕掛けは、そのままになっている。草壁の手によって新たに会議室や制作室にもカメラとマイクが設置され、以前は妻木から渡されていたデータなども自分たちで収集することにすれば、なんとか形を維持できるという目算が立った。増強された草壁賢一と藍沢悠美の戦力は、テレビ局に対しても発揮されることとなったのだ。

「それでは、本番、参りまぁす。よろしくお願いしまぁす」

ＡＤの声がスタジオに響き渡り、鳴滝は、また能城あや子のほうへ目を向けた。

●二

収録は一回が四時間から五時間をかけて行なわれるが、日によって相談者の数は違う。

二十人をこなさなければならないこともあれば、たった一人で終わってしまうこともある。

〈霊視〉の結果が視聴者にとってインパクトのあるものになれば、収録は長引き、必要なら、あらためて後日、相談者の自宅へカメラを持ち込んで霊を鎮《しず》める儀式が行なわれることにもなる。逆に、さほどインパクトのない〈霊視〉に終わったような場合は、早々に次の相談者が引き出されてくる。もちろん、実際に番組で放映されるのはインパクトのある結果が出たものだけである。

この日も、能城あや子の前には、次々と相談者が引き出された。あや子はそれぞれに、墓参りを勧めたり、日々の行ないを改めなさいと諭《さと》したりして、淡々と〈霊視〉を進めていった。

「なんでもかんでも、霊の所為《せい》にしてしまえばいいって考えるもんじゃないの」と、あや子は一人の相談者に言った。「仕事がうまくいかなかったり、人との関係にヒビが入ったり、そういうことの原因は、まずあなた自身にあるの。霊の所為でそうなってるんじゃない。自分の所為にするのが苦しいのはわかる。今、あなたはとっても厳しい状況の中にいるからね。それがなにもかも、あなたに取《と》り憑《つ》いた霊の所為だと言ってほしい気持ちはわかりますよ。そう言ってもらえば、気が楽になるからね。でも、霊じゃない。あなた自身に原因はあるの。今を努力しなさい。あなたが努力すれば、霊は結果を導いてくれる。逃げたら、誰も助けてはくれませんよ」

　こういった助言は、もちろん草壁賢一や藍沢悠美の調査から出てきたものではない。能城あや子自身のアドリブだ。

　十人、二十人の相談者を迎えて、本当にインパクトのある〈霊視〉が行なわれるのは、そのうちに一人あるかどうかというところだ。相談者のデータは、もちろん全員のものを揃《そろ》えておくが、どういう順番で能城あや子の前に引き出されてくるかは、番組のディレクターをはじめとするスタッフが決める。そこにはあや子も鳴滝も口を出せない。

　この日、鳴滝が一番の目玉だと考えている相談者が登場したのは、収録が始まってから一時間ほど経過した五人目だった。

「では、次の相談者の方をお招きしましょう」

　準備が整ったところで、司会進行役のお笑い芸人が声を張り上げた。

　能城あや子の前に現われた二人の女性を見て、鳴滝は、よし、と小さくうなずいた。屋外駐車場のバンの中でも、藍沢悠美が「きたきた」と両手を擦《こす》りあわせていることだろう。

「葛飾区《かつしか》からお越しいただきました松原《まつばら》三智子《みちこ》さんと潮田《しおた》百合《ゆり》さんです。どうも、はじめまして。お二人には事情があるということで、お顔にモザイクを入れさせていただいております。音声も変えてあります」

相談者の顔にモザイク処理を施すことは、番組ではしばしば行なわれている。もちろん、盲目の能城あや子には、相談者の顔の造作などなんの関係もない。二人とも、見たところ三十歳前後だが、松原三智子と呼ばれた女性は小柄で痩《や》せた体型をしており、潮田百合のほうはやや大柄で太っていた。

「実際に相談をお受けになるのは松原さんなのですが、申し込まれたのはお友達の潮田さんのほうなんですよね」

訊《き》かれて、太ったほうの女性が「はい」と、うなずいた。

「松原さんは、テレビとか出るのは気が進まなかったみたいなんですけど、私のほうが強引に、っていうか、やっぱり能城先生に観ていただくのがいいんじゃないかって説得したんです」

「なるほどね。強引にでもって思われたのは、どうしてなんです？」

「もしかしたら、私の勝手な思い込みかもしれないですけど、この人にはなにか憑いてるんじゃないかって思うんですね」

視聴者席の主婦たちが、一斉に「えーっ」という声を上げる。収録前にさんざん繰り返させられた練習の成果だ。

「憑いてる……っていうのは、キツネ憑きとか、そういうような？」

司会者が、これも驚きの表情を作りながら訊き返す。

「キツネなのかなんなのか、そういうのはわからないですけど……なにもないのに突然人が変わったみたいになって泣き出しちゃったりとか。仕事中でも震えが止まらなくなっちゃったり。何度か自殺しようとしたこともあるんです」

「それは……」と、言葉を選ぶためだろう、司会者はフロアのＡＤのほうへ一瞬目をやった。「むしろ、ええと、失礼ですけども……病院とか行かれたほうが、いいのと違いますか」

はい、と潮田百合はうなずく。松原三智子のほうは、ただ俯《うつむ》いたまま自分の足下のあたりに目を落としていた。

「私も、最初は病院で診てもらうように勧めたんですけど、この人、行こうとしないし、そういうの絶対いやだからって」

「それで……能城先生に、ってことですか？」

「はい」

司会者は、首を傾《かし》げながら能城あや子のほうを振り返った。

「先生、どうなんですか？　こういうのって、キツネが憑いたりとかで、起こるもんなんでしょうかね」

明らかに、司会者は、この五人目の相談者を捨てネタと判断したようだった。さっさと片づけて、次の相談者を呼んだほうがいいという口調だ。おそらく副調整室《サブコン》の中のスタッフも同様の判断をしているのだろうし、視聴者席の主婦たちの気持ちも同じだろう。

だが、能城あや子の反応だけが、他とは違っていた。

あや子は、松原三智子のほうへサングラスの顔を向け、心持ち顎《あご》を上げてみせた。

「この方ご自身から、何か強いものが出ているのを感じますね。かなり強いものです。なんだろう？　観てみないとわかりませんけど」

「そうなんですか？」意外な表情で司会者が訊き返した。「……じゃあ、さっそく霊視をしていただけるでしょうか」

あや子は黙ったままうなずき、松原三智子が彼女の前の椅子へ座らされた。

能城あや子が招霊木《オガタマノキ》の枝を捧げるように持ち直すと、スタジオの照明が静かに落とされる。スポットライトが、あや子とその前に畏《かしこ》まっている松原三智子を浮かび上がらせ、スタジオ内にはあや子の揺り動かす招霊木《オガタマノキ》の葉の擦れ合う音だけがカサカサと鳴っていた。

一分近くの〈霊視〉が終わり、スタジオに元の照明が戻ると、能城あや子は静かに口を開いた。

「鬼ですね」

「…………」

あや子の言葉に、松原三智子が初めて顔を上げた。

「お、鬼……？」司会者が戸惑ったような口調で訊き返す。「その……鬼って、なんですか？」

あや子は、松原三智子のほうへ顔を向けたまま、息を大きく吸い込んだ。

「あなたに憑いているのは、キツネでもタヌキでもありません。鬼です。あなた自身、わかっているでしょう。何年も鬼から逃げようとして、隠れてきたけれど、逃げることも隠れることも結局はできなかった」

松原三智子が、眼を見開いていた。口を開けて荒い呼吸を繰り返している。

「鬼は、子供をさらうのです。たくさんの子供がさらわれた」

ううっ、と堪《こら》えきれなくなったように松原三智子が喉《のど》を鳴らした。彼女の眼から、突然、涙があふれ出してきた。大きく首を振り、両手に顔を埋めた。

「…………」

スタジオが静まり返っていた。

司会者も、誰もが、あや子と松原三智子の間に起こっていることが理解できないでいるのだ。

鳴滝は、ふう、とフロアの隅で小さく息を吐き出した。演出が過剰だよ、と声に出さず呟いた。

●●二二

実は、松原三智子の調査を開始したのは一ヵ月近くも前だった。

「なんにも出てこないよ」

草壁賢一は、松原三智子のアパートに忍び込んで撮影してきた写真を前に、アクビを押し殺しながら言った。

「わかるのはさ、この松原さんは、とっても慎《つつ》ましい生活をしているってことだね。きれいなもんだよ、部屋の中。それこそ必要最低限のもの以外、なあんにもないんだから」

「一人暮らしでしょ？ 珍しいよね」藍沢悠美が写真を取り上げながら言った。「このぐらいの歳になって、一人暮らしだったら、もうちょっとゆとりとかありそうなもんだけどね」

「いや」と、鳴滝は顔をひと撫でした。「何かあるよ。住民票も戸籍もないってことは、どこかで過去を捨ててるんだ、この人は」

鳴滝が、この松原三智子に着目した最初のポイントはそれだった。ターゲットのデータを集めるのに最も基本的な住民票や戸籍が、松原三智子には存在していなかったのである。

「そりゃ、なにかあったんだろうってことは、想像つくよ」草壁はテーブルの上の皿から大福餅《だいふくもち》を一つ取り上げて言った。「借金が膨《ふく》らみすぎて逃げ出したとかさ、自分の人生をもう一度真っ白にしてやり直したいことがあったんだよね、たぶん。だって、アルバムもないんだぜ。部屋の中、全部ひっくり返して、アルバムも、旅行に行った思い出のお土産《みやげ》も、それこそ過去を想像させるようなものが何一つ出てこないんだから」

「どこかに、それでも彼女の過去が残ってるんじゃないかな。人間、いくら捨てようとしても捨てられないものがあるんじゃないかって思うよ」

かはは、と草壁は、大福を頬張《ほおば》りながら妙な笑い方をした。

「だから、それ、どこにあるの？　洗《あら》い浚《ざら》い調べてなかったんだよ」

「それにさあ……」悠美が首を傾げる。「もし、この三智子さんの過去がわかったとしてもよ、それテレビで全国に公表なんかしていいもの？　相談だって、友達が申し込んだわけでしょ？　本人は出るのを渋ってるっていうんだから。それだけ捨て去りたい過去なんだったら、そっとしておいてあげるべきなんじゃないかなあ」

うむ、と鳴滝は眼を閉じた。

確かに、悠美の言うこともっともだった。ほじくり返されたくない過去を持っている人もいるだろう。テレビが踏み込んでいいものではないかもしれない。ただ、やはり鳴滝には、この松原三智子の過去が気になって仕方がなかった。

「その過去に、彼女は苦しめられているんじゃないかって気がするんだ」

「苦しめられてる……」

うなずきながら、鳴滝はテーブルの上のメモを取り上げた。

「詳しいことは不明だが、彼女はしばしば、なにかに取り憑かれているように人間が変わる、とある。彼女は、自分の過去を捨て去った。しかし、その捨てた筈《はず》の過去に取り憑かれている。その苦しみがどこから来ているのか、もうちょっと調べてみてもいいような気がするんだけどね」

悠美が口を開こうとしたのを、鳴滝は、待てというように押し止めた。

「うん。藍沢君が言うのもわかる。だから、調べてみて、その彼女の過去というのがテレビの電波に乗せるべきじゃないようなものだったなら、それはそっとしておくことにしよう。とにかく、できるところまで調べてみたらどうだろう」

ちょっと、ちょっと、と草壁が手を上げた。

「鳴滝さん、できるところまでって、オレの言うこと聞いてた？　なんにもなかったって、オレ、言ったよね？　なんにもなかったって意味はさ、なんにもなかったってことなんだよ」

鳴滝は、うなずきながら笑った。

「アパートの部屋を調べただけだろう？　それ以外のところからは、なにか出てくるかもしれないじゃないか」

「それ以外……って、どこよ？」

「どこか、心当たりはない？」

「ねえよ」

鳴滝も、大福餅に手を伸ばした。あははは、と悠美が声を上げて笑った。

⁂

それから二週間あまりは、なんの進展もなかった。松原三智子だけに関わっているわけにはいかなかったし、実際の調査をする草壁にも無理強いはできなかったからだ。

しかし、松原三智子についての新展開は、やはりその草壁によってもたらされた。

松原三智子は、相談を申し込んだ潮田百合と同じ、葛飾にあるスーパーに勤めている。草壁は、そのスーパーの女子更衣室に潜入してきたのだ。

「定期入れに挾んであったよ」

プリントした写真のコピーに顎を上げ、草壁は戦利品について、そう解説した。

「いつごろ撮った写真だろ？　三智子さん、だいぶ感じが違うよね」

悠美が、草壁がスーパー内で盗み撮りした松原三智子の写真と見比べながら言った。

写真には、道路脇に立っている松原三智子が写っていた。そして、彼女はその腕に、小さな男の子を抱いていたのだ。

「子供かな？」

呟いた悠美に、鳴滝はうなずいた。

「彼女の子供だと考えるのが普通だな。松原三智子が捨てられなかった唯一の過去なんだ。そこに写ってるのが、他人の子供だとは考えられない」

そして、もう一つ注目すべきものがあった。それは、彼女の胸に「4612」という番号が太く書かれていたことだ。

「ゼッケン……よね。この4612って」

ブルーの半袖のTシャツ。半身が写っているだけだから下半身はわからないが、腰にはウエストバッグらしきものが巻かれている。白いキャップをかぶり、そのキャップの上にサングラスが載っていた。抱かれている男の子のほうは、白っぽいランニングシャツで、その胸にはオレンジ色の猫のマンガがプリントされている。かなり日差しが強く、夏を思わせた。

「マラソン、なのかな」

悠美の言葉に、もう一度鳴滝はうなずいた。

「そんな感じだね。それと、これは日本じゃないな」

「あ、そうか……」

「後ろに背中を向けた男が二人写ってる。体格も腕の感じも、金髪の具合も、外国人だろう」

「ゼッケン、番号ははっきりわかるけど、その上下に書いてある文字が読めないなあ。小さいし薄いし、これだともっと拡大してもボケボケになっちゃうだけだなあ」

ソファのほうへ移りながら、草壁が肩の上で首をコキコキと回した。

「ホノルルマラソンって、一般参加できるんだっけ？　普通、マラソンだと一般参加ってあるよな」

「そうか、それよね」

悠美は草壁のほうへニッコリと笑い、自分のデスクへ戻ってパソコンに取りついた。

「ちょっと時間をちょうだい。どこまでわかるかやってみる」

写真の分析調査は悠美に任せ、鳴滝と草壁は自分の仕事へ戻った。悠美の調査には、かなりの時間がかかりそうだった。

●―●

その三日後、藍沢悠美は、ようやく身許《みもと》が判明したと、鳴滝に連絡してきた。

「近江佳子《おうみよしこ》」

と、悠美は、鳴滝と草壁を見比べるようにして言った。

「近江？」

うん、と悠美がうなずく。

「松原三智子さんの、本当の名前。近江佳子さん。年齢も、資料にある三十二歳っていうのはサバ読んでて、本当は三十六歳。ちなみに、子供を抱いた写真の彼女は、当時二十八歳ってことだったみたい」

「近江佳子と松原三智子じゃ……ぜんぜん違うじゃん」

草壁が呆《あき》れ返ったように言った。

「最初は、草壁君が言ったみたいにホノルルマラソンだと思ったんだけど、何年 遡《さかのぼ》っても彼女らしい参加者がみつからなくて参っちゃった。ホノルルじゃなくて、マウイだったのよ」

「マウイ」

「そう、あたし、知らなかったけど、マウイマラソンって、ホノルルマラソンよりも歴史は古いのね。日本人の参加者もけっこういっぱいいて、人気のあるマラソンみたいよ」

「へえ……そうなのか」

「マウイマラソンの主催はバレー・アイル・ロード・ランナーズっていうハワイの団体なんだけど、日本にも事務局があるんだ。そこから仕入れた参加者名簿で、過去に遡りながら絞っていったわけね。ゼッケン番号が4612という選手で、日本人で、女性ってことで絞り込んでいって、やっと八年前の大会だったってことがわかった」

「八年前、なのか……」

「うん。ちなみに、その八年前のマウイマラソンには、九百二十人が参加していて、そのうち四百三十人が日本人」

「そんなに？」

「あたしもびっくりした——松原三智子こと、近江佳子さんは、五時間十六分四十四秒のタイムで完走してる。一般参加でこのタイムなら、たいしたもんだよね」

「フルマラソンだろ？　完走するだけですごい、すごい」

草壁が拍手をした。

「九時間もかかる人だっているんだから、タイムとしてもけっこういいんじゃないかな」

「ということは」鳴滝は、悠美に渡された名簿から目を上げた。「当時の住所も判明したということだな」

「あせらない、あせらない」と悠美が鳴滝の腕を叩いた。「もちろん、住所も、家族も調べました」

「家族も、うん」

「八年前、近江佳子さんは、夫と息子と三人でマウイマラソンに行ったのね。調べてみたら、競技参加者のためのツアーっていうのがあって、近江さんたちは、そのツアーに参加してマウイに行ったの。マラソンに参加するのは佳子さん一人だけど、旦那と息子は観光をかねて応援ってことかな。近江俊史《としふみ》さんというのが、その旦那の名前。八年前の当時が三十一歳だから、今は三十九歳になってる。息子は和也《かずや》君。当時三歳と八ヵ月だったみたい。今は、十一歳になってて、小学校五年生の筈だわ。住所はこれ」

と、悠美はプリントアウトした紙を鳴滝に寄越した。

「福岡市――」

もう一度、鳴滝は八年前の写真を取り上げた。

近江佳子の表情は明るい。母に抱かれた息子の和也は、強い日差しに顔をしかめながら、でも精一杯の笑顔でカメラの方を向いている。いかにも幸せそうな母と子の写真だ。

いったい、何があったのだろう。

現在、近江佳子は、松原三智子と名前を変え、ひっそりと東京で暮らしている。アパートには、息子の姿も夫の姿もない。彼女は、一人暮らしをしながらスーパーで働いている。定期入れに、この写真だけを挟み込んで、その他の一切の過去は捨て去ってしまった。

何が、近江佳子を、現在の彼女に変えたのか？

友人の潮田百合によれば、彼女は時々、人が変わったようになり、突然泣き出したり、何度も自殺を試みたりもするようになった。躁鬱《そううつ》病のようにも思える。明らかに、八年前と現在の彼女は違う人生を送っている。

鳴滝は、写真の母子を見つめた。現在の彼女の人生には、もう、この写真のような明るさはない。何かが、彼女を変えたのだ。

それは、どんなことだったのか？

「えーと、ちょっとよろしいでしょうか？」

草壁が鳴滝の顔を覗《のぞ》き込むようにして言った。

「なに？」

「あのさ、まさか、福岡に行けなんて、言わないよね？」

「……あ、ああ」

気がついて、笑いながら草壁を見返した。

「正直なとこ、無理だからね。今のスケジュールで、九州なんて行ってらんないの、鳴滝さん、わかってるよね？　そんな悪魔みたいな人じゃないよね」

言われるまでもなかった。

草壁も、悠美も、ただでさえ忙しいのだ。彼を福岡へ行かせることなど、物理的に不可能だった。

横を見ると、悠美は、ヒョイと肩を竦《すく》めてみせた。

「僕が行ってくるよ」

鳴滝が言うと、草壁はニヤリと笑った。

●●
●

だが、実際に鳴滝が福岡へ出かけることができたのは、それからさらに一週間後だった。

草壁や悠美も忙しいが、ある意味、鳴滝は彼ら以上にハードなスケジュールをこなしている。彼ら二人は、その活動はもちろん、存在さえも世間には知られていない。しかし、鳴滝の場合は、テレビ局やマスコミへの対応など能城あや子に関するすべてのマネージメントを処理している。さらに、能城あや子の著書を出版するという話が進行中で、その原稿も鳴滝が書いている有様なのだ。だから、唯一、時間に余裕があるのは当の能城先生なのだが、むろん、彼女自身に相談者の調査をさせるなど論外だった。

番組収録までの時間が残り少なくなってきている。局のリストに挙げられている相談者の順番からいけば、〈松原三智子〉の収録は数日後に行なわれる筈だ。それまでに、なんとか結果を出しておかなければならない。

自分のスケジュールを調整して無理矢理六時間ほどの隙間を作り、その日、鳴滝は飛行機に乗った。

幸い、悠美が調べ上げた近江俊史の住所は、福岡空港から車で十分ほどの距離にある住宅地だった。六時間で終わらせるといっても、四時間近くは飛行機での往復で費やされてしまう。目的地が空港に近いというのはありがたかった。

しかし、目的地に着いたとたんに、鳴滝は戸惑いを味わわされることになった。メモに書かれた住所を確認しながら、住宅地の中を歩き回るが、番地を何度見返しても「近江」という表札はみつからなかった。

こういう場合……草壁なら、どのように端緒《たんしょ》を摑《つか》むのだろう。

昼前の住宅街を眺めながら、鳴滝は、ふう、と息を吐き出した。その瞬間、胸の内ポケットで携帯が鳴り始めた。

「はい」

――藍沢です。今、いいですか？

悠美の声に、なんとなくホッとした。

「いいよ。途方に暮れてるところだから」

――途方？　なんで？

「いや、こっちのことだ。用件は？」

――鳴滝さんが福岡に行ってるのを思い出して、ちょっと調べてみたんですけど、近江佳子さんは七年前まで〈シティマラソン福岡〉に五年連続で参加して走っているんです。

「シティマラソン福岡……そういうのもあるんだ」

――フルマラソンじゃなくて、ハーフマラソンみたいです。それが、七年前が最後の参加で、その翌年からは参加してないんですよ。

「なるほど。つまり、彼女は、少なくとも七年前までは、この福岡に住んでいた可能性が高いということだな」

――逆に言えば、佳子ちゃんが東京に出てきて、三智子ちゃんになったのが七年前だったって可能性も高いってことですよね。そっちでの調査に、なにか役立つんじゃないかと思って、一応、お知らせしておきます。

「ありがとう。また何かわかったら知らせてくれ」

――はあい。

七年前か……と、鳴滝は携帯をポケットに収めながら呟いた。

近江佳子が生活を変えたように、その夫や息子も生活を変えた可能性は充分にある。

不意に、子供たちの甲高《かんだか》い声が聞こえてきて、鳴滝は前方に目をやった。ピンクとブルーに塗られた保育園の建物が見えた。その前庭で園児たちが走り回っている。

「………」

近江佳子の息子和也も七、八年前はあのぐらいだったのだろう。男の子の一人が、パタン、と頭から転んで泣き出した。そこに保育士の女性がゆっくりと近づいて彼を抱き上げた。近江佳子の八年前の写真を思い浮かべた。

ふと、保育園の向かいに米屋があるのを見つけた。店の前で、三十代後半ぐらいの男がバイクの後ろに段ボール箱を積んでいる。そうか、と気づいて鳴滝はその米屋に足を向けた。

「すみません。ちょっとお伺いしたいんですが」

「はい？」

男は被《かぶ》っていた帽子のツバを持ち上げるようにして、鳴滝を見返した。

「このあたりに近江さんってお宅、ご存じないでしょうか？」

「近江?」

「近江俊史さんというんです。ええと、これが住所なんですが」

メモを見せると、男は首を傾げていたが、しばらく眺めて、ああ、ああ、とうなずいた。

「もう、えらい前に引っ越されとうですばい。何年前やったろうねぇ」

「ああ……引っ越されたんですか」まあ、そういうことだろう、と鳴滝は小さくうなずいた。「引っ越し先とかは……ご存じないですか?」

「いやあ、知らんねぇ。なして、今ごろ訪ねてきんしゃったとね?」

「私がお会いしたのもずいぶん前なんですが、ハワイでご一緒したことがあってですね、そのときに住所を教えてもらったんですが、なかなか日本に帰って来れなかったものですから」

「そげんことね」と、男は気がついたように、ふんふん、とうなずいた。「そうくさ。近江さんとこの嫁さん、マラソンに出る言うて、ハワイに行きよんしゃったげな」

「そうです。マウイマラソンに近江さんが来られたときにお会いしたんですよ」

「へえ、あんたはハワイにおんしゃったとね?」

「はい。向こうで長く仕事をしてました」

「そりゃあ、すげえ。気の毒やばってん、引っ越し先まではどげんもならんですたいね」

「そうですか……どなたか、近江さんと親しかった方は、このへんにおられないですかね」

「さあ、どげんかいなね。たしか坊主はそこの」と向かいの保育園を指さした。「保育園ば通わしとんしゃったですばい」

「ああ、小さい男の子がいましたね」

これ以上は、無理なようだった。礼を言い、米屋の前から、また保育園へ戻った。遊んでいる子供たちを眺める。
七、八年前の園児を覚えている保育士がいるだろうか？　年配の姿を探したが、庭に出ている二人の保育士は、どちらも若かった。
ポケットに手を入れ、マールボロの箱を取り出して、いや、と戻した。なんとなく、保育園の前でタバコを吸うのはためらわれた。

さて、では不動産屋にでも行ってみるか……と、そこを離れようとしたとき、ふと、保育園の正門前に立てられている石碑に目がいった。さほど大きな石碑ではない。高さ八十センチほどの御影石《みかげいし》の表面に「三十四童尊」と彫られていた。その石碑の前には、円筒形の銅の花立てが置かれていたが、そこに花は挿《さ》されていなかった。

石碑の前へ歩き、しゃがみ込んで眺めた。表面には「三十四童尊」としか彫られていない。その文字が、なんとなく気になる。しかも、保育園の前なのだ。どこか慰霊碑のように思えた。碑の裏側を見てみたいと思ったが、保育園の塀に邪魔されて回り込むことができない。

なにかの気配を感じて、顔を上げると、保育士の女性が塀の内側から鳴滝を見つめていた。

ああ、と鳴滝は立ち上がり、頭を下げた。彼女のほうも、黙ったまま会釈を返してきた。

「すみません。この石碑、どういうものなんでしょうか?」

保育士は、パチパチと瞬《まばた》きをして正門を回ってきた。

「それ、慰霊碑なんです」

ああ、やはり、と鳴滝はうなずいた。

「童尊……って、子供が亡くなられたんですか?」

「はい。もう前のことですけど、事故でここの園児が三十四人、亡くなったんです」

「え……?」

思わず、彼女を見返した。

「たいへんな事故だったって聞いてます」

「…………」

三十四人もの園児が――。

慰霊碑に目を返す。「三十四童尊」という文字が違って見えた。

「それは、いつの事故だったんですか？」

「ええと……この裏側に書いてある筈なんですけど、二年ぐらい前にこの塀を作り直したときに、ぴったりくっついちゃって見れなくなっちゃったんですよね」

「どんな事故ですか？」

「遠足に行ったときのバスが事故ったんですね。詳しいことは、私も中学生ぐらいだったから、ちょっと覚えてないんですけど」

「そうですか……あ、ごめんなさい。お仕事の邪魔をしました」

いいえ、とまた会釈をし、保育士は園内へ戻って行った。

携帯を取り出し、ボタンを押した。

――はい。藍沢です。

もう一度、慰霊碑の前にしゃがみ「三十四童尊」という文字を見つめた。

「たぶん、七、八年前だと思うんだが、事故の記事を調べてくれ」

――事故ですか？　どんな？

「保育園の遠足でバスが事故を起こして、園児の三十四人が亡くなったという記事だ」

――ええっ？　三十四人？

「ああ。そんな大事故なら、絶対に記事になってる筈だから」

——わかりました。すぐに調べます。もちろん、福岡の保育園ですよね。

鳴滝は、正門に書かれている保育園の名前を告げ、携帯をポケットへ戻した。

慰霊碑に向かって手を合わせ、しばらく黙禱《もくとう》してから、ゆっくりと立ち上がった。

腕時計に目をやる。内ポケットからチケットを出し、飛行機の搭乗時刻を確認して、タクシーの拾えそうな大通りのほうへ足を向けた。

⁘

「七年前の二月二日です」

羽田から真っ直ぐ事務所へ戻ると、悠美は開口一番にそう言った。

「やっぱり七年前か」

鳴滝のためにウーロン茶を出しながら、片手に持ったメモを眺めている。

「ものすごい事故だったんですね。三重衝突っていうか、バイクとタンクローリーと園児たちを乗せたバス」

「三重だったんだ」

言いながら部屋を見回したが、草壁の姿は見えなかった。コートを脱いで、ソファに腰を下ろした。

「その日は、朝から小雨が降ってて、道路は滑りやすい状態だったみたいです。事故が起こったのは、福岡南バイパス。園児たちを乗せたバスは太宰府《だざいふ》からの帰り道でした。記事の詳細だと、カーブを曲り切れずにスリップしたバイクが単独で転倒して、それをタンクローリーが避けようとハンドルを切った。タンクローリーはバスに激突してしまって、今度はそのバスがバイクを右の前輪で踏み潰すような形になっちゃったらしいんです。それでバイクの燃料タンクに引火して炎上。同時にタンクローリーにも引火。タンクローリーは危険物を輸送中で、爆発を起こして、バスにも引火。瞬く間にバスは火に包まれて、バイクとバスは全焼してしまったってことです」

ふう、と鳴滝は息を吐き出した。

「凄《すさ》まじいな」

「結局、タンクローリーに積まれていた劇物のために、火の回りがあまりにも早かったのでバスに乗っていた子供たちは全員が焼死してしまったのだそうです。園児全員と、そのバスに同乗していた引率の保育士が四人、そしてバスの運転手とガイドさん、あとはバイクの運転をしていた男性も、ということで、四十人を超える死者を出す大惨事になっちゃったってことです」

鳴滝は、ゆっくりと首を振った。どうにもやりきれない。

「二月二日って言ったよな」

「そうです」

「そんな時期に遠足をするんだ。太宰府？」

「お花見遠足ってことだったみたいです」

「お花見って……二月だろ？」

「梅ですよ。太宰府ですもの」

「ああ、そうか。梅か。東風《こち》吹かば、ってやつだ」

ふんふん、と悠美がうなずいた。

「四つの保育園の合同遠足だったみたいですね」

「四つ？」

「そうです。バスも四台仕立てて。太宰府の天満宮《てんまんぐう》と、それから遊園地もあるらしくて。事故に遭ったのは、その中の一台です。他の三台は無事でした」

三十四童尊と彫られていた慰霊碑が瞼《まぶた》に浮かんだ。

つまり、あの保育園の園児たちを乗せたバスが、不運にも事故に遭ったのだ。

「保護者が参加する遠足もあるらしいんですけど、そのときは合同遠足だということで、保護者の参加はなし。希望者を募って遠足に行くという形だったみたいです」

「希望者……てことは、近江和也君は？」

悠美は、小さく首を振った。

「亡くなった全員の名前が記事にありました。和也君の名前も……」

そうか、と鳴滝はうなずいた。

悠美が出してくれたウーロン茶のグラスを取り上げ、一口飲んだ。

目の前のテーブルに載せられているファイルを取り上げる。そこから、一枚、写真を取り出した。

和也君が亡くなった前の年、ハワイで撮られた写真。近江佳子の腕には、ちょっぴりまぶしそうな顔で笑っている和也君が抱かれている。彼女は、この写真だけを残し、あとのすべてを捨て去った。

いや……。

鳴滝は、写真の中の母と子を見比べた。

なにか違う。

やはり、理解できない。

保育園の正門前に立っていた慰霊碑を見て、そこで大勢の園児たちが事故で亡くなったことを知った。近江佳子は、我が子を亡くした心痛から、過去のすべてを捨てて――と、短絡的に考えていた。

しかし、あまりに図式的すぎないか？

自分の子供を失ったのは、近江佳子だけではない。あと三十三人の園児たちの親もまた、彼女と同様の苦しみを味わわなければならなかったのだ。もちろん、子供を失うことは、なにより悲惨なことに違いない。しかし、では他の三十三人の子供たちの親も、彼女と同じように自分の過去のすべてを捨てたのか？

あまりに弱すぎないか？

まして、近江佳子は、アマチュアとはいえ、何度もマラソンに出場し完走している女性なのだ。何時間もゴールを目指して走り続ける。自分自身との戦いに勝ってきた女性が、どうして……。

不意に、鳴滝は顔を上げた。

「おい、近江佳子が最後に参加した福岡のマラソン、なんて言ったっけ？」

いつの間にか横に腰を下ろしていた悠美が、鳴滝を見返した。

「シティマラソン福岡」

「そのマラソンがあったのは、いつだ？」

「いつ……？」

「七年前のシティマラソン福岡は、何月何日に開催されたんだ？」

あ、と悠美が眼を見開いた。ソファから立ち上がり、自分のデスクへ戻っていった。

パソコンに取りつき、キーボードを叩いてデータを呼び出した。

「二月二日です！」

ああ……と、鳴滝は眼を閉じた。

「同じ日です。保育園の合同お花見遠足があったのと、シティマラソン福岡が開催されたのは、同じ二月二日です」

「………………」

そういうことだったのか。

鳴滝は、手に持ったままの写真に目を落とした。写真の中で、母と子が笑いかけていた。

●●●

「鬼から逃げ続けてるんだってことは、あなたにもわかっている筈よね」

能城あや子は、近江佳子の気持ちが落ち着くのを待って、静かに言った。

スタジオの隅からだと、ライトの当たっている能城あや子は実物よりも大きく見える。

鳴滝は、いつもそう感じていた。もちろん、あや子の演技力が彼女を大きく見せているということもある。

「どうして、鬼から逃げてばかりいるの？」

「……あの」

近江佳子の口が初めて開いた。しかし、開いた口は、またすぐに閉ざされ、小さく首を振ると、彼女は再び顔を俯けた。

「あなたに取り憑いている鬼はね、あなた自身が呼び寄せたものなんですよ。そのことは、自覚してますか?」

近江佳子が、俯いたままうなずいた。

彼女たちの横には、司会役のお笑い芸人と潮田百合が、どうしたらいいかわからないといった表情で立っていた。司会者も、まるで言葉を挾むことができずにいる。能城あや子の言っていることが、彼らにはまったく理解できていないのだ。なにが始まっているのかが、わからないでいる。

「たくさんの、可愛らしい顔が見えます」と、あや子は続けた。「ずいぶんたくさんの子供たちを、鬼がさらっていってしまったのね。その中に、あなたは自分のお子さんの顔も見ているの?」

ああ……と、近江佳子が声を洩らした。

驚いたように、潮田百合が友人を見つめた。近江佳子は、友達の百合にも、自分の過去を話していないのだ。

「いいかげんに、自分を責めることはおやめなさい」

「いえ、でも……」

近江佳子が顔を上げた。

「でも、なんですか？」

「私が自分勝手だったんです。あの子は、私と一緒に行きたいって言ってたんです」

その佳子の頬に、また涙が一筋流れた。

「一緒に行きたいっていうのを、あなたはかなえてあげなかった」

「はい……そうです」

「だから、鬼が来たって思ってるの？」

「先生が仰《おつしや》った通りなんです。私が鬼を呼び寄せたんです」

能城あや子が、ゆっくりと首を横に振った。

「あなたは、鬼がどういうものかわかってない。鬼が呼び寄せられたのは、あなたのところになんですよ。子供たちのところじゃない」

「…………」

「鬼はね、子供が大好きなの。子供と一緒に遊びたいの。だから子供をさらっていったりする。でも、それを悪い鬼にしてしまうのは、大人たちなの。子供たちがさらわれたとき、あなたはそこから逃げ出した。鬼と立ち向かわずに、そのまま逃げて隠れてしまった。鬼が邪悪なものになったのは、その時からです。あなたが悪い鬼を呼び寄せた。

そう言ってるの。わかる？」

「………」

「どうして、立ち向かわないで逃げたの？」

ひゅう、という音を立てて、佳子は息を吸い込んだ。

「あの子の言う通り、遠足なんて行かせないで、私と一緒に会場に行っていれば、あの子は亡くならずにすんだんです。私は、自分のことしか考えていませんでした。遠足が大会と同じ日になったのが、私には幸運だと思ってました」

やはり、そうだったのか、と鳴滝はスタジオの隅から近江佳子を見つめながら思った。

「私は、自分が走りたいってことだけを考えていたんです。自分のことしか考えていませんでした。遠足は自由参加でしたから、遠足にはやらずに、連れて行くことだってできたんです。主人は都合が悪かったけど、友人も応援に来てくれるって言ってましたから、彼女に預けて見ててもらうことだってできた筈なんです。でも、私は、あの子を遠足に参加させました。自分のことだけしか頭になかったんです。私は、厄介《やっかい》払いみたいに、あの子を……」

近江佳子は、また喉を詰まらせた。

「つまり、お子さんを死なせてしまったと、あなた、考えているのね」

「遠足に参加させなければ……」

「自分の所為《せい》で、子供をひどい目に遭わせてしまった？」

はい、と佳子はうなずいた。何度も、何度も、何度もうなずいた。

スタジオの中は、異様な雰囲気に包まれていた。

おそらく、二人のやりとりの意味を理解できている者はいないだろう。視聴者席に集められた三十人の主婦たちも、今、何が起こっているのかが理解できないでいる。それは、副調整室《サブコン》にいるディレクターやスタッフたちにしても同様だった。それがわかっているのは、鳴滝と、能城あや子、そして近江佳子自身だけなのだ。

ただ、誰も、近江佳子と能城あや子の間に割り込むことができない。理解はできないが、なにかが起こっていることは全員が感じている。スタジオの空気が、いままでになく張りつめていた。

「よくお考えなさい」と、あや子は、やや強い語調になって言った。「自分勝手なのは、遠足に行かせたあなたなのか。それとも、今のあなたなのか」

「…………」

佳子が、顔を上げた。

「自分のことしか考えていないのは、あのときのあなたなのか。それとも、今のあなたなのか」

あや子は、手に持った招霊木《オガタマノキ》の枝を、すい、と佳子のほうへ差し向けた。

「自分を偽って生きているのは、どっち？　ゴールに向かって走っていたときのあなた？　それとも、今のあなたなの？　お子さんは、どっちのあなたを見たいと思うでしょうね」

招霊木《オガタマノキ》の枝を一振りし、あや子はそれを膝の上へ戻した。

「なぜ、お子さんは、あなたの走る姿を見たいと思ったの？　自分自身を偽って生きているあなたを、お子さんに見せられる？　松原三智子という名前だって、あなたはお子さんに聞かせられないでしょう。今のあなたが、自分勝手なんですよ。自分のことしか考えていないのは、今のあなたなんです」

「あの……」佳子が震える声で言った。「どうしたらいいんでしょうか？　私、ほんとうに、どうしたらいいのか、わからないんです」

能城あや子は、すっ、と息を吸い込んだ。

「戻りなさい。難しいかもしれないけれど、でも、戻る努力をなさい。九時間かかってもいいから、もう一度走ってご覧なさい」

「……走るんですか」

「あのね、私には、あなたのお子さんの姿が見えます。小学校五年生の、姿が見えます」

「え……？　でも、あの子は四歳だったんです」

「あなたに見えているのは、四歳のままなのね。でも、私には、大きく成長した彼が見えます」

「……………」

「亡くなっては、いないのよ」

言葉が理解できないというように、近江佳子が首を振った。

「あなたは、自分勝手にお子さんが亡くなったと思って、逃げ出してしまった。でも、鬼は、あなたの息子をさらっていってはいないの」

「あの……それは」

ざわざわと、視聴者席がざわめいた。もちろん、まだ誰も状況が理解できているわけではない。しかし、事態が変化していることを、誰もが感じ始めていた。

鳴滝は、保育園の遠足での悲惨な事故を知ったとき、これをテレビで公表することはできないと考えた。すべてを捨て去った近江佳子に、もう一度、過去を暴《あば》いてやるのは、あまりに残酷だと思った。

しかし、その考えが変わったのは、藍沢悠美の調査によってだった。補助的なデータを集めるために、彼女は七年前の事故をさらに調査した。そして、彼女自身が驚いたのは、近江和也が生きていたという事実だった。

バスが全焼したということもあって、事故直後の発表では、和也も被害者としてリストに載せられていた。ところが、当の和也は、事故当時、帰りのバスには乗っていなかったのである。

友達と目隠し鬼をして遊んでいた彼は、お帰りの時間になったとき、一人、遊園地の中で迷子になっていた。四つの保育園の合同遠足だったということもあり、引率の保育士たちは、忙しさに取り紛れてきちんとした点呼を取らなかった。だから、和也は一人、バスに乗り遅れてしまったのだ。

遊園地の職員に保護されたものの、和也は置いて行かれたショックで、母親を呼び続けた。その日、遊園地には保育園の子供たちだけではなく、行楽客が数多く訪れていた。そのために、遊園地側では、和也が親からはぐれてしまった迷子だと判断した。親は現われず、職員たちは、捨て子の可能性も考えて警察へ届け出た。しかし、その日の警察は、迷子どころではなかった。保育園の園児を乗せたバスが、四十人を超える死者を出す大事故に巻きこまれていたからだ。

近江和也の身許が判明し、自宅に帰されたのは、事故の四日後だった。しかし、その時はすでに、保育園の合同慰霊祭も終わり、近江佳子はショックのあまり家を飛び出した後だった。悲惨なことに、遺体には焼け爛《ただ》れて見分けのつかなくなっていたものが少なからずあったのだ。

番組の収録後、テレビ局のスタッフは、必死になって近江佳子の家族のその後をリサーチした。その結果、夫の近江俊史は、息子の和也と共に、大阪に移り住んでいたことが判明した。和也は、小学校五年生になっていた。

番組のロケ班が、近江佳子と一緒に大阪へ向かい、母と子の七年ぶりの再会をカメラに収めた。その映像は、特番のハイライトシーンとして、いささか過剰な演出と共に放映された。

「しかし、まあ、よく泣くね」

全員が事務所に集まって放映を鑑賞した後、能城あや子が言った。もちろん、彼女の場合、画面など、なにも見えていないのだが。

「だって、七年ぶりの再会なんですよ」

悠美の言葉に、あや子は、ふん、と鼻を鳴らした。

「帰って来なかった三十四人のことなんて、ぜんぜん触れもしないでね」

鳴滝は、そっと能城あや子の顔を盗み見た。

霊導師の先生は、表情を変えることもなく、ビールの罐を口へ運んでいた。

隠蓑

かくれみの

●二三

「大垣《おおがき》と申しますが」

用意していた偽名を名乗ると、小さな受付の向こうでスーツ姿の女性がニッコリ微笑《ほほえ》みながら立ち上がった。

「大垣幸隆《ゆきたか》様でいらっしゃいますね。お待ち申し上げておりました。ご予約は二時からということになっておりますので、恐れ入りますが、こちらで少々お待ちいただけますか」

マニュアルを棒読みしているような受付嬢のセリフを聞きながら、腕の時計を見た。二時までは、まだ十分以上ある。

通されたのは、受付の背後をパーティションで区切っただけの狭いスペースだった。二人掛けのソファと、スツールが一つ。ソファの脇に腰ほどの高さのマガジンラックが置かれている。壁には、ゴッホの複製画が掛けられていた。コーナーの奥にドアがあり、その中央には意味不明なマークが描かれている。〈-●●●--〉というデザインのマークだ。占いかなにかに関係したものなのだろうが、何を表わしているのか、想像すらつかない。

受付嬢が一礼して去るのを待って、稲野辺俊朗はマガジンラックに挿《さ》してある雑誌へ目をやりながらソファに腰を下ろした。パーティションの隙間《すきま》から受付を覗《のぞ》き見る。腰を下ろした受付嬢の背中が半分だけ見えていた。ポケットから手帳を取り出し、例のドアに描かれたマークを写し取った。

監視されていないことをもう一度確かめて、ジャケットの内ポケットからMDレコーダーを取り出した。点灯している録音ランプをチェックし、内ポケットへ戻す。ついでに、ボタン穴に覗かせている小さなマイクが服地に紛れていることを確認してから、ふう、と一息ついた。もっとも、これから会おうとしている相手は盲目のオバサンだ。隠さなくても、マイクなど見えるわけはなかったが。

二時から二時半まで、というのが稲野辺に与えられた時間だった。たった三十分間しかない。本来なら、二時間でも三時間でも能城あや子を問いつめてやりたいところだが、こういう方法でしか取材できないとなれば、それも致し方なかった。

何度申し入れをしても、能城あや子の事務所は取材に応じてくれなかった。稲野辺の書いた記事が、よほどお気に召さなかったものらしい。〈ウイークリーFACTS《ファクツ》〉にその批判記事が載ったのは、すでに一年以上も前になるのだが——。

記事というのは、そもそも稲野辺が編集部に持ち込んだ企画だった。霊能者などと自称している連中の詐欺《さぎ》行為を取り上げた告発物で、ある程度の反響も得られた。霊能者の詐欺商法が問題となり、その後、裁判に発展したものさえある。もちろん、稲野辺の記事が裁判を起こすきっかけになったわけではないが、それなりの効果は得られたというのが編集部の判断だった。企画を持ち込んだ稲野辺としては、まずまずの成功と考えてよかった。ただ、稲野辺の中には、一つ不満が残った。

能城あや子に関しては、まったくと言っていいほどダメージを与えることができなかったのだ。中途半端な記事だったと、今でも稲野辺は後悔している。掲載を急ぎすぎた。詰めが足らなかった。

能城あや子だけに焦点を絞った記事ではなく、従って当然のことながら彼女が中心の記事でもなかった。あのころは、能城あや子がこれほどのブームになるとは思ってもいなかったのだ。ひどい目に遭《あ》わされたという強力な被害者を用意できなかったことで、記事にはもうひとつインパクトが生まれなかった。ああいう形でしか記事にできないのなら、むしろ能城あや子に関するものはすべてボツにすべきだった。

テレビ局が詐欺まがいの行為を後押ししているというのも、稲野辺には許せなかった。番組の制作側は「どなたが詐欺の被害に遭ったと言われるんでしょう? 能城先生に感謝されている方の言葉はよく聞きますが、苦情を言われたことは一度もないですね」という言葉ではぐらかした。あなた自身は霊の存在を信じるのか、という問いには「信じている方にも、信じていない方にも楽しんでいただける番組作りを心がけています」と答える。高視聴率を取ってくれている能城あや子を否定するような言葉が、番組制作者の口から出てくるわけもなかった。

もちろん、視聴者は欺《だま》されている。収録のすべてを放映しているわけがないからだ。都合の悪いものはカットされている。霊視がたまたま当たったか、当たったかどうか確認の取れないものばかりを電波に乗せているだけなのだ。

一計を案じ、桂山博史という男と組んで、能城あや子に罠《わな》を仕掛けたことがある。広告代理店に勤めている二十九歳の男だが、ある意味で、桂山は稲野辺以上に超能力や霊能者などのインチキに対して義憤を感じている人間だった。占い師や霊能者に欺されるなどというページをインターネット上に開設していたほどだ。

桂山は器用な男で、見事な技術で作り上げた贋物《にせもの》の心霊写真を稲野辺に見せてくれた。これを番組に持ち込んだら、能城あや子がどんな立派なご託宣《たくせん》を下してくれるものかと、ワクワクしながら収録日を待った。

ところが、稲野辺と桂山の計画は、目論見《もくろみ》通りに進行してはくれなかった。

意外にも、能城あや子は、これは心霊写真ではなく桂山が自分で作ったものだと言ってのけたのだ。しかも、彼女は、それに続いて十年前に亡くなった桂山の妹が、自殺ではなく殺人だったということを暴《あば》き出したのである。暴かれたのは、能城あや子のインチキではなく、桂山の過去だった。

結果的に、稲野辺と桂山は、能城あや子の霊視能力を宣伝してやったことになってしまったのだ。目論見もなにも、あったものではない。

完全な失敗だった。

テレビ局が彼女の裏で調査機関を動かしているのだろうと見当はつくものの、その確証はいまだに摑《つか》めていない。どうにかして、そのトリックを暴いてやりたかった。

桂山博史は、あのあとインターネットの自分のページを閉鎖した。彼が霊の存在を信じる側に回ってしまったのかどうか、そこのところは問い質《ただ》してはいない。

しかし、桂山はどうあれ、稲野辺としてはこのまま引き下がるつもりなどなかった。

能城あや子が、これまでいくつかの事件を暴き出したことは知っている。さすがに大新聞が「霊視によって事件の解決が導かれた」などというバカげた表現を使うことはないが、テレビのワイドショーや週刊誌などは、まるで能城あや子をスターのように扱っている。

常識のある人間なら、霊視だの占いだのといったインチキを真に受けやしない。もちろん、稲野辺だって、お神籤《みくじ》を引いて、大吉だ、やれ凶だと一喜一憂することを、すべて否定はしない。週刊誌の星占いを見て、服の色を決めたっていい。しかし、どう間違っても、社会的な事件を解決に導くものが、霊能者の言葉によるわけがない。能城あや子は、テレビ局によって作り出された偶像《アイドル》なのだ。ある意味で、彼女は世論操作のために生み出された操り人形のようなものではないか。彼女の言葉には、必ず裏がある。そして、その裏を作っているのはテレビ局そのものなのだ。そいつを暴いてやりたい。

インタビューを申し込んでも、断られるばかりだったから、自分が相談者になってみることを考えた。当然のことながら、能城あや子は、テレビ出演だけではなく、一般の人々からの相談も受け付けている。

稲野辺は、もう一度、パーティションの隙間から、入り口のほうを覗き見た。受付嬢の背中が見える。どうやら膝《ひざ》の上に拡げた雑誌か何かを読んでいるようだった。時折、ページを繰るように手が動いている。

この新宿にあるデパート六階の片隅で、週に三日、能城あや子は相談者との面談を行なっている。ずいぶん前に申し込んだのだが、予約が殺到していて、五ヵ月も待たされた。

能城あや子は一日に六人しか相談を受けないのだという。面談は三十分が決まりで、そのたった三十分で八万円もふんだくる。八万円など、バカバカしいにもほどがあるが、それでも相談者は跡を絶たないらしい。相談によっては〈鎮霊《ちんれい》〉などというものをして貰うために、もっと高額な料金を請求されることにもなるのだという。街角の占い師なら、見料は三千円程度、いくら高くても一万を超えるようなものはまずない。観てもらって言われることに、さほどの違いはあるまい。これが詐欺でなくてなんだろう。すべては、テレビが能城あや子の後押しをしているからだ。彼女の書いた『幸せの鎮霊』という本が、ベストセラーになっている。儲《もう》かって笑いが止まらないことだろう。

三十分で八万などというバカ高いインタビュー料は癪《しやく》に障《さわ》るが、万全を期すために、偽名を使って申し込みをすることにした。稲野辺の名前で何度もインタビューを申し込み、断られていたからだ。

大垣幸隆というのは、雑誌を読んでいて拾っただけの名前だ。予約の申し込みには、氏名と相談内容の他に、生年月日や住所、勤務先や連絡先などが必要となっていた。なぜそれらが必要なのかと訊《き》いたところ、予約の日時が決まった際に連絡を差し上げるためだと言われた。事情があって家や会社に連絡をされると困るから携帯電話の番号だけでいいかと粘った末に、こちらからお掛け直しをします、と番号の真偽を確かめられ、その上で結構ですということになった。

不意に、奥のドアが開き、そこから中年の婦人がハンカチで口許《くちもと》を押さえながら現われた。腕時計を見ると、二時二分前だった。

「お疲れ様でした」

と、受付嬢が婦人の前へ進み一礼した。

「どうも、ありがとうございました」

婦人は、口許を押さえたまま、受付嬢に礼を返した。婦人に質問してみたい衝動に駆られたが、稲野辺はぐっとそれを抑《おさ》えた。

「大垣様」

先客を送り出した受付嬢が、稲野辺のほうへ声を掛けた。

「お待たせいたしました。どうぞこちらへお通り下さい」

稲野辺は、うなずきながら立ち上がり、奥のドアの前に進んだ。ふと、訊いてみた。

「このマーク、どういう意味なんですか?」

ドアの真ん中を指さした。〈⠚〉のマークだ。

「これはゼロという意味です」

「ゼロ?」

受付嬢は、ニッコリとうなずいた。

「点字なんです」

「……点字って、盲人の方たちの?」

「はい、そうです。点字の数字で〈0《ゼロ》〉の意味なんです」

「はあ……」

受付嬢はドアを開け、そこを押さえたまま、また稲野辺に微笑みかけた。なんとなく拍子が抜けた。

●二

意外にも、部屋の中は明るかった。

漠然と、薄暗い中で怪しげな霊視が行なわれることを想像していたが、窓のない白い部屋は四隅にそれぞれ種類の違う花が生けてあるだけで、他には装飾らしい装飾もなく、天井のライティングにすべてが明るく照らし出されていた。中央に丸いテーブルが置かれ、その向こう側に、テレビで見慣れた霊能者が椅子《いす》へ腰を下ろしている。テーブルの上には、黄色い紙が一枚だけ載せられていた。テレビで見るよりも、能城あや子はずっと小さく見えた。巫女《みこ》のような装束の胸のあたりが大袈裟《おおげさ》なフリルで埋まっている。

「お座り下さい」

と、能城あや子が口を開いた。綺麗《きれい》な澄んだ声だ。

「よろしくお願いします」

言いながら、稲野辺は能城あや子の正面の椅子に腰を下ろした。

椅子を勧めただけで、能城あや子は、稲野辺のほうへ顔を向けたまま黙っている。真っ黒なサングラスの向こうには、光を失った二つの眼がある。意外に若いのかもしれないと、顔の肌の具合から稲野辺はそう思った。もちろん五十は過ぎているだろうし、どちらかと言えば六十のほうが近いのかもしれない。しかし、顔の艶《つや》だけで判断すれば、四十代だと言ってもおかしくはなかった。どれだけ調べてみても、能城あや子の過去は一切わからなかった。年齢さえも明らかにされていないのだ。

「おや、まあ――」

能城あや子が、うんざりしたような声を出して言った。

は？　と見返すと、彼女はゆっくりと首を振りながら、テーブルの上の黄色い紙に手を載せた。紙の上をその手がなぞるように動く。何も書かれていない紙だと思っていたが、細かい点字の凹凸がその表面を埋めていることに、その時になって気付いた。

「大垣さんとおっしゃるの？」

「はい……そうです」

稲野辺は、能城あや子の指が黄色い紙の上を滑るのを眺めながらうなずいた。

「お仕事がうまくいかないことについてのご相談をなさりたいってことですか？」

「はい」

それは、申し込みの際に適当にでっちあげた相談内容だった。

「ここへ相談にみえる方たちは」と、能城あや子は紙の上から手を膝へ戻した。「皆さんとっても真剣に悩んだり苦しんだりしている人ばっかりなんですよ。あなたは、ちょっと違うようですね」

不可解に思いながら、稲野辺は目の前の霊能者を見つめた。

「僕は真剣に悩んでいないって言うんですか？」

「大垣幸隆さんというのは、あなたの本当のお名前？」

「…………」

「もちろん、身分や名前をお隠しになるのはご自由ですよ。でも、ご相談の中身までが嘘では、どうしようもないわねえ」

いささか、言葉に詰まった。

どこかで、こちらのことがバレていたのだろうか。桂山博史と同様に、稲野辺についても事前調査のようなものが行なわれていたのか？　しかし、これはテレビの番組ではない。テレビ局が番組外のことにまで、果たして金を出すものなのか？

自分の周囲を、調査の人間がうろついていたような記憶はどこにもない。だいたい、予約した時点で伝えてあったのは携帯の番号だけだ。それで、どうやって大垣が偽名だと判断できるのだろうか。

「どうして、そんなことを？」

訊くと、能城あや子は薄く頰《ほお》を緩ませた。

「とっても強い怒りをあなたは持っておいでのようです。それは、私に対しての怒りなのかしら」

「僕のことを……ご存じなんですか？」

「いいえ。たぶん、お会いするのも初めてでしょうし、知りませんね」

「じゃあ、どうして僕が怒りを持っていると？」

「怒っていないんですか？」

「いや……確かに、怒りを持っていることは持ってますが、何も言っていないのに、どうして能城さんのことを怒っていると思うんですか？」

「あなたの怒りの気持ちが、伝わってきていますからね」

「……どんな怒りだと思いますか？」

ふふ、と能城あや子は小さな笑い声を洩《も》らした。

「どんなものでしょうね。なんだか、私に噛《か》みつきたいのを、今のところは我慢してらっしゃるようにも感じます」

「…………」

「でも、まあ」と、能城あや子は頬を緩ませながら続けた。「相談料を無駄にしないように、お訊きになりたいことをお話しされたほうがいいんじゃありませんか？　安くありませんからね、ここの相談料は。元をお取りになりたいんでしょ？」

「……その通りですね」

出鼻を挫《くじ》かれた格好になってしまったが、バレているなら、それでもいいと稲野辺はうなずいた。それならそれで、やりようもある。

「たしかに嘘の名前で予約をしました。あらためて自己紹介をします。僕は、稲野辺といいます。フリーのライターをしていますが、ずいぶん前から能城さんにインタビューの申し込みをしていました。ずっと断られ続けていましたが、どうしてもインタビューをお願いしたかったんですよ。それで、仕方なくご相談という形でお会いしたいと思いました。僕の名前は能城さんの事務所に知られていますから、相談も受けていただけないかもしれないと考えて、偽名を使いました。どこでそれがバレてしまったのか、よくわかりませんが、どうやら失敗したようです」

あははは、と能城あや子が笑い声を上げた。

「そこまで正直に仰《おつしや》ることはないのに。でも、言っていただいてようやくわかりました。ずいぶん前に私をインチキだってお書きになったのが、あなたでしたのね」

白々しい、と思いながら、稲野辺は目の前の霊能者を眺めた。

「……じゃあ、遠慮なく伺います」

言いながら、稲野辺はポケットから手帳を取り出した。

「どうぞ」

「二ヵ月ほど前、能城さんは品田澄子《しなだすみこ》さんという方の相談を、受けておられますよね」

さあ、と能城あや子は首を傾《かし》げた。

「相談に来られる方々のお名前は、ほとんど覚えていないんですよ。相談にいらしたのかどうかをお知りになりたいなら、調べさせましょうか？」

「いえ」と稲野辺は首を振った。「品田さんが相談に来られたのは確かな事実ですから、それは結構です。では、その品田澄子さんに、能城さんがどういうことを言われたのかも覚えておられないですか？」

「覚えていません。あなたのほうがご存じでしょうから、教えて下さいな」

ふん、と稲野辺はうなずいた。

「品田さんは、能城さんから、亡くなったご主人との思い出の場所に行くように言われたということです」

「ああ、そうですか」

「品田さんは、その言葉を信じて輪島《わじま》に行かれました。輪島は、品田さんとご主人が出会ったところなのだそうです。そこへ行けば、ご主人の霊も癒《いや》され、品田さん自身も幸せになれるだろうと信じて行かれたわけです」

「はい」

「その輪島で取った宿というのは、結婚されてからもご主人と何度か泊まったことのある河井《かわい》旅館というところでした」

言いながら、稲野辺は能城あや子の表情を観察していた。彼女の表情には、なんの変化も現われていない。

「その旅館で、品田さんは亡くなりました」

「え……？」

能城あや子が稲野辺を見返すような仕種《しぐさ》で首を傾げた。

「ご存じなかったですか？」

「知りませんでした。亡くなったというのは、どうして？」

「その日、河井旅館に宿泊していた十四人の方たちが、朝食後、吐き気や眩暈《めまい》を訴えて病院に運ばれました。その中には品田さんと、同行していた品田由佳里《ゆかり》さん――この方は、品田さんの息子さんの奥様です――その由佳里さんも含まれていました。最初は、食中毒と思われていたのですが、調査の結果、毒物の混入事件だったことが判明しました」

「あら、まあ……」

「アジ化ナトリウムという毒物です。病院に運ばれた他の十三人の方たちは手当を受けてまもなく退院されたんですが、品田澄子さんだけは亡くなられてしまったということです」

「それは、大変なことだったのねえ」

稲野辺は、眼を細めて能城あや子を見つめた。

「大変なことって——そんな、他人事《ひとごと》のように言っていいんですか？」

「どういう意味で仰っているの？」

「品田さんは、能城さんに勧められて輪島へ行ったんですよ。ご主人の霊が癒されて、幸せになれると能城さんが言われた言葉を信じて、彼女は輪島に行ったんです。でも、結果は正反対でした。彼女は亡くなってしまったんですから。言い換えれば、能城さんが輪島へ行けと言わなかったら、彼女は亡くならずにすんだわけです」

「ああ、なるほど」と能城あや子がうなずいた。「その品田澄子さんがお亡くなりになったのが私の責任だと、あなたはそうお考えなのね」

「もちろん、毒物を使った犯人はまだ捕まっていません。悪いのは、その犯人です。能城さんが品田さんを殺したわけではないし、法的な責任はないでしょう。しかし、能城さんは、品田さんから料金を取って、占いだか霊視だかをした。その結果、品田さんは輪島へ行くことを決意されたわけです。法的な責任はなくても、こういう看板を掲げて商売をなさっている能城さんには、当然道義的な責任があるとは思いませんか？」

「そういうことになるんですか？」

ふん、と稲野辺は鼻を鳴らした。

「道義的という言葉が、この場合に適切かどうかはべつですが、少なくとも能城さんの霊視がまったくのインチキだったということは確かですよね」

「ちょっとだけ、お時間をいただける？」

そう言いながら、能城あや子は膝の上から葉のついた木の枝を取り上げた。その枝に招霊木《オガタマノキ》という名前がついていることは、数ヵ月前に調べて知った。

にやり、と稲野辺は笑いを顔に出した。

「言い逃れを考えるための時間稼ぎですか？」

「言い逃れをしようとは思ってませんよ。品田さんの霊をお慰めできるものであれば、そうしたいと思っているだけです」

「どうぞ、ご存分に」

笑いながら、稲野辺は霊能者を眺めた。

結局、こいつらの逃げ場は、霊だとかお化けだとか、そんなものしかないのだ。

能城あや子は、ゆっくりと招霊木《オガタマノキ》の枝を両手で捧げるように持ち上げ、静かに左右に振り始めた。その勿体《もったい》をつけた仕種が一分近く続き、そしてまた静かに枝を膝の上へ戻した。稲野辺のほうへ顔を向け、落ち着き払った口調を作って言った。

「一つ伺ってもいいかしら？」

「なんでしょう？」

「あなたが望んでおられるのは、私をインチキだと大声で罵《ののし》ることなのかしら。それとも、品田さんがどうしてお亡くなりになったのかをお知りになりたいってこと？」

「ほう」と、稲野辺は頰に笑いを残したまま首を振った。「どうして品田さんが亡くなったのか、占ってくれると言うんですか？」

「私は占いはやりません。霊の告げる真実をお伝えするだけです」

「なるほど、なるほど。枝を振ってみたら、品田さんの霊が、能城さんになにか告げてくれたわけですね。それは是非とも伺いたいですね」

「稲野辺さんとおっしゃったわね」

「はい」

「品田さんが亡くなられた事件について、あなたは取材をなさったの？」

「一通りの取材はしました」

「では、お訊きしますけれど、病院に運ばれた方たちの中で、どうして品田さんだけがお亡くなりになったんですか」

「…………」

思ってもいなかった能城あや子の言葉に、稲野辺は一瞬戸惑った。

「先ほど、あなたは、毒を口にした十三人の方たちは病院で手当を受けてまもなく退院されたと仰ったわね。でも、品田澄子さんだけが亡くなったのだと。それは、なぜですか？」

「それは……品田さんの体調だとか、やはり高齢で毒物の影響が大きかったとか、そういう不幸な条件が重なってしまったからでしょう」

能城あや子は、ゆっくりと首を振った。

「他の十三人の方たちは、まもなく退院できたほど軽い症状ですんだのでしょう？　品田さんだけが亡くなるほど症状が重かったのは、どうしてでしょうね。一通りの取材ではなく、きちんとそこをお調べになれば、良い記事が書けると思いますよ」

稲野辺は、能城あや子を見返した。

「……品田さんだけが亡くなったのは、どうしてだと言うんですか」

「犯人の狙いが品田澄子さんだけにあったからです」

「なんだって？」

思わず眼を見開いた。

「あなたは一通りの取材をしたと仰ったけれど、それは私を非難する材料を探されただけでしょう？　私の霊視に従って品田さんが輪島に行ったのだという言葉を、遺族が語ったかなにかしたんでしょうね。それをあなたは知った。その言葉にあなたは飛びついた。これは能城あや子を攻撃するネタになると踏んで、遺族の話でも聞きに行かれたんじゃないんですか？　取材しなきゃいけないもっと大事なものがあるのに、そちらには目がいかなかった。今あなたの手にしておられるのが手帳なのかノートなのか、それはわからないけれど、そこには遺族から聞いた言葉しか書かれていないのではないですか？」

つい、自分の手元に視線をやった。能城あや子が言う通り、手帳にあるのは、故人に同行した品田由佳里にインタビューしたときのメモだけだった。

「いや……」と、目を上げた。「犯人の狙《ねら》いが品田さんだけにあったと言いましたね」

「ええ」

「どんな根拠があって、そんなことを言うんですか。品田さんだけが亡くなったことからの憶測ですか」

「真実を申し上げているだけです。ずいぶん前から、犯人は品田澄子さんに殺意を持っていたのです。殺意はあったけれども、実行には移せなかった。でも、私が品田さんにご主人との思い出の場所へ行くように勧めたことで、犯人にとって思いがけなくチャンスが巡ってきた。私の言葉が、犯人にとっては隠《かく》れ蓑《みの》になると考えたのでしょう。輪島の旅館なら、犯人にも勝手がわかっていますからね」

稲野辺は、ブルッと首を振った。この能城あや子の言葉を聞いていると、つい、釣り込まれそうになってしまう。まあ、だからこそ、みんなが欺されてしまうのだ。

「まるで……能城さんの言うことを聞いていると、犯人がわかっているみたいに聞こえますね」

「あら」と能城あや子が背筋を伸ばした。「あなたはおわかりにならないの？」

「……わかりませんね。警察だって、まだ犯人を見つけてはいない」

ふう、と霊能者は溜《た》め息《いき》のようなものを吐《つ》いた。

「同行していた息子さんの奥さんは、なんて名前でしたっけ？」

「なんだ……？」

「品田澄子さんはご主人と輪島で出会ったそうですけど、品田さんの息子さんが奥さんと出会ったのも輪島だっていうことすら、あなたはお調べになっていないんじゃないですか？」

「え？」

「息子さんの奥さんも病院に運ばれたんだって、仰いましたよね？　それも隠れ蓑にしたんですね。自分が疑われないために、毒を少しだけ飲んで」

「………」

稲野辺は、言い返す言葉を失った。

能城あや子は、静かな声で付け加えるように言った。

「それから、これは余計なことかもしれないけれど、あなたのお祖母《ばあ》さま――米子《よねこ》さんといわれるのね――お祖母さまが伝えてほしいと仰っているから、一応、お伝えだけしておきます。ベッドの下をご覧になるようにと言われています。あなたは、大切な人を傷つけているそうです。小さなことだけれど、傷は早いうちに治してあげたほうがいいと、繰り返し仰ってますよ」

「………」

稲野辺は、また能城あや子を凝視した。

●●

翌日、稲野辺は新幹線を乗り継ぎ、北陸能登半島の北端へ向かった。以前は七尾《なな お》線が輪島まで旅客を運んでいたが、穴水《あなみず》と輪島の間が廃線となって、現在はバスが取って代わっている。終点でバスを降りると、気のせいか空気に潮の香りが混じっているように感じた。もっとも、町中から海が見えるわけではないから、期待感がそう感じさせているだけなのかもしれない。空はどんよりと曇っていた。

腹が立って仕方がなかった。

結局、能城あや子の言葉に振り回される格好になった。そのあげく、輪島まで足を運んでいる。

もちろん、品田由佳里が姑《しゅうとめ》を殺したなどということを、真に受けているわけではない。招霊木《オガタマノキ》だかなんだか知らないが、あんな枝を振り回して殺人犯が突き止められるなら、警察も苦労はないだろう。

ただ、能城あや子の言葉が、どこか気にかかった。

具体的なのだ。

稲野辺が予想していたような逃げ口上を、あの霊能者はひと言も口にしなかった。「品田さんは、亡くなってご主人のところへ行かれて、今は幸せになっている」だとか「ご主人の霊は、今、ほんとうに癒されている」などというバカげたゴタクを聞かされるのではないかと思っていた。八万の相談料はやはり腹が立つが、そういう言葉を引き出すことができれば、無駄にはならないと考えていた。

しかし、能城あや子は、毒物混入の犯人は品田由佳里であり、姑が輪島へ行くことを利用して行なった犯罪だと告げた。さらに、その品田由佳里が夫と出会ったのも、輪島だったと言ったのだ。言い逃れにしては、ずいぶん手が込んでいる。

インターネットで入手した地図を眺めながら、稲野辺は輪島の町を歩いた。全体に古びた印象を抱かせる町並みだ。建ち並ぶ旅館や店の外観は、綺麗に塗り直されたり補修も行き届いているが、趣《おもむき》は古びている。

河井旅館は、そんな町並みが川に突き当たった場所にあった。格子戸の広い玄関を入ると、正面に巨大な木彫りの鷹が置かれている。奥から姿を見せた和服の女将《おかみ》に、昨日《きのう》電話した者だと名乗り、編集部支給の名刺を出して渡した。女将は、困ったような表情を見せながらも、はい、とうなずき、稲野辺を帳場脇の小部屋へ案内した。

「お忙しいところすみません」

勧められたソファに腰を下ろしながら言うと、女将は硬い表情のまま、いいえ、と首を振った。稲野辺の正面に座り、和服の膝に両手を重ねてこちらを見返した。

「大変なことでしたね」

「はい。あんなことは、初めてでしたので」

「でも、食中毒といったものじゃなくて、まだよかったんじゃないですか？」

「とんでもありません。あのような事件が起こったら、お客様に来ていただけなくなってしまいます」

「ああ……かなり、そういう影響がありますか」

「何組も、予約をキャンセルするというお客様がおられます。これからシーズンという時ですので、大損害です」

「無神経なことを伺ってすみません」手帳に女将の言葉を走り書きしながら、稲野辺は頭を下げた。「亡くなられた品田澄子さんは、以前にも何度かこの旅館を利用されていたと聞いたのですが」

「はい。四年ほど前までは、それこそ毎年のようにご利用いただいておりました。ほんとに申し訳のないことでした」

「ちょっと厭《いや》なことを伺うようですが、品田さんだけが亡くなられたのは、何か理由があったのでしょうか」

女将は、小さく息を吐き出し、目を伏せた。

「他の方たちよりも、品田様のご容態がお悪いのに気付いたのが遅かったのです」

「遅かった?」

「はい。十三人もお客様を病院にお連れしなければならなかったので、救急車では足りなくて、車を呼んだり、バタバタしておりました。私や従業員も何人か病院のほうへ参りましたので、まさかもう一人おられるとは思っていなかったのです」

「ああ……品田さんだけ部屋に残されていたわけですか」

「お部屋にはおられなくて、カラオケルームのほうにおられたんです」

「カラオケルーム?」

つい、目を上げて部屋を眺めた。こういう古い旅館にも、今はカラオケがあるのか。

「はい。病院から戻りまして、被害のなかった他のお客様たちにご挨拶《あいさつ》に回りました。その後で浴場やお庭の確認をしたのですが、従業員の一人が、カラオケルームで倒れていらっしゃる品田様を見つけたのです。慌てて病院へお運びしたんですけれど、ずいぶん時間が経《た》ってしまっていたようで……あんなことに」

どこか妙な気がした。

「品田さんは、一人でカラオケをしていたんですか？」

「はい、カラオケルームには、品田様しかいらっしゃいませんでした。時間も時間でしたし、カラオケをなさっている方がおられるとは、まるで思っておりませんでした」

「時間——ええと、それは何時頃だったんですか？」

「お客様たちが気分が悪いと言われたのは、朝食後のことです。八時半か、九時頃だったと思います。カラオケルームの品田様に私どもが気付いた時はお昼を回っておりました」

「朝、カラオケを……？」

「はい」と女将は手に持っていたハンカチで口許を押さえた。「警察の方も、そのあたりのことをいろいろとお調べでした」

ふと、思い出した。

「品田さんは、一人で泊まっておられたんじゃないですよね。娘さん……というか、息子さんの奥さんと」

「はい。由佳里さんとご一緒でした。由佳里さんも病院に」

妙な気持ちで、女将を見返した。

「由佳里さん——って、女将さんはよくご存じなんですか」

「あ、はい……ええと、由佳里さんは、ご結婚前に、ここにいたんです」

「え？」眼を見開いた。「ここに？」

「はい。ここで仲居をしてもらっていました。まだ品田様のご主人様がご存命でいらしたときに、息子さんと一緒においでになって、そのときに由佳里さんと知り合って、それから……」

「ああ、そうだったんですか」

能城あや子は、品田由佳里が夫と出会ったのも輪島だったと告げた。まさしく、その通りだったことになる……。

「えっと、その由佳里さんは、お義母《かあ》さんのことを何も言ってなかったんですか？　病院に運ばれる前に、お義母さんがカラオケルームにいるとか、そういう――」

「いいえ。由佳里さんも顔を真っ青にして苦しんでましたし、なにか言えるような状態じゃありませんでした。私どものほうで品田様のことを気付いて差し上げなければいけなかったんです。ほんとうに申し訳のないことをしてしまいました」

稲野辺は、ボールペンを持った手で、頭をガリガリと掻《か》いた。

●●
●●

あまり宿泊客も多くない様子だったので、稲野辺は女将に頼んで手の空《あ》いている仲居さんを呼んでもらった。

「あの、これ、名前とか出ちゃうんですか？」

女将が入れ替わるように小部屋から出て行くと、その勝野千紗《かつのちさ》と名乗った仲居は、稲野辺の渡した名刺を眺めながら、声を潜めるようにして訊いた。

「いや、もちろん、名前を出すのがまずい、というんでしたら記事には書きません」

言うと、千紗はこっくりとうなずいた。童顔だが、たぶん二十代の後半だろう。声のトーンがかなり高い。

「名前出ちゃうとちょっとヤバイかもしれないんで、従業員Aとかにしといてくださ い」

思わず吹き出しそうになりながら、稲野辺は、わかりました、と手帳には「匿名」と書き入れた。

「勝野さんは、もうこの河井旅館、長いの？」

「なんかかんか言って、長くなっちゃったんですよね。高校出てからずっとなんで、十年です」

「そうか、じゃあ、仲居さんの中でもベテランなんだ」

プルプルと、千紗は首を振ってみせた。

「だって、すごいオバサンとかいるし、三十年ぐらい根っこが生えちゃってる人います
から、下っ端ですよ」

なるほど、と笑いを抑えながら、稲野辺はうなずいた。

「勝野さん、この前の事件の時は、やっぱり大変だったでしょう？」

「たいへんなんてもんじゃなかったですよ。あ、もちろん、たいへんだったんだけど。

病院まで何度も往復したり、お客さんで吐いちゃった人の始末とか。あんなひどいこと
初めてでしたから」

「記事で読んだだけの知識なんだけど、毒物はお茶の中に入れられてたんだって？」

そうそう、と言うように千紗が丸い眼を瞬かせた。

「ポットのお湯に混ぜてあったんですよ」

「ポット」

「そ。配膳のときに、お部屋に一つずつ運ぶんです。そのポットに毒が入ってたんです
って。六つのポットに入ってたってことですよ」

「六つ――その中の一つが、亡くなった品田さんの部屋のものだったわけだ」

「可哀想ですよね。由佳里ちゃんもショックだったと思う」

「あ、勝野さんは品田由佳里さんと仲がよかったの？」

「由佳里ちゃんのほうが二コ上で先輩なんだけど、結構気が合ってたから仲良しだった

ですね。結婚して東京に行っちゃってからは、なかなか会えなかったけど、でも時々メールとかもやりとりしてたし」

「ああ、そうか。じゃあ、この前の時は久し振りに会った感じだったのかな」

「そうなんですよ」

千紗はにっこり微笑んだ。

「でも、お姑さんと一緒だと、なかなか話もできないね」

「うん。だけど、お義母さんが寝てから、こっそり抜け出してきてくれて、何時間かダべったりもできたんですけどね」

「へえ……」

まてよ、と稲野辺は手帳の上をボールペンで叩いた。

「勝野さんは、その日は夜勤もあったの？」

「そうじゃないけど、久し振りだから夜中まで話して、結局、帰るの面倒臭かったから泊まっちゃいましたけどね」

「ああ、仲居さんが寝《やす》める部屋なんかもあるんだ」

「ありますよ。狭いですけど」

「そこで、由佳里さんと話をしたの？」

「ううん」と千紗は首を振った。「だって、他の人もいたりするし、夜になっちゃうと一番静かなのは調理場だから、そっちで話そうって、お菓子とかいろいろ持っていったんですよ」

「……調理場は、夜は誰もいないの？」

「宴会なんかがなければ、九時過ぎたらだいたい片づけも終わっちゃいますからね」

「あのさ、ポットって、調理場に置いてあるんだよね？」

ああ――と、千紗は顔を伏せた。

「その翌日だったの？　事件は」

「そうです」

「勝野さんたちは、何時頃まで、調理場で話をしてたのかな」

「十二時過ぎまで話してました。あ、こんな時間だって、慌てて寝ることにしたから……」

不安そうな千紗を安心させるために、つけ加えて言った。

「じゃあ、ポットに毒を入れられたのは、その後だね。真夜中だったってことだ」

「うん。そうですね」

ややロの重くなった千紗に、稲野辺は笑って見せた。千紗が照れたような笑いを返してきた。

「もうひとつだけ、教えてほしいんだけど、今聞いたような話って、もうずいぶんたくさんの人に話したこと？」

千紗は、眼を瞬かせながら首を振った。

「たくさんの人なんて話してないですよ。警察の人には話したけど」

「ああ……警察には、ちゃんと話してあるんだね」

「うん。やっぱ、ポットにいつ毒が入れられたかって、私と由佳里ちゃんが調理場にいた最後だもんね。疑われてるのかもしれない」

「他の人には、話してないの？」

「女将さんとか、板さんとかには話したけど」

「じゃあ、こういう取材で話したのは、初めて？」

うん、と千紗はうなずいた。

⚋⚋

帰りの新幹線の中で、稲野辺は取材のメモを眺めながら、何度も大きく息を吐き出した。

どうも、面白くない。

なにもかもが、能城あや子の言葉を裏付けるように進んでいる。確証などなにもないが、毒物混入事件の犯人は品田由佳里なのではないかと、稲野辺にも思えてきているのだ。考えれば考えるほど、その思いが強くなってくる。

アジ化ナトリウムは、ポットの湯に混入されて、朝食の配膳と共に六つの部屋へ運ばれた――。

品田由佳里は、結婚する前、河井旅館で仲居をやっていた。だから、旅館のことは隅々まで知っている。混入事件が起こる前夜、由佳里は勝野千紗と調理場で長時間話をしていた。話をしている途中で、千紗がトイレに立つようなこともあっただろう。つまり、由佳里がポットに毒物を入れるチャンスは充分にある。

犯人が由佳里だとするなら、毒物を入れたポットは六つではなく五つだったのかもしれない。最後の一つは、自分と姑の部屋に運ばれてきたポットへ、翌日になってから入れればいいのだから。

品田澄子は、朝食後、一人でカラオケルームへ行き、そこで倒れた。誰も彼女に気づかず、倒れている澄子が発見されたのは昼を過ぎてからだった。

そもそも、そんな時間にカラオケルームへ行くこと自体が不自然きわまりない。澄子は、能城あや子の言葉に従い、亡くなった夫の霊を慰めるために輪島へ行ったのである。その彼女が、朝からカラオケなど、どう考えても不自然すぎる。

事件が義母を殺害するために品田由佳里によって引き起こされたものだとするなら、

澄子は由佳里によってカラオケルームに連れて行かれたのだ。おそらく、澄子は、大量の毒物を飲まされたのではないか。病院に運ばれた他の被害者とは違い、澄子に出された湯呑みには致死量を超えるアジ化ナトリウムが入れられていたのだろう。発見を遅らせるために、そして、その死を確実にするために、澄子はカラオケルームに連れて行かれたのだ。

河井旅館の女将と勝野千紗の言葉を聞けば、事件はそのように見えてくる。

つまり——能城あや子の思う壺なのだ。

稲野辺は、車内販売で買った罐《かん》ビールの残りを、一息で飲み干した。

稲野辺は、半月ほど前、品田由佳里に会って話を聞いている。由佳里は、小さな声で「輪島に行かなければ、お義母さんが亡くなることはなかったのに」と言った。「能城あや子さんが憎らしいです」とも言った。あれは、演技だったのだろうか。

由佳里もまた、病院に運ばれた。河井旅館の女将は、由佳里が「顔を真っ青にして苦しんでました」と言った。つまり、由佳里は自分を嫌疑の外へ置くために、自ら毒を口にしたということになるのだろうか。いくら少量であったとしても、毒を飲むのはかなりの覚悟がいる。逆に言えば、それほどの覚悟を持てるほど、由佳里は義母を殺したかったのか。

しかし——あの盲目の霊能者に、なぜそんなことがわかるのか?

もちろん、霊などというものは存在しない。存在しない霊が、能城あや子に事件の真相を語ることなどない。

テレビ番組の中で、これまで彼女はいくつかの社会的事件を解決に導くような発言をした。新聞にまで取り上げられ、能城あや子の知名度はスター並みに上がった。

霊視ではない。あらかじめ調査が行なわれている……と稲野辺は息を吸い込んだ。彼女の後ろには、隠された調査機関のようなものが存在しているのだ。その調査機関を直接動かしているのはテレビ局に違いないと、今まで思い続けてきた。しかし、違っていたのかもしれない。

能城あや子は、雑居ビルの中に事務所を持っている。〈株式会社 能城コンサルティング〉というのが、その名前だ。会社の社長は能城あや子自身ではなく、彼女のマネージメントをしている鳴滝昇治という男だ。テレビ局へ行くときは、能城あや子の脇に、必ずこの男の姿がある。

稲野辺が調べたところでは、この会社に所属しているのは能城あや子と鳴滝昇治の二人しかいない。デパートの霊視相談で受付をやっていた女性は、たぶんアルバイトで雇われているだけなのだろう。この鳴滝昇治が調査を行なっているのではないかと思い、一週間ほど張りついて尾行してみたことがある。しかし、鳴滝の行動は、まるっきりのマネージャーにすぎなかった。

おそらく、能城あや子を蔭《かげ》で支えているのは、プロの調査機関だ。どこかの興信所が、能城あや子の〈霊視〉を生み出しているのだろう。その興信所と契約を結んでいるのはテレビ局ではなく、能城あや子本人だったのかもしれない。彼女の意向を受けた鳴滝昇治が、調査を依頼しているのだろう。

プロねえ……。

窓の外に目をやった。すでに日は暮れている。黒い風景の中を、人家の光が横切っていく。

八万で、元が取れるのか？

ふと、そう思った。能城あや子の相談料は三十分で八万円だ。あまりにも高い。だが、例えば興信所を雇って相談者の調査などしていたら、八万などすぐに超過してしまうのではないか。

まず、彼らは「大垣幸隆」という相談者の携帯電話の番号から、それが稲野辺の偽名だということを調べ上げた。どうやって調べたのかはわからない。とにかく、能城あや子は、最初から「大垣」が偽名だと知っていたのだ。

次に、彼らは稲野辺が「品田澄子」の一件で能城あや子を叩こうとしていることを突き止めた。

さらに、輪島で起こった毒物混入事件の詳細を調べ上げ、その犯行が品田由佳里によって行なわれた可能性があることまで、洗い出したのだ。

こんな調査をいくらで興信所に頼めるものなのだろうか。

しかも、調査する相手は稲野辺だけではない。〈霊視相談〉は週に三日行なわれている。一日に六人しか観ないというが、週にすれば十八人になる。もちろん、それ以外にテレビ番組に出演する相談者たちについても調査しなければならない。

稲野辺は、座席の上で背中を伸ばした。

どんな調査をしているのか、まるで見当がつかなかった。

●●
●

翌日、稲野辺は取材の結果を持って、芦本恭輔《あしもときょうすけ》を呼び出した。芦本は〈ウイークリーFACTS《ファクツ》〉の編集者で、十年以上の付き合いになる。

「それ、面白いんじゃない？」

喫茶店のテーブル越しに脂肪過多の身体《からだ》を揺らせながら、芦本はニタニタとうなずいた。

「面白い？」

稲野辺は、眉《まゆ》を寄せながら芦本を見返した。

「稲ちゃんもさ、とうとう撃沈されちゃったってことだよね。なんと能城あや子の霊視は本当だった——って記事を書くことになるわけだろ？」

「バカ言うな」稲野辺は顔をしかめた。「なんで、オレがそんな記事書かなきゃいけないんだ」

「やっぱり、攻撃したいわけだ」

「当たり前だよ」

「でも、やたら旗色悪くないか？　証拠があるわけじゃないが、品田由佳里犯人説が、そこまで信憑性《しんぴょうせい》を持ってるとさ。名誉毀損《めいよきそん》で品田さんが訴えるっていうなら、そっちに引っ張れるかもしれないけど、稲ちゃんが聞いただけじゃね」

「ああ、その通りだ」

「わかってるだろうけど、能城あや子を攻撃するためだとしても、証拠のないものは載せらんないよ」

「だから、知恵を借りたいんだ」

「どっちに向かおうってわけ？」

「能城あや子の件は、まず置くとして、毒物混入事件のほうを、もうちょっと調べてみたいんだ」

「動機関係？」

「品田由佳里の？　まあ、それもあるけど、まずは本当に彼女が姑を殺したのかどうか、実行可能かどうかを検証したいんだ」

「実行は可能だったんだろ？　ポットに近づくチャンスは、いくらでもあったんだから」

「いや、そこじゃない。問題なのは、その毒物なんだ」

「毒物……ええと、アジ化ナトリウム？」

「そう。その入手経路というか、それを品田由佳里が入手できるものなのかどうかってところ」

自分のアイスコーヒーがなくなっていることに気がつき、芦本はウエイトレスに手を上げた。

「できるものなのかって、まあ、人を殺せるような毒物が、そんじょそこらで手に入れられるわけはないよな。あ……ええと、アイスコーヒーのお代わり」

最後のところは、やってきたウエイトレスに言った。

「調べたところだと」と、稲野辺は手帳に目を落とした。「アジ化ナトリウムってやつは、防腐剤とか、自動車のエアバッグのガスを発生させるための薬剤として使用されたりしているんだが、単体で——つまり、純粋にアジ化ナトリウムだけで使われるってことはまずなくて、そういう製品はほとんどが化合物なんだよ」

「うん」

「しかし、輪島で起こった事件のようにお茶に混ぜて飲ませるような場合は、化合物ではなくて純粋なやつじゃなきゃ意味がないらしいんだ」

「どうして？」

「化合物になっているものだと味が変わったり匂いがしたり、飲む前に妙だって気がつかれちゃうものらしい」

「純粋なやつは味がない？」

「ああ。無味無臭なんだそうだ」

「へえ」

「でも、ここからが問題で、だとすると品田由佳里は——というか犯人は、純粋なアジ化ナトリウムを手に入れたことになる。でも、薬剤会社からの販売先は、まず大学とか企業の研究室に限られてる。一般人が買えるようなものじゃないんだよね。そんなものを、専業主婦の品田由佳里がどうやったら手に入れられるのかと思ってさ」

ウエイトレスがアイスコーヒーを運んできた。芦本は、グラスにストローを突っ込んで、瞬く間に半分ぐらいを吸い上げた。

「それは、あれじゃないか？　インターネット」

「インターネット……？」

「ああ、よく聞くよ。闇オークションだとかさ、問題になってるじゃないか。拳銃とか売って警察に捕まったのもいたんじゃなかったかな。睡眠薬だとか、クロロフォルムみたいな危ない薬なんかも売ってるっていうぜ。毒物だって、そういうので手に入れることはできるんじゃないか？」

「主婦が買えるようなものかな」

「そこがネットだよ。売り手も買い手も、お互いに顔を合わせずに、金さえ振り込めば、品物が送られてくる。前、なんかで読んだことあるよ。大学生が学校にある備品とか、勝手に持ち出して売っちゃったとか。アジ化ナトリウムを売る学生がいたって不思議じゃないよ」

「なるほど……」

しかし――とアイスコーヒーを飲んでいる芦本を眺めながら、稲野辺は思った。

しかし、インターネット上で売り買いされている毒物の経路を、どうやって調べたらいいのだろう。

皆目見当もつかなかった。

●●
●●

アパートに戻り、机に向かったが、入手経路を調べる方策など、まるで立たなかった。

玄関で音がしたように思って、顔を上げた。「ただいまあ」と、寿絵《ひさえ》の声がした。そんな時間なのかと窓を見る。夕日が向かいのマンションを赤く染めていた。寿絵は、近くのコンビニでパートをしている。稲野辺の不定期な収入では、寿絵の協力がなければやっていけなかった。

椅子から腰を上げ、ベッドの上に放り出したままの参考書を取り上げ、机の上へ片づけた。２ＬＤＫのアパートでは、自分の書斎など夢のまた夢だ。寝室の隅に机を置き、そこが稲野辺の仕事場だった。

寝室を出ようとして、ふと、後ろを振り返った。

「…………」

ベッドを眺めた。ふっ、と笑いが顔に出た。首を振りながら、しかし、身体を屈め、ベッドの下に目をやった。よく見えず、ベッドカバーをたくし上げ、腹這《はらば》いになってベッド下の空間に目をこらす。

壁際に、何かの固まりがうずくまっているように見えた。立ち上がって、机に戻り、抽斗《ひきだし》からペンライトを取り出す。もう一度腹這いになり、ベッドの下をペンライトで照らしてみた。

「あ……」

思わず声が出た。ベッドの下に潜り込み、壁際へ手を伸ばす。

「なにしてるの？」

部屋に入ってきた寿絵の声が上から聞こえた。稲野辺は、そこに落ちていたものを拾い上げ、ベッドの下から這い出した。

「なに、それ……あら」

寿絵は、稲野辺が手に持っているものを見て口許を押さえた。

稲野辺の手には、野球のボールが握られていた。そこには「長嶋茂雄」とサインが入っている。

「ここにあったよ」

言うと、寿絵は大きく溜め息を吐《つ》いた。

「いつから？」

「わからない。何かの拍子に落ちて、その下に転がり込んだのかもしれない」

「じゃあ、最初から、そこにあったってこと？」

「……かもしれないな」寿絵のほうへ顔を上げた。「優太《ゆうた》は、部屋にいるのか」

うん、いる、と寿絵はうなずいた。

ふう、と息を吐き出し、サインボールを手に寝室を出た。

半月ほど前、稲野辺はこのボールのことで優太を叱りつけた。ボールがないことに気がつき、優太が持っているのかと反射的に考えたのだ。すでに昔の名選手ではあるが、長嶋茂雄の名前は、もちろん優太も知っていた。小学五年の男の子にとって、伝説的な名選手・名監督のサインボールは友達に自慢したくなるような宝物に見えるのだろう。「学校に持って行ってもいい？」と、優太は幾度となく父親にせがんだ。なくされたり汚されたりしてはかなわないと、稲野辺は一度もそれを許さなかった。

だから、ボールがないと気づいたとき、稲野辺はすぐにそれを息子と結びつけてしまったのだ。

知らない、と言い張る息子に腹が立ち、稲野辺は、嘘をつくな、と声を上げた。友達に取られてしまったか、見せて回っているうちになくしてしまったのではないかと思い、正直に言いなさいと優太を叱った。

優太は泣きながら部屋に閉じ籠もり、それから口をきいてくれなくなった。

「お父さんは僕を泥棒だと思ってるって、日記に書いてあった」

寿絵は、優太の日記を覗き見して、稲野辺にそう告げた。

言い過ぎたかもしれないと、稲野辺も反省したが、そのことについて触れることもないまま、日が過ぎてしまった。

「優太」

子供部屋のドアを叩いて、稲野辺は中に声をかけた。返事はなかった。

ノブを回し、部屋へ入る。優太は、机の前に座ってマンガを読んでいた。こちらには顔を向けようともしない。

稲野辺は、息子のほうへボールを持った手を上げた。

「サインボール、ベッドの下に落ちてたよ」

優太は、ただマンガを見つめていた。

「ごめんなさい。優太を疑ったりして、お父さんがバカだった。ひどいことを言って悪かったよ。ゆるしてくれ。ごめんなさい」

「……………」

マンガのページの上に、涙が落ちるのを見て、稲野辺はそのままゆっくりと部屋を出た。テーブルの向こうに立っていた寿絵が、微笑みながら、よしよし、とうなずいてみせた。

突然、玄関脇の電話が鳴って、稲野辺はギクリとそちらへ目をやった。寿絵がテーブルから子機を取り上げた。

「稲野辺でございます。あ、はい。いつもお世話になっております。はい、おります。少々お待ち下さい」

送話口を押さえ、芦本さん、と小声で告げた。

寿絵から子機を受け取り、もしもし、と応えると、芦本は挨拶もなしにいきなり言った。

「ニュース見たか？」

「ニュース？　いや、なんだ？」

「品田由佳里が逮捕されたよ」

「え？」

稲野辺は、思わず眼を見開いた。

「逮捕されたんだよ。毒物混入の犯人として。つまり、警察の見解と、能城あや子の霊視が一致したってことだな」

「…………」

知らせてくれた礼を言い、稲野辺は子機を戻した。

手に持ったままのサインボールを見つめた。

――お祖母さまが伝えてほしいと仰っているから、一応、お伝えだけしておきます。ベッドの下をご覧になるようにと言われています。

能城あや子の言葉が甦《よみがえ》った。

完敗か……。

後ろでドアが開いて、稲野辺はそちらを振り返った。優太が、顔をしかめるようにして立っていた。

「ウチに友達を連れてきたら、それ、見せてもいい？」

父親の手のボールを指さしながら、優太は言った。

「いいよ」

稲野辺は、そう言って、笑いながら優太のほうへボールを投げた。

雨虎

あめふらし

●二三

これまたチンケなワインセラーだなあ。

ペンライトでぐるりと地下室を照らしながら、草壁賢一は苦笑を洩《も》らした。照明を点《つ》けたいところだが、そうもいかない。なにせ、ここは調査対象《マルタイ》の自宅地下貯蔵庫なのだ。

どことなくカビの臭いを含んだ空気が鼻孔をくすぐる。ワインセラーということだが、本来の使われ方はしていないらしい。剝《む》き出しのコンクリート壁に作りつけられた棚には、ワインボトルの姿などどこにもない。ロープの束だの古びた掛け時計、年代物のストーブや、段ボール箱などが乱雑に置かれているだけだ。

目が慣れてくると、階段上のドアから洩れてくる光が、四畳ほどの狭いスペースをぼんやり浮かび上がらせる。ハリウッド映画などで、豪邸にワインセラーがあったりするのを見るが、ああいうのとは雲泥の差。これでは、ただの物置だ。

どこからか低くモーターの回転音が聞こえていた。ペンライトを向けると、左手にアルミ製のドアがある。賢一は足下に注意しながらドアへ向かった。

手術用手袋《サージカルグローブ》をした手でドアのノブを握り、音を殺しながらゆっくりと回す。ドアの向こうはボイラー室だった。グレーの四角いボイラーが、狭い部屋の中央で唸《うな》るような音を立てていた。

そのボイラーの後ろに人ひとりが潜り込めるようなスペースを見つけて、賢一は、やれやれ、と首を振った。ワインセラーのほうには身を隠す場所がない。かといって階段しか脱出口のない地下室では、外へ逃げるわけにもいかない。万一の場合は、ボイラーの裏で縮こまるしかないようだ。

さあて……と。

逃げ場の確認をしたところで、賢一は、あらためてペンライトの光を巡らせながら地下室を見渡した。デジカメを取り出し、地下室の詳細をメモリーに収めていく。あまりフラッシュなど焚《た》きたくはないが、この暗さでは仕方がない。階上からの音に神経を集中させながら、賢一は作業を進めた。

津野田葎子《つのだりつこ》というのが、今回のマル対だった。彼女の夫、津野田清孝《きよたか》は会計事務所を経営している。葎子はいわゆる専業主婦で、自宅に忍び込む相手としてはかなり都合の悪い部類に属する。買い物に出かけたのを見届けて潜り込んだのだが、いつ戻ってくるかの見当がつかない。とにかく、作業は手早く終わらせなければならなかった。

津野田葎子が番組に寄せてきた相談は、「霊導師 能城あや子」にはいかにもぴったりだった。

自宅に幽霊が出るというのだ。

テレビ局としては、こういうのが視聴者受けすると考えるのだろう。順番待ちをしている他の相談者を飛び越えて、次の収録で取り上げるつもりでいるらしい。だから、調査も急《せ》かされている。スケジュールなどあったものではない。賢一としては迷惑千万な話だ。

幽霊ねえ……。

撮影をひとまず終えて、賢一はデジカメの角で頰《ほお》を搔《か》いた。

津野田夫婦がこの家に住むようになって、まだ三ヵ月にしかならない。調べてみたところ、ここは二十年ほど前に西塚敏《にしづかびん》という作曲家によって建てられたもので、西塚がアメリカへ移住するために手放したものを津野田が買い取ったということだった。西塚敏が住んでいたころから幽霊が出ていたのかどうかは、現時点ではわからない。藍沢悠美が調べたところによると、西塚の周りで幽霊話が出ていたような形跡はない。

こういうケースの場合、まず調べなければならないのが、客観性の有無というヤツだった。つまり、幽霊が津野田葎子だけに現われているものなのか、あるいは多くの人が、その幽霊の存在を認知できるのかということだ。

津野田葎子の前にだけ現われているものだとするなら、問題は比較的簡単に片づく。多くの場合、昔この場所で死んだ人間の話を虚実取り混ぜてでっちあげ、能城あや子に除霊をやってもらえばいい。ようするに、葎子の気持ちを納得させてしまえば幽霊も出なくなってしまうのだ。たいていの幽霊は、それを見た人自身が作り上げているものなのだから。

しかし、少しでも客観性があるような場合——何人もの目撃者がいたり、誰もがその場に立つと、異様な寒気を覚えたり恐怖感を持つといったような場合には、問題が複雑になってくる。そういうものは、単純に呪《まじな》いなどやってみたところで、解決しない場合もある。そこには、幽霊の存在を感じさせるような、なんらかの原因が隠されていることもあり得《う》るのだ。

ふう……と息を吐き出し、賢一はデジカメを内ポケットへ収めた。

耳をすまして、眼を閉じる。聞こえるのは、ボイラーの運転音だけだった。

津野田葎子の訴えによれば、幽霊は見えるのではなく聞こえるのだという。この地下のワインセラーに下りてくると、呻《うめ》き声が聞こえてくるらしい。薄気味の悪い声が、語りかけるのか、威嚇《いかく》するのか、心の底まで冷たくなるような恐怖を感じるということだ。家の他の場所では聞こえないし、外に出て家の周りを歩いてみても聞こえない。ただ、このワインセラーに下りてくると聞こえるのだという。ちなみに、夫の清孝は、その幽霊の声を聞いたことはないらしい。まあ、ようするに、葎子ちゃんの心の問題なんだよね。

うなずいて、切り上げようと階段のほうへ足を向けたとき、不意に、ボイラーの運転音が止《や》んだ。

「…………」

何かが聞こえたように思って、賢一はボイラー室のドアを振り返った。閉めたドアをもう一度開ける。ボイラー室奥の壁の上部で換気扇が回っている。しかし、聞こえたように感じたのは、明らかに換気扇の回転音ではなかった。

再び、眼を閉じて耳をそばだてる。

聞こえる——。

慌てて、賢一はポケットからICレコーダーを取り出し、録音ボタンを押した。

老人の呻くような声が、たしかに低く聞こえている。

これは、なんだ……？

呟《つぶや》いているのか、あるいはただ唸っているだけなのか、その呻き声は不明瞭《ふめいりょう》だが、どこか言葉を持っているようにも思えた。

嘘だろ——。

賢一は、思わず首筋を押さえた。

三●●一

「それで、おっかなくなって、草壁君、逃げ帰ってきたわけだ」

罐《かん》入りのウーロン茶を啜《すす》っている賢一を、藍沢悠美がニタニタ笑いながら眺めている。

ふん、と罐を応接セットのテーブルに置き、賢一はポケットからタバコを取り出した。

「逃げてねえだろ。ちゃんと幽霊の声も録音してきたんだし」

タバコに火を点けると、向こうのデスクから鳴滝昇治が顔を上げた。耳のヘッドホンを外し「あまり音は良くないな」と呟くように言った。

「最初の音は、部屋の真ん中で録音したものだな？　どっちの部屋だ。ワインセラーのほうか？　ボイラー室のほう？」

「ボイラー室。二番目がボイラー室の南側の壁にくっつけて録《と》ったヤツ。南側ってのは、ボイラー室の奥側の壁ってことね。三番目が西側の壁で、四番目は東側。五番目はボイラー室とワインセラーを隔ててる壁につけて録ったもの。六番目はワインセラーの部屋の中央。七番目がワインセラーの北壁。八番目が西」

「ワインセラーの東壁っていうのはないんだ」

自分のデスクの前へ腰を下ろしながら悠美が言った。

「録ろうと思ったけど、ボイラーがまた動き出しちゃって録れなかった。東壁っていうのは、階段があるほうだ」

「これで聞いてみると」と、鳴滝はデスクを離れ、賢一の前のソファに腰を下ろした。

「一番音が良いのは五番目だな。つまり、仕切り壁にあてて録音したものだ」

「そう？　耳で聞いたぶんには、そんなに違いはなかったけどね。でも、やっぱり壁にくっつけて録ったヤツのほうが、比較的クリアなんじゃないかな」

「人間の声なのかなあ」と、悠美が眉《まゆ》を寄せるようにして言う。

「爺さんか婆さんか、唸ってるように聞こえないか？」

「聞こえる。聞こえるけど、ほんとに人間の声？」

ふんふん、とうなずきながら鳴滝が悠美を振り返った。

「藍沢君の知り合いに、音の専門家はいないか？」

「いますけど、聞かせてもいいんですか？　彼が番組観て、あたしたちのやってること、気づいちゃったらヤバイでしょ」

「その通りだが、そこをなんとかごまかして分析を頼めないかな」

「まあ、あの人は低俗番組なんか観るようなタイプじゃないか」

言って、悠美はペロリと舌を出した。誰も、彼女の言葉を咎《とが》めなかった。

「しかし」と、鳴滝もタバコに火をつける。「録音できたということになると、いささか面倒なことにもなるな」

　言いながら、賢一に目を向けてくる。賢一は、知らん顔をしてウーロン茶を一口飲んだ。

　賢一もむろんそうだが、鳴滝にせよ、悠美にせよ、そして能城あや子にしたって、幽霊の存在など信じてはいない。能城あや子を信じてやってくる相談者たちには申し訳ないが、彼等の前で招霊木《オガタマノキ》を振り回す盲目の霊導師は、霊など飯の種としか考えない古狐《ふるぎつね》なのだ。だから、こういった話も常に合理的な方向へ向かう。

「最大の問題は、音源がどこにあるのかということだ」

「音源――」

　鳴滝の言葉を、悠美が繰り返した。

「音がどこで発しているのかってことだ。レコーダーを壁につけたとき音がクリアになるということは、壁を伝って音が地下室まで届いているわけだ。糸電話と同じことだな、つまり」

「糸電話はいいや」

　あはは、と賢一はつい声に出して笑った。

「紙コップ二つの底を糸でつなぎ、その糸をピンと張ってやると、一方の紙コップの口で喋《しゃべ》った言葉がもう一方に伝わる。つまり壁が糸で、地下室は紙コップのような共鳴体になってるってことだろう。だとすると、もう一方の紙コップを探す必要がある。な?」

鳴滝が、そう言って賢一を見返した。

賢一は首を竦《すく》めた。

「案外さ」と悠美が言う。「音源はダンナなんじゃないの?」

うむ、と鳴滝がうなずいた。

「幽霊の声が壁を伝って聞こえてるんだとすると、家のどこかの壁にテレコか何か仕掛けてあるってことなんじゃない?」

「なんのために?」

賢一が訊《き》くと、悠美は首をヒョイと曲げてみせた。

「奥さんを怖がらせるためなんじゃないの? ダンナのほうは幽霊の声なんて聞いたことないって言ってるんだし」

「だからさ。なんで奥さんを怖がらせるんだ」

「さあ、なんでだろ?」言いながら、悠美はクスクス笑った。「草壁君は、なんでだと思う?」

「しらねえよ」

タバコを灰皿に押しつけて消した。

「とにかく」

　と、鳴滝がソファの上で背筋を伸ばした。

「我々に許された時間は、あと三日間だ。幽霊の声が録音できたとなると、番組のほうも是非とも取り上げたいと考えるだろう。いかにも、テレビ局が喜びそうな、おどろおどろしい音だからな」

「他の調査だって残ってるんだぜ」

　言うと、鳴滝は何度もうなずいた。

「この津野田葎子のケースを最優先ということで進めよう。次の収録分でまだ足りないところは藍沢君にやってもらうとして、こいつは草壁が上げてくれ」

　へ、と賢一は顔をしかめた。

「ありがたい心遣《こころづか》いだね、まったく」

「礼には及ばんよ」

　悠美が、笑い声を上げた。

●●
━━

　翌日、賢一は再び津野田邸へ足を運んだ。

道路から見上げると、二階の窓に人影が動いている。葎子は、まだ在宅のようだ。津野田邸は角地に建てられていて、東側と北側が道路に面していた。二メートルほどの石塀が、ぐるりと家を囲っている。

つまり、あの地下室は……と、賢一はワゴンRの運転席から家を眺めた。もう一つの紙コップを見つけるためには、部屋の配置を頭に入れておく必要がある。

おや……と、賢一は屋敷の玄関に目をやった。

女性が一人、玄関から姿を現わした。津野田葎子ではない。普段着という服装は、この近所の主婦だろう。

よし、とうなずき、賢一はこちらへやってくる婦人に目をやりながらウインドウを下げた。

「あの……すみません」

声をかけると、その婦人は、はい？　と小首を傾《かし》げるようにして賢一のワゴンRに近づいてきた。

「すみません。このへんに、西塚さんというお宅はないでしょうか？　西塚敏さんという方のお宅なんですが」

「あら」と婦人は、大きな眼を瞬かせて賢一を見つめた。「西塚さんは引っ越されたんですよ」

「え？」と、賢一は驚いてみせた。「引っ越されたって、いつですか？」

「半年ぐらいになりますよ、もう。ほら、あの――」と、婦人は津野田邸を振り返って指差した。「あそこにお住まいだったんですけどね」

「知りませんでした。やっぱり、あれですか。音が邪魔で引っ越されたってことですかね」

「音？」

「いいえ、西塚さんって音楽家でしょう？　家の中で妙な音がするって言ってたんですよ。邪魔で仕事にならないって」

「あら、じゃあ、ほんとなんだ……」

婦人は、また津野田邸を振り返った。

「ほんとって、なんです？」

「いえね、今は、別のご夫婦が住んでらっしゃるんだけど、奥さんが幽霊の声を聞いたってノイローゼみたいになってるんですよ」

「幽霊……」

「気のせいじゃないかって思ってたけど、西塚さんにも聞こえてたんだ」

「幽霊の声――なんですか？」

「そうなんだって奥さんは言うの。私にも聞いてみてくれって言われたけど、そんなの、なんか気味が悪いしねえ」

どうやら、こういう噂《うわさ》が大好物というタイプの女性らしい。好都合だった。

「幽霊が出るようなこと、前にあったんですか、あの家」

「わからないけど、土地が悪いっていうのかしらね。なんか、あの一角って縁起のよくないことばっかり起こるみたいだから」

「あの一角……？」賢一は前方の津野田邸に目をやった。「あの家だけじゃなくて？」

「そうなの。あのブロックっていうか。津野田さんの隣の家じゃ、お祖父《じい》ちゃんと息子さんが立て続けに交通事故を起こして、息子さんのほうは亡くなったり。そのもう一つ向こうの家はトラックに突っ込まれて玄関壊されたりね」

「へえ……」

「十年ぐらい前になるけど、津野田さんの裏手の家は奥さんに駆け落ちされて逃げられちゃったようなこともあったしねえ。今はずっと旦那さんが一人で住んでるんですよ。なんか、あんまり縁起が良い土地じゃないのよね、きっと」

「その、津野田さんでしたっけ、西塚さんの後に入られてる方。その方は、あそこを買われたとき、そういう縁起が悪いところだって、知らなかったんでしょうかね」

「知らなかったと思いますよ。不動産屋さんが、そんなこと教えるわけないものねえ」

「しかし、幽霊っていうのも気味が悪いですね。その幽霊の声を聞いたって、奥さんだけなんですか？　お子さんとかご主人とかは」

「いいえ。聞いたのは奥さんだけみたい。お子さんはいらっしゃらないしね。旦那さんのほうは、そんなのは空耳だって取り合ってくれないらしくて、奥さん可哀想ですよ」

「へえ……いや、そういうので夫婦の仲が危なくなるって、けっこうありますよね」

うんうん、と婦人がうなずいた。

「なんか、奥さんの話だと、前から性格的に合わなかったみたいですよ。ご主人がA型で、奥さんがB型。気が合わない典型みたいな夫婦でしょ。ご主人はすごく細かくて、奥さんのほうは大ざっぱで。大きな声じゃ言えないけど、せっかく新しいお家に引っ越してきたけど、どうなのかしらね。なんかあっという間に別れちゃうんじゃないかって気がするわ。それで幽霊騒ぎじゃ、ご主人はそんなこと信じる人じゃないだろうし、お子さんだってできないっていうから、ちょっとねえ。あら、なんか、余計な話しちゃったわ」気がついたように、婦人は身体《からだ》を起こした。

「ごめんなさいね。西塚さんのことでしたよね」

「いえ……引っ越されたなら、仕方ないですね。どうもありがとうございました」

礼を言うと、婦人は会釈を返し、また津野田邸を振り返ってから、そそくさと車から離れて行った。

婦人の目が追ってくるかもしれないと、賢一は車を出し、いったんその場を離れた。

あの家に移ってからまだ三ヵ月では、近隣から得られる情報もあまり期待できない。あの婦人の言ったこと以上のものは、聞き込みを繰り返しても無理かもしれなかった。

二

近くにスーパーを見つけ、賢一はその駐車場の片隅にワゴンRを停めた。上着をジャンパーに着替え、作業帽を被《かぶ》ると、今度は徒歩で津野田邸へ引き返す。

ゆっくりとした歩調をカムフラージュするために携帯電話を耳に当てながら、その一角を往復し、チャンスを窺《うかが》った。ありがたいことに、二度目に家の前を通ったとき、津野田葎子が戸締まりをして駅の方角へ歩いて行くのが見えた。外出着姿だということは、しばらくは家を空《あ》けている可能性が高い。もっとも、幽霊の声でノイローゼのようになっている葎子からすれば、あまり家にいたくないという気持ちもあるのだろう。

周囲に人影のないことを確認し、賢一は津野田邸玄関前のポーチへ歩いた。素早くサージカルグローブを手に装着し、解錠具《ピックツール》を取り出した。ものの五秒とかからぬ時間でドアの錠を外し、家の中に身体を滑り込ませる。ドアを閉め、鍵を内側からかけた。靴にシューズカバーを装着し、ふう、と深呼吸をひとつした。

ポケットからコンクリートマイクを取り出し、イヤホンを耳に差し込むと、まずは玄関脇の壁から始めることにした。本来は隣の部屋の物音を採取するためのものだが、今回の調査にはうってつけの装置だった。壁を伝う音が、そのまま増幅して聞ける。

津野田邸の玄関は、全体に白を感じさせる吹き抜けのホールになっている。すぐ右に二階への階段が螺旋状《らせんじょう》に作られ、地下へ下りる階段は、観葉植物が置かれた化粧棚の裏側にある。広さとしてはさほどのものではないが、吹き抜けになっているからなのか、あるいは白い壁の印象からか、開放感を感じさせるスペースだった。見上げると天窓が陽光をホール全体に呼び込んでいる。趣味は悪くない。

玄関ホールのあちこちの壁にコンクリートマイクをあててみたものの、幽霊の声などまるで聞こえなかった。

それは、地下へ通ずる階段脇の壁にしても同じだった。ボイラーの音が聞こえるばかりで、あの不気味な声はこの壁には伝わってきていない。

ワインセラーのある地下室は建物の西側――つまり、裏手に位置している。とすれば、音源はこの家の西側にあると考えたほうが正しいのかもしれない。

賢一は、一応、玄関脇のシューズボックスの中にそれらしいものがないことを確認してから、足を家の奥へ向けた。頭の中に家の見取り図を描きながら、ゆっくりと進む。地下への階段の脇にトイレがあり、その中を調べた。壁を伝う音は、やはりボイラーの運転音だけ。便器にもタンクにも、あやしい装置は取り付けられていない。

玄関ホールへ戻り、南側の居間へ移る。この部屋も明るい。いわゆるリビングダイニングで、贅沢《ぜいたく》を言えばテラスの向こうに広い庭がほしいところだが、数本の立木を置いた向こうはすぐに隣家を隔てる石塀になっていた。

壁と床のあちこちにコンクリートマイクを押し当て、音を聞く。だが、やはり幽霊の声は聞こえてこない。ダイニングはちょうどボイラー室の真上に位置している筈《はず》だが、建物の構造が防音を重視した造りになっているのか、ボイラーの音もかすかに聞こえる程度だった。

飾り棚やテーブルの裏など家具をチェックし、隣のキッチンへ入る。ここは、ワインセラーの真上にあたる。床にマイクをあててみるが、やはり聞こえてくるものはダイニングとほとんど変わらなかった。

もっとも、このキッチンは専業主婦である葎子の領域だ。もし、幽霊の声を夫の清孝が仕掛けているのだとしても、こんな場所を選ぶのは発見される危険を大きくしているようなものだろう。システムキッチンの収納や、食器棚の中や裏側、換気扇のフードの中まで覗《のぞ》いてみたが、音源となりそうなものは見つからなかった。

どこなんだ……いったい。

なんとなく上を見上げた。だとすると、二階？

一階でこれだけ聞こえない幽霊の声の音源が、二階に置かれている可能性などあるものなのだろうか。

まあ、一応、調べるしかないですね……と、賢一は玄関へ戻り、二階へ足を運んだ。

二階には、寝室と書斎がある。あとは、浴室があるだけだ。地下室の真上にあたるのは書斎と浴室ということになる。書斎はあきらかに清孝の領域だろうから、とくに念を入れあらゆる場所を調べてみたが、音源を発見することはついにできなかった。それは、浴室にしても寝室にしても同様で、音源の発見どころか、コンクリートマイクは地下からのボイラーの音を拾うことさえしてくれない。

まいったね……。

見落としがあるのかもしれないと考え直し、再び地下へ下りてみた。

聞こえる——。

ちょうどボイラーの運転が休止していて、例の呟くような呻き声がワインセラーの中に聞こえている。昨日、すべてを見ている筈だが、賢一はあらためてワインセラーの隅から隅まで、ボイラー室のパイプの陰まで徹底的にチェックをし直した。

しかし、結果は同じだった。

ボイラーの運転が再開すると聞こえなくなるが、壁にコンクリートマイクを押し当てれば、やはり声は続いている。なんとも、不気味で、どことなく悲しげな呻き声だ。

さて、弱った。

腕の時計にペンライトを向けると、この家に侵入してからすでに二十分近くが経《た》っている。あまりの長居は禁物だった。玄関へ戻り、自分の身の回りを点検してから、外に誰もいないことを確認した上でドアを開ける。するりと抜け出し、手早くピックツールを使って鍵をかけた。

「………」

そのドアの右脇を見て、賢一の足が止まった。小さな木戸がある。

外からの音——？

とっさに木戸を開け、石塀と建物との間の細い空間に足を踏み入れた。幅が一メートルもない、いわゆる犬走りだ。その間を通って、建物の裏手へ回る。この裏手が西にあたり、つまり、地下室はこちら側に造られているわけだ。

家の内側ばかりに目がいっていた。地下室に伝わってくる音は、家の内部からだけとは限らないのだ。

しかしその裏側も、石塀と建物の間には、ほとんどスペースがなく、目をこらしてみても、建物の壁やセメントで固められた地面に音源が仕掛けられているような形跡はない。

ただ、その犬走りの上にコンクリートマイクをあててみると、地下のボイラーの音と一緒に、あの幽霊の声が聞こえてくる。戸外の騒音のために、耳ではまったく知覚できないが、地下室で聞いたものよりもいくぶんはっきりした音で、呟きが聞こえてくる。

ふと気づき、賢一はコンクリートマイクを石塀にあててみた。

「…………」

ギョッとして、賢一はマイクを握りしめた。

言葉が聞こえたのだ。地下室では呻き声でしかなかったものが、マイクを石塀に押しつけた瞬間、それが言葉になって聞こえた。不明瞭ではあるが、その声は語尾を長くのばすように、

——あそびましょう
と、賢一に囁《ささや》いたのだ。

●

事務所を呼び出すと、電話口でいきなり悠美は「見つけた？」と訊いた。

「まだだよ。至急調べてくれ。名字だけで名前はわからないが、福森《ふくもり》というのが津野田葎子の裏手の家に住んでいる。西側に隣り合った家だ。結構でかくて古い感じの家なんだけどね」

「ふくもり——福岡の福と、三本木の森？」

「そう。表札を見ているだけだから、下の名前まではわからない。不確実な情報しかないが、十年ほど前に奥さんが駆け落ちして逃げて、現在は一人暮らしの人らしい」

「へえ。すぐ裏手なら、住所は津野田さんと同じかな？」

「だと思う。こちらが今持っている情報はそれしかないんだが、調べられるかな」

「わからないけどやってみる。至急ということは、結果は、わかり次第この電話に返したほうがいいわけ？」

「いや、このあと、音が立てられない場所に潜り込むから、伝言サービスのほうへ入れておいてくれ」

「了解」

携帯をポケットへしまい、賢一は前方の屋敷を見つめた。

津野田邸よりずいぶんと立派な構えの家だった。構えは立派だが、かなり古びていて、半ば朽《く》ちかけているようにも見える。この家もやはり塀で囲われているが、石ではなく黒く塗った板塀だった。あまり手入れをしていない様子の松の木が、塀の向こうから道路へ枝を伸ばしている。

もちろん、これはカンでしかなかった。

津野田葎子がノイローゼになりそうなほど恐れている地下室の呻き声は、夫の仕掛けたものなどではなく、この裏手の福森邸で発せられているものなのではないかと、賢一は感じたのだ。つまり、もう一方の紙コップは、この屋敷のどこかにあるのではないか――。

どうやら、現在、福森邸は留守であるらしい。一時間ほど、注意深く建物の窓を眺めていても、明かりもなければ、人の動きもない。もちろん、昼日中とはいえ、家の中で寝ているという可能性も考慮する必要があるが、賢一は留守だと見当をつけた。

できれば、家に侵入するなどということは、もっと情報を集めた上でやりたかった。これから賢一がやろうとしていることは、間抜けな空き巣狙いと変わらない。何かが得られるという保証など、どこにもないのだ。にもかかわらず、危険だけは、かなり覚悟しなければならない。

――あそびましょう
まだ、耳に残っている。

脇の道路を自動車が立て続けに通り、あとの言葉は不明瞭に沈んで聞き取れなかったが、確かに「あそびましょう」という言葉だけは、賢一の耳に聞こえた。

思わず鳥肌が立つような、寂しげな声だった。女の声のように、賢一には思えた。

番組の収録までは、もうあまり時間がない。とすれば、危険は承知の上で、未知の屋敷に潜り込むしかなかった。

賢一は、周囲に人や車が途切れるのを待って、ゆっくりと屋敷に近づいた。大谷石《おおやいし》の上を踏んで、門の前に立つ。「福森」と墨書《ぼくしょ》された表札の下にインタホンがある。そのボタンを押して、しばらく待った。賢一の背後を自動車が走り抜ける。

もう一度、インタホンのボタンを押す。同時に、手の中でピックツールを握りしめた。腹の中でゆっくり五つ数えながら、鍵穴に道具を差し込んだ。指に小さな手応えを感じた瞬間、チッと音が立って錠が外れる。そのまま門を開け、ゆっくりとした足取りで中へ入ってから後ろ手で閉める。もう一度道具を使い、鍵を内側から掛けた。石畳を歩き、玄関に取りつく。玄関の鍵もすぐに開いた。ドアを開けて屋敷に入り、思わず息を吐き出した。

内部も、やはり昔風の造りの家だった。

玄関から広い廊下が奥へ続いている。廊下というよりは広間と言ったほうがいいのかもしれない。右手に開け放されたドアがあり、どうやら食堂のようだった。ダイニングより食堂と呼ぶほうがふさわしいような部屋だ。大きく立派なテーブルが中央に据えられ、それを囲むように十脚の椅子が設《しつら》えられている。玄関広間の左手には二階への階段があった。

薄暗い広間だ。津野田邸の玄関ホールの明るさとは対照的な暗さだった。シューズカバーを靴に被せてから、賢一はその広間を奥へ進んだ。板張りの床がキシキシと音を立てる。ゆっくりと摺《す》り足で進むしかない。食堂の奥隣は台所のようで、ここも戸は開け放たれていた。

　まずは津野田邸に近い建物の東側を調べてみるべきだと判断した。広間の正面には納戸《なんど》がある。その右手には和室の畳が見えていた。どの部屋も、すべてが開け放たれている。

　広間は納戸の前で左へ折れ、細い廊下となって北側へ続いていた。左側には和室が二間《ふたま》並んでいる。その障子《しょうじ》も開けっ放しだ。廊下の右には洗面所があり、その奥に、どうやらトイレがあるらしい。その扉だけは、閉じられていた。

　洗面所の向こうには四畳半ほどの和室があって、雰囲気からするとどうやら茶室であるらしい。手前には水屋《みずや》までが造られていた。廊下の突き当たりには引き戸があり、トイレ同様、そこも閉まっていた。

　それにしても……と、賢一は歩いてきた廊下を振り返った。

　あのお喋り好きな主婦の言葉が正しければ、ここは一人暮らしの家の筈だ。一人で住む家にしては、あまりにも広く、しかも寒々としている。掃除は行き届いているようだが、しかし、印象としてはどこか埃《ほこり》っぽい。人間の住んでいる家という感じがしないのだ。

　開け放たれている障子やドアは、もう何年も動かされたことがないのではないかという感覚を起こさせる。どことなく、セミの抜け殻を連想した。乾ききった感触といい、時を失ってしまったような空気といい、この家は、巨大なセミの抜け殻だ。十年前に奥さんが駆け落ちして出て行ったまま、この屋敷は呼吸を止めてしまったのだろうか。なんとなく寒気のようなものを覚えて、賢一はジャンパーの内ポケットからコンクリートマイクを取り出した。イヤホンを耳にはめ、まずは足下の廊下にマイクをあててみる。

チョロチョロと水の流れているような音がしている。そして、カツ、カツ、と硬いもの同士が触れ合っているような音も聞こえた。

ガキン、と突然大きな音が響き、はっとして賢一は顔を上げた。音は、イヤホンと同時に、空気を伝って耳にも聞こえてきたのだ。続いて、キシキシと床の軋《きし》む音が、玄関のほうで聞こえた。

とっさに、賢一は目の前の水屋に身体を滑り込ませた。茶道具を入れるための古い水屋簞笥《だんす》と流しの間に狭いスペースを見つけて、そこへ潜り込んだ。しかし、身体全部は隠れない。簞笥の脇から廊下が見えている。廊下を踏む足音が途切れ、カチャカチャと茶碗でも動かしているような音がしはじめた。

台所だ……。

この家の主人が帰ってきたのだ。台所で、何かをしている。台所は廊下の南端にある。ここから廊下へ出たら身体を隠すものは何もない。動くことができなかった。水屋に飛び込んだ判断がまずかった。この部屋には窓もない。とにかく、広いくせに身を隠す場所が極端に少ない家だ。

また、廊下の軋む音が聞こえてきた。こちらへ近づいてくる。箪笥の脇から窺うと、廊下の向こうに和室が見える。和室なら押し入れがあったのだ。そちらに隠れるべきだった。竹を組んだだけの狭く小さな覗き窓が賢一の正面に開いていて、そこから茶室が見えている。

足音が近づき、賢一は息を殺した。

「…………」

人影が、一瞬、水屋の前を通り過ぎた。そして、カタカタと戸を開けるような音が聞こえた。

どこへ？

それがわからなかった。水屋の隣は茶室だが、そこに入ったわけではない。廊下の向かいの和室に入ったのでもない。

あとは、廊下の突き当たりにあった引き戸。そこへ入ったのだろう。あの引き戸の向こうにも部屋があったのか……。

ただ、引き戸を開けた音は聞こえたが、閉じた音は聞こえない。つまり、この家の主人は、あの向こうで何かをしているらしい。

しょうがないか——。

賢一は、下腹に力を入れ、音を立てないように気をつけながら、ゆっくりと水屋箪笥の陰から這《は》い出した。

いつまでもここにじっとしているわけにはいかない。あの福森という人物が、どんな生活をしているのか、まったく情報もなく忍び込んだのだ。見つからない確信でもあれば何時間でもじっとしているが、このあとこちらへやって来ないという保証などどこにもない。チャンスを窺ってここから逃げ出すしかなかった。

見つかった場合は——そうなったら、とにかく殴り倒してでも逃げなきゃならない。

そんな事態になってほしくはなかった。

ゆっくりと水屋の廊下のほうへ移動する。息を止めながら、そっと眼だけ柱から出し、引き戸のほうを窺った。

「…………」

そこには、誰の姿もなかった。

姿がないだけではない。引き戸は大きく開けられているが、その中にはモップの柄と、バケツが見えているだけだったのだ。

物置……？

目を凝《こ》らして見ても、そこは物置でしかない。

では、福森はどこへ行ったのか？

わけがわからぬまま、賢一は水屋から這い出した。とにかく、男の姿はない。逃げるなら、今しかない。

廊下に出て、賢一はもう一度引き戸のほうを眺めた。やはり、どう見ても、そこは物置でしかなかった。中には、掃除用具が置かれているだけだ。

床の軋みをなるべく立てないように気をつけながら、賢一は玄関へ向かって急いだ。背後に神経を集中したまま、玄関のドアを開けて外へ抜け出す。門を潜《くぐ》るとき、目の前の道路をトラックが走り去ったが、かまわずに表へ出た。シューズカバーを取り去り、両手からサージカルグローブを剝《は》ぎ取ったのは、二十メートルほど歩いてからだった。

●●
●二二

「消えた？」

悠美が賢一を覗き込んで言った。賢一は、首を振って目の前のピーナッツを口に放り込んだ。

「つまり、その福森さんが、幽霊ってこと？」

「そうじゃないだろうが、とにかく消えた」

ふうん、と悠美はデスクの上からプリントアウトした福森のデータを取り上げて、賢一に渡して寄越した。

「戻って行ったのを見逃したんじゃないか？」

向かい側のソファで同じデータを眺めながら、鳴滝が言う。

賢一は首を振った。

「オレがどういう状態だったと思う？　廊下に神経が行きっぱなしになってたんだぜ。髪の毛一本の動きだって見逃せるもんじゃない」

「まあ、とにかく、無事に帰って来れてよかった」

賢一は、首を竦めた。

「そこにプリントしたのが」悠美が賢一の隣に腰を下ろした。「福森省吾《しょうご》関係の現時点でわかったことすべて。あんまりデータがないの」

「社長なのか、あの人は」

「みたいね。福森商店っていうのは、廃材の売買をやっている会社みたい。建築廃材とか、産業廃棄物とか、そういうのを扱ってるとこみたいよ。親の代からやってるらしいけど、お父さんは政治犯として牢屋に入ってたこともある人なんだって」

「政治犯……」

「………」

「なんか政治結社みたいなののアジトっていうか、あの家、そんなふうにも使われてたみたいね」

「へえ」

福森邸の内部が甦《よみがえ》った。二階建ての一階部分をチラッと見ただけだが、言われてみればなるほど、秘密結社の隠れ家のようにも思える。広い食堂には十人が同席できるテーブルがあった。広いが家具のあまりない和室がいくつもあったし、二階部分にも、おそらく広いスペースが用意されているのだろう。

だが、現在は、福森省吾が一人で住んでいるだけなのだ。

「社長だと、昼間、家に帰ってくることもあるのかなあ」

「どうなんだろ。福森商店の経営状態までは、まだ調べがついてないんだ」

「廃材の売買というと、言ってみればリサイクル業だよな。ある意味、時代の先端だ」

いや……と、鳴滝が口を挟んできた。

「ピンキリだろう。最先端のリサイクル産業もあれば、昔ながらのいわゆる屑鉄屋さんを細々やっているところもあるだろうし」

「まあ、家はでかいけど、大企業の社長が住んでるようには思えなかったな」

「調べてみたら」と悠美は、賢一の手のプリントを指差した。「九年前に、奥さんの郁《いく》枝《え》さんが家出をしてる。福森さんが捜索願を警察に出してるけど、記録はそれっきり。

行方はわからないってことね。駆け落ちかどうかのデータはなかった」

「まあ、駆け落ちだっていうのは、近所の主婦が言ってたことだからな。噂をどこまで信用していいかはわからないね」

データのプリントをテーブルに載せながら、鳴滝が悠美を見返した。

「幽霊の声の分析結果が出たと言ってたな」

「あ、そうそう」

と、悠美はソファから立ち上がり、デスクに載っていた自分のノートを取り上げた。

こちらは結果をプリントする時間がなかったのだろう。

「ちょっと面白い結果……っていうか、ある意味ではテレビが喜びそうなゾッとするようなのが出てきたわ」

「ほう」

「やっぱり人間の声だって。女性の声で、年齢は二十代から五十代ぐらい」

「幅が広すぎる」

あはは、と悠美は笑い声を上げた。

「で、その声の内容だけど、歌だったのね」

「歌？」

賢一は、隣の悠美を見返した。

「うん。ちょっと音程が外れ気味なんだけど、北原白秋《きたはらはくしゅう》の作詞、弘田龍太郎《ひろたりゅうたろう》って人の作曲の『雨』だったの」

「……ええと」と、賢一は眉を寄せた。「それ、どんな歌だっけ？」

うん、とうなずき、悠美が口ずさんだ。

　雨がふります　雨がふる
　遊びにゆきたし　傘はなし
　紅緒《べにお》の木履《かっこ》も　緒が切れた

ああ、と賢一はうなずいた。そして、いや、と悠美に目を上げた。

「オレ、あそびましょう、って言葉を聞いたぜ」

「それは二番よ」

続けて、悠美が歌う。

　雨がふります　雨がふる
　いやでもお家《うち》で　遊びましょう
　千代紙折りましょう　たたみましょう

ふうん……と、賢一は胸の前で腕を組んだ。

あれは、歌だったのか――。

「藍沢君は、歌がうまいな」と鳴滝が言った。「知らなかったよ」

「またまた」

照れたように笑いながら悠美が首を振る。

「なるほど、テレビ局は喜びそうだな。女性の声だというのは間違いないんだな？」

「そう言ってました。嗄《しゃが》れ声だけど、女性の声だって」

「嗄れ声で音程が外れてたってことは、レコードとか、そういうものではないってことだな。プロの歌手が歌ったものじゃない」

賢一は、耳許《みみもと》でまたあの声が聞こえたように思った。

――あそびましょう

⁘

翌日は、早朝から福森邸の門が見える路上で張り込んだ。

前日ワゴンRを見られていることもあり、鳴滝に言って、暗窓タイプのハイエースバンを用意してもらった。車体の横に「ＪＷＪ測量」と意味不明のロゴが入っている。フロントウインドウの内側に駐車証を置き、賢一自身は目隠しされている後部座席から福森邸を監視する。警察が発行したもののように見えるが、駐車証はむろん贋物《にせもの》だ。

　監視を始めて三時間あまり経った午前九時過ぎ、紺色のセダンが福森邸の門前に横付けして停まった。バンの窓を薄めに開け、カメラのレンズだけ出して待機する。スーツ姿の若い男が車を降り、門の前まで歩いた。インタホンを押して、屈み込むように何かを告げている。こちらを振り返ったとき、賢一は連続してシャッターを切った。

　福森省吾に関わる人物の写真を撮ることに意味があるのかどうか、それはまるでわからない。意味を考えるのは、常に後回しだった。とにかく、得られる情報は余さず得ておくのが鉄則なのだ。役に立たない情報なら、捨ててしまえばいいだけなのだから。

　若い男は、ボンネットに寄りかかるようにして、所在なくあたりを眺めていた。しばらくすると門が開き、中年の男が現われた。すかさずシャッターを切る。これが、福森省吾だろう。昨日《きのう》は、まったく顔を合わさなかった。廊下を通り過ぎた足下を目撃しただけだ。若者のほうが車から身体を起こし、軽く挨拶《あいさつ》して後部ドアを開けた。福森が車に乗り込むのを待ってから、ドアが閉められ、若者も運転席のほうへ乗り込んだ。紺色のセダンは、賢一の乗っているバンの前を抜けて、大通りのほうへ走り去った。

　賢一は、それからさらに十五分、車の中で待機した。

「よし」

小さく呟き、賢一はバンから道路へ降りた。ツナギの作業服姿だ。帽子を目深《まぶか》に被り、サージカルグローブの上から軍手を着けて、福森邸の門へ向かう。一応、形だけはインタホンに向かい、その手はすでにピックツールで錠を開けている。門の内側へ滑り込むと、鍵を掛けてから石畳の上を玄関へ向かった。

すでに一度経験済みのドアを開けるのはたやすい。玄関を入ってから、靴にシューズカバーを掛けた。

屋敷の中の印象は、昨日とまったく変わりがなかった。ほとんどすべての部屋は、ドアも障子も開け放たれている。キシキシと音を立てる床を踏みながら、賢一は、広間を抜け、廊下を北へ進んだ。

とにかく、昨日の謎が気になって仕方なかった。福森が廊下から姿を消してくれたお蔭《かげ》で、賢一は無事に逃げ出すことができた。しかし、人間が姿を消してしまうことなど、あり得ない。

廊下の突き当たりに引き戸がある。戸の表面が飴色《あめいろ》に光っていた。ゆっくりと、引き戸を開ける。その内部は、昨日見たものと同じだ。掃除用具の収められた物置だった。用具の数はあまりない。モップを突っ込んであるバケツ。箒《ほうき》が二本と、はたきが一本。これは左側の壁に打った釘に掛けてある。右の壁に小さな棚が作られていて、そこには畳んだ雑巾が数枚と洗剤のボトルが二本載せてあった。それだけだ。用具入れの大きさからすれば、入っているものはスカスカの状態だった。

ふと、気がつき、賢一は脇の和室に入った。見事に何も置かれていない八畳間だ。ほとんど使われてもいないのだろう。草書の掛け軸が一幅《いっぷく》、床の間にかかっているが、それ以外には何もない。草書の文字は、賢一にはまったく判読できなかった。

床の間脇の押し入れを開ける。押し入れの左側半分に布団が数組重ねて収められている。上段も下段も、布団が隙間《すきま》なく埋めていた。右半分は、上下段とも古い立派な簞笥が空間のすべてを占めている。昔の帳場に置かれていたような小簞笥で、鶴と亀をあしらった打ち出しの金具が黒く光っている。簞笥の抽斗《ひきだし》に手を掛けてみたが、鍵がかかっていて、どれも開かなかった。

「…………」

しかし、これでは隠れることもできない。昨日、水屋に隠れたのは、正解だったのかもしれなかった。押し入れに隠れようとしたら、見つかっていた可能性が高い。

ピックツールを取り出し、簞笥にかかっている錠を開けようと試みた。

「…………」

なんだこれ？

鍵穴に差し込もうとしたツールの先が、カチッと何かにぶつかったのだ。ほんの数ミリのところを何かがふさいでいる。他の抽斗の鍵穴も次々に試してみたが、すべて同じことだった。

どういう鍵なんだ、これ？

こんな鍵は、見たこともなかった。もちろん、簞笥ごと壊してしまえば中を見ることはできるが、そんなことはできるわけがなかった。

襖《ふすま》を閉め、納得のいかぬまま、和室からまた物置の前へ戻った。腰のベルトに提げたポシェットからコンクリートマイクを取り出し、イヤホンを耳に差し込んだ。マイクを物置の中の壁にあててみる。

「あ……」

思わず声が洩れた。

――昼もふるふる　夜もふる

はっきりと、聞こえる。津野田邸で聞いたものとは大違いだった。

――雨がふります　雨がふる

呟いているような印象は変わらないが、女性の声が『雨』を歌っているのが、ここでは明瞭に聞こえている。

物置の床にマイクを移動した。

――遊びにゆきたし　傘はなし

やはりちゃんと聞こえる。

——紅緒の木履も　緒が切れた
やはり、音源はここだったのだ。

床から立ち上がり、賢一はぐるりと周囲を見渡した。そして、もう一度物置のほうへ目をやる。

まてよ……。

ふと、隣の和室を眺めた。

鍵の開かない小簞笥。

和室へ戻り、もう一度押し入れの右側の襖を開ける。コンクリートマイクを、その簞笥に押しあててみた。

——いやでもお家で　遊びましょう
歌が、さらにクリアに聞こえてきた。

簞笥の脇を、そっと叩いてみる。コンコン、と空虚な音が返ってきた。

空洞だ……。

そのまま、廊下へ出て、物置の前に立ち戻る。思い切ってその中へ足を入れた。軍手を脱ぎ、サージカルグローブだけの手で、左側の壁——つまり、和室側の壁を撫《な》でる。

かすかに壁がカタカタと音を立てた。

ふと、あることに気がついて物置の引き戸を動かしてみた。

音がしない。

昨日、福森が姿を消す直前、カタカタという音を聞いた。引き戸を開けた音だと思い込んでいたが、そうではなかった。

はたきをかけてある釘をつまみ、壁を撫でるように動かしてみた。

「…………」

壁全体が、奥へ吸い込まれるように、スーッと開いた。

開けられた壁の向こうには、真っ黒い空洞があった——。

簞笥の内側なのだ。あの簞笥は、この空間をカムフラージュするためのものだったのだ。

目を凝らすと、その空洞は真っ暗ではなかった。下のほうにうっすらと明かりが見えている。足下は、どうやら階段になっているようだ。ペンライトを取り出し、スイッチを入れてから、念のために物置の引き戸を閉めた。

ペンライトで足下を照らしながら、そろそろと階段に足を運ぶ。七段を下りると石の壁に突き当たった。その壁の上方に小さな電球が明かりを灯している。そこは踊り場になっており、階段は引き返すようにして下へ続いていた。

急な石の階段をまた七段下りると、賢一の前に木の扉が立ちふさがった。扉には閂《かんぬき》が渡され、掌《てのひら》ほどの大きさの鉄製の錠前が下りていた。ピックツールを取り出し、鍵穴に差し込んでみる。シリンダー錠よりは遙《はる》かに簡単に爪《つめ》が外れた。

門をスライドさせて外し、ゆっくりと扉を開けた。

「お人形寝かせど　まだ止《や》まぬ――」

途端に、歌が大きく聞こえた。

「お線香《せんこ》花火も　みな焚いた――」

ゆっくりと、賢一は、その部屋へ足を入れた。

「…………」

思わず息を呑んだ。

賢一は、そこに異様なものを見た。

●二
●●二

テレビの中で、能城あや子が招霊木《オガタマノキ》の枝を静かに揺り動かしている。賢一は、凝っている肩の上で首を回しながらモニターを眺めた。悠美がソファの後ろに回ってきて、賢一の肩を揉《も》みはじめた。

「おお、サンキュウ」

口へ運んでいた。

賢一の隣には鳴滝が座っている。能城あや子は、テレビには背を向けて、罐ビールを

一週間前に収録した番組の、今日がオンエアだった。

「珍しいよね」と、悠美が賢一の肩を揉みながら言う。「これ、視聴者のほとんどは結果を知ってるわけでしょ？　あれだけニュースだとかワイドショーだとかで騒がれたんだもの。それでも視聴率って、取れるのかな」

先週の番組収録では、局のスタッフたちも大騒ぎとなった。福森邸の撮影許可など、テレビ局が訪ねても取れるわけがなく、警察に相談した上で警察官と一緒にカメラが屋敷に乗り込むという展開になった。その後は、テレビも新聞も、一斉にこの異常な事件を報道することになったのだ。結局、マスコミたちがこぞって能城あや子の評判を高める結果になってしまった。

「取れるよ。最高の視聴率を記録するんじゃないか」

鳴滝が薄笑いを浮かべながら悠美に答えた。

ふん、と能城あや子が向こうで鼻を鳴らした。

「結果はわかってるが」と、鳴滝はテレビを眺めながら続けた。「言ってみれば、各マスコミが騒ぎ立てたオリジナルがこれだからね。能城あや子がどんな言葉で事件を霊視したのか、それをみんな観たいと思うだろうからさ」

「いい気なもんだ」と、能城あや子が吐き出すように言った。

——幽霊ではないですね。

と、テレビの中の能城あや子が言った。彼女の前には、神妙な顔で津野田葎子が座っている。

「あなたが聞いたものは、生き霊《いりよう》に似たものだと思います」

「生き霊？」

司会役のお笑い芸人が素《す》っ頓狂《とんきよう》な声を上げる。

「地下室から聞こえてくると言いましたね」

「はい」と、津野田葎子がうなずく。

「その地下室の向こうには何があるんですか？」

「向こうって……」

「地下室の向こうに暗い洞穴《ほらあな》のようなものが見えます。四角い洞穴です。石に囲まれた牢獄のように見えますね。永遠に終わりの来ない時の中で、苦痛と悲しみが、岩にへばりついた雨虎《あめふらし》のように蠢《うごめ》いている。いつしか、その苦痛も悲しみも、恐れや呪いも、すべてが生き霊のごとく石の中に染み込み、あなたの家の地下室に届いたのでしょう」

「…………」

津野田葎子も、司会者も、能城あや子の言葉の意味がわからず、呆然《ぼうぜん》と彼女を眺めている。

「はっきりとは見えませんが、あなたの家のすぐ裏手に、大きなお屋敷があるようです。そのお屋敷には男が一人住んでいる。自分の愛する人を失った獣のような男です。ああ……だんだんはっきり見えてきた。男には妻がいました。その妻は、夫ではなく、べつの男を愛していた。それを知った夫は激怒し、妻の愛人を殺害した。でも妻を殺すことはできなかった。夫は、妻とその愛人の遺体を、屋敷の地下にある石牢の中へ閉じ込めた――」

やれやれ、と賢一は苦笑しながらテレビの画面を眺めた。肩に置かれた悠美の手をぽんぽんと叩き、もう一度、サンキュウと彼女を見上げた。

雨虎《あめふらし》と能城あや子は言ったが、福森邸の地下で賢一が見たものは、実際、得体の知れない生き物のようだった。とても人間には見えなかった。しかし、それが九年前に駆け落ちしたという福森郁枝だったのだ。

裸で地下に閉じ込められた郁枝の肌は、九年もの間に、苔《こけ》が生えたように紫色と茶褐色と白の斑模様《まだらもよう》に変色していた。そして、彼女の脇には、白骨化した男の死体が横たえられていたのである。あまりの光景に、賢一は、それを正視できなかった。

信じられないような話だが、福森省吾は、殺害した男と一緒に、自分の妻を地下に監禁したのだ。それも九年間、水と食べ物だけを与え、監禁し続けていたのだった。

地下室は、もともと、あの屋敷をアジトにしていた政治結社が、官憲に踏み込まれた場合を想定して造られた隠し部屋だったらしい。さらに、指名手配中の仲間を匿《かくま》うためにも使われていたのだという。

テレビには、スタジオから出たカメラが福森邸に向かう様子が、映し出されていた。

悠美が、紅茶を淹《い》れて運んできた。

「先生は、紅茶、お飲みになります？」

能城あや子は、黙ったまま首を振り、手の罐ビールを持ち上げてみせた。あはは、と悠美は笑いながら、冷蔵庫からもう一罐、ビールを出して彼女の前へ置いた。

「あーめがふーります、あーめがふーるー」

突然、能城あや子が歌い始め、賢一は、ギョッとして我らが霊導師に目をやった。

「あーそびに、ゆーきたし、かさーはなしー、べーにおーのかーっこも、おーがきーれーたー」

「やめてくれよ」と、笑いながら鳴滝が言った。「気持ち悪いよ」

「郁枝さんは、九年間歌い続けてたんだよ」

能城あや子の言葉に、うん、と鳴滝はうなずいた。

「考えてみると」悠美は椅子《いす》を引き寄せ、自分も紅茶の入ったカップを手にしながら言った。「あの歌、郁枝さんの気持ちそのままだよね。いやでもお家で遊びましょう、なんて、可哀想で涙が出そうになる」

賢一は、あの地下室を思い出して、小さくうなずいた。

福森省吾は、地下の掃除を日課にしていたのだそうだ。地下室には、隅に便器が備え付けられていたが、郁枝はそこで用を足さず、床の上に垂れ流していたらしい。それを、福森は洗い流し、郁枝の身体もぬるま湯をかけて洗っていたという。食べ物と水を与え、髪を梳《と》かし、唇には紅を塗った。天井につけられた裸電球が二つ。それが地下の明かりのすべてだった。

その光景も、想像しただけでゾッとする。

現在、福森郁枝は病院で看護を受けているが、歩くこともできない状態だという。九年間も監禁されていたら、誰でもそうなってしまうだろう。彼女には、逃げる気力も、鬼畜のような夫への反抗心も消え失せ、ただ歌い続けることしかなかったのだ。たぶんそれが、彼女が自分の存在を確認する唯一の方法だったのだろうと思う。

熱い紅茶をひと口啜り、賢一は、大きく息を吐き出した。

テレビの中で、福森郁枝の救出が始まっていた。ナレーションは、大袈裟《おおげさ》に彼女の悲劇と夫の非道を叫び続けている。顔と裸を隠すためにモザイクが掛けられた郁枝の姿は、テレビがもう一度彼女に暴行を加えているように、賢一には感じられた。

「なんで、こんなところまで写すの？」

憤慨したように悠美が言った。悠美も、同じように感じていたらしい。

「今回は」と鳴滝が賢一を振り返った。「草壁の大金星だったな」

「ボーナスでも増やしてもらわなきゃな」

言うと、鳴滝が笑いながらうなずいた。

「当然、そうするよ。いささか、後味のよくないケースだったが、これで能城あや子の評判が上がるのは間違いないからね」

「私としては」とそっぽを向いたまま能城あや子が声を上げた。「あんまり評判を上げてほしくないんだけどね」

「まあ、そう言わないでくれよ」

「私も郁枝さんとおんなじだよ。うかうか外も歩けないし、ずっと前から言ってるのに、温泉にだって連れてってくれないだろ」

「まあまあ」

脹《ふく》れっ面《つら》をしている霊導師の先生を、賢一はニヤニヤしながら見つめた。隣で悠美が、ぷっ、と吹き出した。

寄生木

やどりぎ

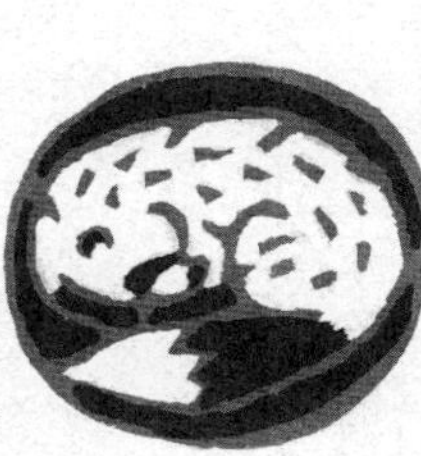

●二二

恩田光枝《おんだみつえ》が自殺したという報告が草壁賢一から入ったのは、その日の収録が終わって事務所に戻り、全員がようやく一息ついた夜十時ごろだった。

「自殺？　なに、自殺って」

賢一の電話へ訊《き》き返しながら、藍沢悠美は後ろを振り返った。鳴滝昇治と目があった。先ほど悠美が淹《い》れた紅茶のカップを手に、なんだ、と言うように顎《あご》を上げる。能城あや子は、ソファの上で罐《かん》ビールを呷《あお》っていた。

「知らない？　自殺ってのは、自分を殺しちゃうことで——」と茶化す賢一の言葉を無視し、悠美は目の前のパソコンを操作して恩田光枝のデータを呼び出した。

四十四歳、食品会社勤務。息子一人の母子家庭。水子の鎮霊《ちんれい》を希望——とある。

「恩田さんが自殺したの？」

背後へ回ってきた鳴滝に聞かせるための駄目押しをすると、賢一は、面倒臭そうに

「はいはい」と答えた。

「詳しいことを教えて」

「詳しいもなにも、わかったのは自殺したってことだけだよ。べつに予定に入れてたわけじゃないんだけど、たまたま近くまで来てたからさ。恩田光枝のアパートだけでも確認しとこうと思ってね。真面目に仕事してるよね、オレって。で、住所を探し当てたら、警察の車は来てるわ、人集《ひとだか》りはあるわ、どこかの記者らしいのもウロウロしてるわ……とにかく、アパートに近寄ることだってできない。で、オレも野次馬になって聞き出したのが、自殺したってことだったわけでね。自殺は、まあ、この辺りの噂《うわさ》好きが言ってることだから、殺人か事故か自殺か、そこは明日《あした》の新聞でも読むしかないけどね」

「読むしかないって……」悠美は眉《まゆ》を寄せた。「草壁君、それを調べるのが、仕事なんじゃないの？」

「なんでよ」賢一はクスクスと笑い声を洩《も》らした。「原因がなんだとしても、調査対象《マルタイ》が死んじまったんだよ。死んだ人はスタジオに呼べない。つまり、能城先生の前には現われないってこと。この件は終了だってことでしょ？」

悠美は首を傾《かし》げた。

「……ちょっと待ってて」

電話を保留にし、椅子を回して鳴滝を振り返った。

「自殺だって？」

と、鳴滝が訊き、悠美はうなずいた。

「亡くなった原因は未調査です。ただ、草壁君としては、番組で取り上げられる可能性がなくなったんだから、このケースは調査終了だと言ってるんですけど、そういう扱いになるんですか？」

なるほど、と鳴滝は顎を撫《な》でた。寄越せというように差し出された鳴滝の左手に、悠美は保留を解除した受話器を渡した。

「ごくろうさん」と、鳴滝は電話の向こうの賢一に言った。「ああ、聞いた。まあ、そういうことになるだろうと思うが、一応、調査は続行してくれないか。ん？　いや、番組をどうするかという判断は局側の問題だ。局のほうで、取り上げないという結論が出るまでは、ウチとしては調査を終了するわけにいかないからね。ええと……恩田光枝さんだっけ？　彼女が亡くなった周辺のことを、一応、出してもらえるとありがたいな。うん」

鳴滝の言葉に、悠美は満足してうなずいた。

仕事が山積みになっている賢一としては不満もあるだろうが、相談者が亡くなったから、ハイ、次、というのは、納得がいかなかった。

鳴滝は受話器を置き、やれやれ、と首を振った。

「その恩田さんも、霊視してもらうまで、辛抱できなかったものかね」

「よっぽど深い悩みだったってことなんでしょうか……」

さあ、と口許《くちもと》を歪めながら、鳴滝は応接テーブルの前へ戻った。

「冗談じゃないよ」と、能城あや子が向こうで声を上げた。「私と会った後で自殺されたら、そのほうが堪《たま》らない」

まあ、そうだろうな、と悠美はビールを口へ運ぶ彼女を眺めながら思った。

ふと気づいてパソコンの画面を確認し、壁際のキャビネットから恩田光枝の資料DVDを抜き出した。デスクに戻り、パソコンのドライブにディスクをセットする。デスク脇に置いたカップから紅茶を一口飲んで、ビデオを再生した。

ディスプレイに隠しカメラの映像が映し出される。映っているのは、テレビ局内にある小応接室の内部だ。局側にも存在を伏せて設置された小型カメラからの無線映像である。日付を確認すると、ほぼ一ヵ月ほど前の予備面接の録画だった。

必ずしも全員というわけではないが、能城あや子の霊視を受けたいという相談者たちとは、事前に番組スタッフとの面接が行なわれる。特別な事情がない限り、相談者は局へ呼び出され、相談内容の確認を直接受けることになるのだ。

もちろん、ここで面接を受けた全員が番組に取り上げられるわけではない。面接は相談者の篩《ふる》い分《わ》けでもある。相談内容が番組の趣旨と合うかどうか、テレビ番組として取り上げる価値があるものかどうかをチェックする。そしてさらに、相談者のキャラクターもそこで審査されることになる。テレビとしては、個性的で、しかも感情が表に出やすい人を取り上げたいと考えるものなのだ。

通常、面接はディレクターとADによって行なわれる。短くて五分程度、長くても二十分を超えることはまずない。恩田光枝の面接時間は、ビデオの録画時間からすると十五分ぐらい——まあ、普通だった。

「私自身っていうより、息子のことなんです」

冒頭の挨拶《あいさつ》と自己紹介的なものを終え、本題に入ると、恩田光枝はそう切り出した。折り畳み椅子《いす》の上で、しきりに周囲を気にしている。気にするようなものが応接室の中にあるわけではない。長手のテーブルが中央に一つ置かれ、そのテーブルを挾んで光枝はディレクターたちと向かい合って座っている。装飾など一切ない、殺風景な部屋だ。だが、まるでその部屋に何かが潜んでいるのではないかと怪しむように、光枝は落ち着かない視線を泳がせていた。

この人が、自殺した——。

不思議な気持ちで、悠美は隠し撮りの映像を眺めた。四十四歳という年齢よりは、いくぶん老けて見える。

「息子さんというのは、おいくつなんですか？」

ディレクターの質問に、光枝は指を二本突き出した。

「高校二年です。十七歳」

「お子さんは、その息子さんがお一人？」

「はい……いいえ、その……はい、一人です」

妙な答え方を光枝がしたのを、ディレクターは首を傾げるようにして見返した。

「一人？」

光枝は、部屋を見回し、何度か深呼吸を繰り返した。自分に納得させるように、二度、三度とうなずいている。

「ええと」とディレクターがテーブルの上の書類を指先で叩いた。「恩田さんのお申し込みを拝見すると、水子の霊を祓《はら》ってほしい、とあるんですが」

光枝がまたうなずいた。

「じつは……靖浩《やすひろ》の前に、一人堕《お》ろしているんです」

「靖浩さんというのが、高校二年生の息子さんのお名前なんですね？」

「そうです。どうしても産める状態じゃなくて、その……収入もなかったですし、堕ろすしかなかったんです」

「結婚はなさっていたんですか？」

「いえ、していません。結婚は、一度もしたことがありません」

ディレクターが顔を上げた。

「一度も……今も？」

「はい」

「というと、いわゆる、母子家庭でいらっしゃる？」

光枝がうなずいた。膝《ひざ》の上で手を握りなおし、その手をスカートの上へ擦《こす》りつけるように滑らせた。視線は相変わらず落ち着きがない。

「つまり……生まれて来ることができなかったお子さんの霊をお祓いしてほしいということなんですね？　靖浩君が高校二年だとすると、堕ろされてからは二十年近くなると思いますけど、どうして今になって、お祓いをしてほしいと思われるようになったんですか？」

「息子は、小さいときから、ずっと身体《からだ》が弱いんです。イジメというんですか、それで学校を休んで……」

「登校拒否のような？」

「そこまではないですけど、学校は無断で休むことが多いようなんです。私が仕事をしているので、ずっと見てあげられないのがいけないとは思うんですけど……たぶん、水子にされた霊が、生まれることができた靖浩を妬《ねた》むっていうんでしょうか、そういうことじゃないかって――」

「ははあ」

と、ディレクターはうなずいた。

「たぶん学校で苛《いじ》められているのを発散するっていうのか、家では荒れたりすることが時々ありますし……私が若かったときの過《あやま》ちをみんな息子に背負《しょ》わせてるんじゃないかって——」

ふむ、と声がして、悠美は後ろを振り返った。いつの間にか、鳴滝がディスプレイを覗《のぞ》き込んでいた。

「かなり神経質そうな人だな。息子が不幸なのは、みんな自分の過去が原因だというわけだ。悩んだあげくに自殺か……」

悠美はビデオをストップさせ、椅子を回して鳴滝のほうに向き直った。

「自殺かどうかは、まだわかりませんけどね」

「まあ、でも、その予備面接の様子を見るかぎりは、性格的に、あってもおかしくないという感じは受けるね。ずっとオドオドし続けてる」

でも……と言いかけて、悠美はその言葉を呑み込んだ。

説明はできないが、どこか納得いかないものが残っていた。

恩田光枝に関する一応の調査結果を賢一が持ち帰ったのは、それから二日後だった。新聞を読むしかない、と賢一は言っていたが、光枝の記事など、どの新聞にも載らなかった。

●二二

「病院に通ってたみたいだよ」

賢一は、事務封筒をポンと悠美のデスクに置き、ソファまで歩いて欠伸《あくび》をひとつした。悠美は、ポットに作り置きしてあったコーヒーをカップに注いで、賢一のところへ運んだ。

「ごくろうさま。病院って、恩田さんのこと?」

そそ、とうなずきながら、賢一はカップを取り上げる。悠美はデスクへ戻り、賢一の置いた事務封筒を開けた。中の調査資料をデスクに並べながら、ふう、と一息吐《つ》いた。資料の中から病院の領収書のコピー数枚をみつけて目の前に持ち上げる。

「神経科なんだ……」

「ノイローゼだったみたいだな。睡眠薬というか——精神安定剤かな、もらって飲んでいたようだしね」

「……………」

予備面接のビデオで見た恩田光枝を思い出した。落ち着きがなく、怯《おび》えたような表情で、彼女はずっと目を泳がせていた。

「てことは……」と、悠美は資料を持って応接セットのほうへ移動した。「やっぱり恩田さんは自殺だったってこと？」

笑いを口許に溜《た》めながら、賢一が悠美を見返した。

「自殺が不満みたいだな」

「まあ、べつにそういうんでもないけど、なんとなくしっくりこないんだよね。自殺っていうのは、警察の結論もそうなの？」

「自殺だね。風呂の浴槽で手首を切った。その前に精神安定剤も飲んでる。安定剤ってのは、まあ、睡眠薬みたいなもんだからね。アパートに帰った息子が、母親を発見した。救急車が呼ばれたが、その時はすでに死亡していて、救急隊員はすぐに警察へ連絡した」

「リストカットか……」

「遺書はなかったけど、以前から恩田光枝はノイローゼ気味なところがあったし、感情の起伏がやたら激しい人だったらしい。それはアパートの住人や、仕事先の同僚なんかもそう言ってる。自殺も、悩んだあげくというより、発作的なものだったみたいだ」

「発作的」

「うん。薬を飲み、服も脱がずに浴槽に入って手首をカッターナイフで切った。前日の残り湯、というか、ほとんど水だけどね、真っ赤な浴槽の中で――」

あ、あ……と、悠美は賢一の言葉を遮《さえぎ》った。

「そういう部分の具体的な描写はいらない。服、着てたの？」

ニヤニヤ笑いながら、賢一はうなずいた。

「珍しくはないようだよ。風呂場だからって、自殺するのに裸になる必要はないからね。女性の場合は着衣のままというケースも多いみたいだ」

「不自然なところは、まるっきりなかったわけか」

「いや、自殺が発作的だったってことと関係があるかもしれないが、悠美ちゃんが食いつきそうなネタも一つだけある」

賢一を見返した。

「食いつきそうな？」

「アパートの住人が言ってたことなんだけどね。恩田光枝は、あの日、男と言い合いをしていたらしい」

「男……？」

「それを聞いたのは、隣の部屋の奥さん。夕方、恩田さんの部屋で言い争っているような声を聞いたそうだ。最初は息子と喧嘩《けんか》しているのかと思ったらしい。前にも親子喧嘩は時々あったみたいでね。ただ、なんとなく息子の声じゃないように思えて不安になった。それで、ドアを開けて覗いてみたら、恩田さんの部屋から男が二人、段ボール箱を抱えて出てきたっていうんだね」

「…………」

「隣の奥さんは、慌ててドアを閉めた。男たちの足音が階段のほうへ去っていって、それと同時に部屋から出てきた恩田さんが、お願いですから、と泣くような声で言っていた——そういう情報なんだけどね」

「その男たちって、誰？」

「ぜんぜんわからない」

賢一は首を振り、コーヒーを一口啜《すす》った。

「息子さん——靖浩君は、そのとき部屋にいたのかな」

「それもわからないが、いなかったんだと思うよ。それから数時間後に、彼は帰宅して風呂場で母親を発見することになるんだからね」

「ああ……そうか」

なんだろう、と悠美は思った。隣の部屋の奥さんが「お願いですから」という光枝の声を聞いたとするなら、その男二人が彼女を殺害したという仮説を立てるのは難しいだろう。

でも、光枝はそのあとで自殺したのだ。彼女の自殺が間違いないとしても、その自殺の原因を作ったのが二人の男ではないのだろうか。

――お願いですから。

男は誰だろう?

「恩田さんの勤め先って、どこ?」

ああ、と賢一がうなずいた。

「浅黄《あさぎ》食品っていう会社。食品加工の工場で働いてたようだ。九時から五時までの仕事で、でも、彼女は帰ってからも仕事をやっていたようだね」

「帰ってからも?」

「内職してたらしい。つまり、朝から晩というか、夜まで、ずっと働きづめってことだ。まるでオレ、鏡の中の自分を見てるように感じるよ」

まあまあ、と悠美は笑いながら賢一を宥《なだ》めた。

「内職って、どういうことをしてたんだろ」

「瓶詰《びんづ》めだそうだ」

「ビンヅメ?」

「錠剤とか、そういうのを容器に詰める仕事らしいね。恩田さんは内職の斡旋《あっせん》会社に登録してて、そこから仕事をもらってやってたってことだ。何日かに一度、自転車に段ボールを載せて運んでるのを近所のオバサンたちが何度も見てる」

「段ボール？」悠美は賢一を見つめた。「それ——男二人が抱えてたって、それかな？」

ふん、と賢一はうなずいた。

「まあ、その可能性はあるね。断言はできないが」チラリと悠美に視線を寄越した。

「その男たちが恩田さんを殺したって方向にもっていきたいのか？」

「そうじゃないけど……」

「かなり無理があるぜ。まあ、二人の男たちとの言い合いが、彼女を自殺に向かわせたというのは、あるかもしれないけどな」

想像を言い当てられて、悠美は、うん、とうなずいた。ふと、気がついた。

「靖浩君は、今、一人でアパートにいるの？」

「いや」と、賢一は首を振った。「高校生が一人暮らしは難しいよな。落ち着く先が決まるまで、学校の担任の家で預かってくれるということになったようだ。恩田光枝には、それほどの蓄えもなかったみたいだからな。結局、どこかの施設に入るか、あるいは高校をやめて自活の道を探すかってことになるんじゃないか？　十七歳だからね、その年齢なら働いてるヤツもけっこういる」

うん……と、悠美は小さくうなずいた。

だけどやっぱり、あんまりだ。十七歳で放り出されるなんて、あんまりだ。

●二

数日後の休日、悠美は荒川《あらかわ》の土手沿いにヴィッツを停めて、前方にある建物を眺めていた。

さほど大きな建物ではない。二階の窓に金色の文字で〈㈱クラフトワークス〉と書かれている。名前だけ聞くと、手工芸品でも扱っている会社のようだが、実際は手内職仕事の斡旋を行なっているところだった。賢一の資料にあった恩田光枝が登録していたという会社だ。

テレビ局のほうでも、恩田光枝の出演は取り止めという結論が出たようで、調査は打ち切りとなった。だから、この件に関して賢一や悠美がしなければならないことはなにもない。ただ、悠美には、どうにも恩田光枝の自殺が気にかかって仕方なかった。

光枝が自殺した日の夕方、二人の男が彼女の部屋を訪れている。男たちは「お願いですから」と取り縋《とすが》る光枝を振り切るようにして、段ボール箱を抱え、去っていった。

光枝は、このクラフトワークスに登録し、内職の斡旋を受けていた。彼女が自転車に段ボール箱を載せて運んでいたのを、近所の人たちが何度か目撃している。箱の中身は、おそらく内職の品物などだったのだろう。部屋を訪れた男たちが去って数時間後に、光枝は自殺した。どう考えても、男たちの行動が彼女の自殺に結びついているようにしか思えない。

悠美にとって最も納得いかないのは、光枝の自殺の動機そのものだった。

彼女は、ずっとノイローゼ気味で、神経科の医者にもかかっていた。精神安定剤の服用もしていたらしい。テレビ局での予備面接でも、彼女は常に視線を泳がせ、見てわかるほど落ち着きがなかった。光枝の精神状態が不安定だったことは、彼女の周囲の人たちも認めている。だから、光枝が自殺したと聞いて、やっぱり、と思った人間も多いのではないか。

しかし、悠美には納得がいかなかった。それは息子の靖浩のことだ。あの予備面接で、恩田光枝は「私が若かったときの過ちをみんな息子に背負《しょ》わせてる」とディレクターに話した。息子のために、水子の霊を祓ってほしいのだと。その光枝が、なぜ息子一人を遺して自殺などするのか。いくら精神状態が不安定だったとしても、よっぽどのことでもなければ、自殺など考えないのではないか？　彼女を失えば、一番困るのは靖浩なのだ。

でも、現実に光枝は自殺した――。

だとすれば、そのよっぽどのことが、あの日、光枝に起こったのだ。

悠美は、前方の建物を眺めながら、溜め息を吐《つ》いた。賢一に教えてもらった通り、助手席のほうへ座っている。そのほうが長時間の駐車も比較的怪しまれないということらしい。

まさか、調査が打ちきりになったものを、賢一に調べてもらうわけにはいかない。恩田光枝については、もう終わったことなのだ。だから、悠美は休みの日を利用して、自分で調べてみることにした。

ただ、実際にクラフトワークスの前まで来て、悠美は戸惑ってしまった。どうやって調べればいいのかが、わからない。これは、ネットでデータを検索したり、文献を当たったりするのとは違う。あの会社の中に入り、「恩田光枝さんについて伺いたいのですが」などと言って、情報を教えてもらえるものだろうか？　さらに、光枝のアパートを訪れていた段ボール箱の男二人が、このクラフトワークスの社員だったりした場合——と考えると、情けないことに足が竦《すく》んでしまう。

悠美は、また溜め息を吐《つ》いた。

その時、クラフトワークスの前にスクーターが一台止まった。乗っているのは女性だった。彼女は建物の前の小さなスペースにスクーターを入れると、被《かぶ》っていたヘルメットを脱ぎ、後ろの荷台に載せていた段ボール箱を抱えて会社の中へ入っていった。

「…………」

女性の姿が、恩田光枝と重なった。

「イチかバチか……かな」

車の中で、悠美は呟《つぶや》いた。

そのまま待っていると、十五分ほどで、先ほどの女性がクラフトワークスのドアを開けて出てきた。やはり腕には段ボール箱を抱えている。

悠美は、すぐさま車から降りた。交通量の少ない道路を渡り、スクーターの荷台に段ボール箱を固定している女性に向かって歩いた。

「あの……ちょっと失礼ですけど」

声をかけると、女性が振り返った。三十代の半ばぐらいだろうか。

「ごめんなさい。あの、ここって、内職を紹介してもらえるんですよね」

建物に目をやりながら訊く。

「ええ、そうですよ」

「あのう……私、内職をしたいと思ってるんですけど、今までやったことないんです。ちょっと不安なんかもあって……」

「ああ」と、婦人は笑顔になってうなずいた。その人の好さそうな笑顔に、悠美は少しホッとした。

「図々しいんですけど、もしお時間あったら、仕事のこととか教えていただけないでしょうか？」

「初めてだったら、怖いわよねえ。内職詐欺《さぎ》みたいなのも、よく聞くし。研修費みたいなのを払わされて、でも仕事はほとんどなかったとかねえ」

「はい。やっぱりそこで仕事なさってる方に、そういうのお訊きするのが一番じゃないかって思ったんです」

うんうん、と婦人はうなずいた。腕の時計に目をやり、唇をひと舐《な》めして、悠美に視線を返してきた。

「じゃ、どこかでお茶しましょうか」

「あ」と悠美は顔を輝かせた。「ありがとうございます。あの、もちろんお店のお代は、私が払いますから」

「そんなことといいのに」と言いながら婦人は笑い声を上げる。「でも、そう？　じゃ、ご馳走《ちそう》になっちゃうわ」

もう一度、悠美は頭を下げた。

⁂

〈クラフトワークス〉から百メートルほど離れたところに洋菓子専門店があり、その店内の奥にあるティールームに悠美は婦人と一緒に入った。ヴィッツは置きっぱなしだが、それは気にしないことにした。

「ここのケーキが美味《おい》しいの」

婦人は、楽しそうにミルフィーユとコーヒーを頼み、悠美もそれにあわせた。

「私、木下英子《きのしたえいこ》です。よろしくお願いします」

自己紹介は偽名を使うことにした。婦人は「細野恭子《ほそのきょうこ》」と名乗った。

「細野さんは、ずっとあそこでお仕事をされてるんですか？」

訊くと、恭子はコーヒーをスプーンで掻《か》き回しながら「二年目かな」と言った。

「パートなんかだと時間が取られちゃうし、子供がいると、そんなに空《あ》けられないでしょ。だから、内職でもしようかなって始めたのが二年ぐらい前ね」

「私も、ちょっと前に会社勤めを辞めたんですけど、家でできる仕事がほしくて。少しでも家計の足しになればって思ってるんです」

うんうん、と恭子はうなずいた。フォークでミルフィーユを押さえつけるようにしながらカットする。ニッコリ笑いながら、その一切れを口に放り込んだ。

「あのクラフトワークスって、いいところですか？　いいところ……って、へんな言い方ですけど」

「大丈夫よ。けっこう仕事もたくさんあるしね。あそこは悪質なのは紹介しないから。

ただ、安いわよ。一つ五円とか。一円のもあれば、五十円ぐらいもらえるのもある。いろんなのがあるけど、どんなものをやりたいの？」

「どういうのがあるんでしょうか」

「それこそいろいろよねえ。手先は器用なほう？」

「……あんまり器用じゃないかもしれません」

「じゃあ、誰でもできる簡単なものを紹介してくれるわよ。カードにシールを貼っていくだけとか、袋に品物を入れて閉じるだけとかね。慣れてきたら、自分にあってるものを続けられるようになると思うけど、最初のうちは、いくつかいろいろやらせてもらうのがいいんじゃない？」

「ああ……細野さんは、どういうお仕事をやってらっしゃるんですか？」

「瓶詰め」

ギクリ、として恭子を見つめた。

「瓶詰めって、どんなことするんですか？」

「小さな錠剤をね、数を間違えないようにして瓶に詰めて、スポンジの緩衝材《かんしょうざい》で錠剤が割れたりしないように押さえて、蓋《ふた》をしっかり閉める。やってるのはただそれだけ。直接手で触っちゃいけないから手袋してやるでしょ、錠剤の数を六十個とか九十個とか数えるのが、慣れないうちは時間がかかっちゃうけど、でも慣れればそんなでもない。

ただ、納期が決まってるから、そんなにのんびりやってるわけにいかないけどね」

「へえ……それって、なんの薬なんですか？　薬って薬品会社の工場で詰めてるんだって思ってました」

「なんの薬なのかは、よくわからないな。たぶんあれだと思うのよ。ほら、コンビニなんかでサプリの錠剤とか売ってるじゃない？　安いヤツ。ああいうのよ」

「……瓶のラベル見ても、薬がなにか、わからないような？」

ううん、と恭子はミルフィーユの最後の一切れを口に入れながら首を振った。楽しそうに味わい、それをコーヒーで流し込んで、もう一度首を振った。

「ラベルなんて貼ってないもの。そういうのは後で貼るんじゃないかな。とにかく、こっちがやるのは錠剤を詰めるだけなのよ」

「………………」

なにか妙だ、と悠美は思った。

その悠美の表情を勝手に解釈して、恭子が手をヒラヒラと振ってみせた。

「そんな、怪しい薬じゃないわよ」クスクスと笑う。「そんな薬を内職なんかでやらせるわけないでしょ。ビタミン剤とか、そういうどこにでもあるお薬。心配なんかしなくても大丈夫。麻薬みたいなもの、想像してるんでしょ」

「そうじゃないですけど」と、悠美も笑ってみせた。「なんか、初めて聞いたから、びっくりしちゃって。あの、スクーターに載せてあった箱が、そうなんですか？」

そそそ、と恭子がうなずく。

「なんだったら、あとで見せてあげる。その時によって、瓶の大きさも錠剤もいろいろ変わるんだけどね。どういうものか、見たいんでしょ？」

「はい。見せて下さい」

悠美は、再び恭子に頭を下げた。

●二●二

細野恭子に礼を言って別れてから、もう一度クラフトワークスの前へ戻った。幸いなことに、悠美のヴィッツには駐車違反のステッカーも貼られていなかった。

再び助手席に着き、前方のクラフトワークスの建物を眺める。

恭子は、納期が決められていると言っていた。だとすれば、恭子が納めた瓶詰めの薬を、誰かが回収に現われるのではないか。運が良ければ、薬がどこへ運ばれるのかを突き止めることができるかもしれない。

腕時計を眺め、賢一はすごい、とあらためて思った。彼にとっては、こういった張り込みなど、日常茶飯事なのだ。それだけじゃない。賢一は、建物に忍び込むようなこともやっているのだから。

恭子に見せられた大きな段ボールの中には、透明なビニール袋が三つ入れられていた。それぞれに、錠剤と、ポリエチレン製の瓶、そして緩衝材のスポンジが詰め込まれている。錠剤は白くて小さな粒だった。糖衣錠のようで、見たところ識別コードも入っていない。ポリエチレン瓶は角張ったタイプのものだった。真っ白な容器には、恭子が言う通り、なんのラベルも貼られていない。ただの白い容器だ。

どう考えても、錠剤の瓶詰め作業を内職に任せるというのは理解できなかった。恭子が言っていたようなコンビニで売られている安価なサプリメントやビタミン剤だとしたら、なおさら奇妙だ。安価にするためには大量に製造する必要がある。その瓶詰め作業は機械で行なうのが普通だろう。

さらに、人が口に入れるようなものは、厳重な安全管理が義務づけられている筈だ。詳しいことは悠美も知らないが、主婦が自宅へ持ち帰り、衛生状態も定かでない場所で薬の瓶詰めを行なうようなことが許されるとは、到底思えない。手袋をして作業をするだけでクリアできるようなものではないだろう。そんなことが許されるのだとしたら、もう、危なくて薬など買えないではないか。

いったい、あの錠剤はなんなのか？

恩田光枝は瓶詰めの内職をやっていた。彼女が自殺する数時間前、二人の男がアパートを訪ね、口論の末、段ボール箱を持ち去った。

——お願いですから。

光枝に、何があったのか？

はっとして、悠美は前方を凝視した。

クラフトワークス前の路上に、紺色のワゴン車が横付けされた。運転席から男が降り、後部ドアを開けて中から段ボール箱を三個取り出した。それをクラフトワークスの中へ運び入れる。

「…………」

箱には、なんの印刷もされていない。細野恭子がスクーターの荷台に載せていた段ボール箱にも、印刷はなかった。

男は、車と建物を四度往復し、十二個の段ボール箱をクラフトワークスに運んだ。

悠美は、大きく息を吸い込み、助手席から運転席へ移動した。小物入れから小さなノートを取り出し、ワゴン車のナンバーを手早く控える。後部座席に置いていたバッグを助手席のほうへ移した。エンジンをかける。

建物から、男がまた段ボール箱を抱えて現われた。やはり三個ずつ、四回にわけてワゴン車に積み込む。そして、男は運転席に乗り込んだ。

ワゴン車が走り出すのを確認して、悠美はゆっくりとその場を離れた。あまり接近しすぎないように気をつけながら、紺色のワゴン車の後を走る。唾《つば》を何度も呑み込んだ。動悸《どうき》が激しく打っている。車を尾行したことなど、今まで一度もない。

ワゴン車は国道へ出て首都高速に乗った。悠美のヴィッツもそれに続く。戸越《とごし》で高速を降り、品川のほうへ向かう。そして、ワゴン車は大きなビルの地下駐車場に入っていった。

えいっ、とお腹に力を入れ、悠美も思い切って駐車場へヴィッツを乗り入れる。ワゴン車が駐車した後ろを通り過ぎて、お客様専用と書かれたエリアの中に、悠美は車を停めた。助手席のバッグを取り上げ、ゆっくりと車から降りる。

見ると、男は車から台車を降ろし、そこへ段ボール箱を積み上げ始めていた。その作業を横目で見ながら、悠美はエレベーターへ向かった。

このビルにはかなりの数の会社が入っているようだ。エレベーターの脇には、社名の入ったパネルが掲げられている。そのパネルを見て、ビルが八階建てであることを悠美は知った。

後ろから、台車を押しながら男がやってきた。悠美は、エレベーターのボタンを押して男を待った。

もちろん、男と一緒のエレベーターに乗ることには恐怖感がある。しかし、今の悠美には、それ以外に方法がなかった。

男が、悠美の横に並んで立った。台車に積んだ段ボール箱を押さえながらエレベーターの上へ目を上げている。どうやら、ずっと悠美が尾行してきたことは気づかれていないようだった。そうであることを祈った。

チン、とベルが鳴って、エレベーターのドアが開く。悠美は、先にそこへ乗り込み、ドアを押さえながら台車が通れるように脇へ避《よ》けた。

「すいません」

男が、悠美に礼を言いながら台車を押してきた。

「何階ですか？」

悠美は、男に訊いた。

「あ、六階をお願いします。すいません」

また、男が礼を言った。

悠美は男のために六階のボタンを押し、そしてもう一つ七階を押した。バッグを握り締めている手が汗を掻いていることに、悠美は気がついた。

男が台車と共に六階で降りた後、悠美はいったん七階へ上がりエレベーターを降りた。脇の階段を注意しながら下り、六階の廊下に先ほどの男の姿がないことを確認して、エレベーター脇のパネルで六階にある会社名を読む。六階には三つの会社が入っているようだった。その三つを記憶してから、そのまま女子トイレに入った。トイレの個室に滑り込んでドアを閉め、鍵をかけてから、ようやく大きく息を吐き出した。便器の蓋の上へそのまま腰掛け、バッグを膝の上に抱いて眼を閉じ、ゆっくりと頭を振った。

膝のバッグを開け、中からノートパソコンを取り出す。通信カードが挿《さ》し込まれていることを確認して上蓋を開け、パソコンを立ち上げる。そのまま、インターネットに接続し、先ほど見たばかりの三つの会社名をそれぞれ検索してみた。

「ＴＴＧ……」

悠美は、小さく呟いた。

正式には〈株式会社 ティーティージー〉というらしい。この会社に間違いない、と悠美はうなずいた。六階にある三社のうち一つは設計事務所、もう一つは経営コンサルタントの会社だった。そして、このＴＴＧは、輸入サプリメントの販売会社だったのだ。

錠剤を扱う業種は、この六階にはＴＴＧしかない。

輸入サプリメント——海外のメーカーからサプリメントを輸入し、それを国内で販売する。そういうことだろう。だとすると、かなり不思議なことがこの会社では行なわれているらしい。

輸入サプリを扱っている会社が、なぜ、クラフトワークスに斡旋を頼み、錠剤の瓶詰めなどを内職でやらせているのか。輸入品として販売しているＴＴＧの取扱商品は、国内の内職で瓶詰めされたものなのだ。

そういうことか、と悠美はうなずいた。

よし、と腹に力を入れ、悠美はパソコンのネット検索を終了させて通信カードを引き抜いた。バッグを探って汎用《はんよう》の無線ＬＡＮカードを取り出した。それをパソコンのカードスロットに挿入する。特注で作ってもらったもので、闇で売られている盗聴用カードの改良版なのだ。

現在、かなりの企業が社内ネットワークに無線ＬＡＮを導入している。ケーブルで各端末を接続するのではなく、無線を使ってネットワークを構成するわけだ。無線ＬＡＮに使われる機器には様々なメーカーから無数の製品が出ており、それらは電波の周波数やデータの暗号化などが微妙に違っている。その違いを無意味なものにするのが、闇の盗聴カードである。

悠美は、無線ＬＡＮをメンテナンス・モードに切り換え、ビル内の電波のサーチを開始した。

もちろん、コンピュータを導入している会社のすべてが無線ＬＡＮを使っているわけではない。だから、ＴＴＧに対してこれが有効なのかどうかは、やってみなければわからなかった。無線ＬＡＮを使っていなければ、別の手段に切り換えるだけのことだ。

ほんの二十秒ほどで、それらしい電波をカードが捕らえた。ありがたいことに、ＴＴＧは無線ＬＡＮを利用してくれていた。この後もいくつかの細工が必要だが、これで足掛かりは掴《つか》んだことになる。捕らえた電波の状態を保存し、悠美はパソコンの上蓋を閉じた。

ここからは根気の作業になる——。

●●
●

その翌日から、悠美は、忙しい仕事の合間を縫って少しずつ作業を進めていった。

まず、ステルス型のフィッシング・プログラムを書いた。

フィッシングというのは、アメリカでその被害が急増し社会問題化しているネットワーク詐欺の一種だ。様々な変種が作られているが、基本的には、銀行やショッピングサイトを騙《かた》ったメールを利用者に送り、本物そっくりに作った偽のページに誘導して、クレジットカードのナンバーなどの個人情報を入力させ盗み出すというものなのだ。日本でも、このフィッシング詐欺が少しずつ増え始めている。

そのフィッシング詐欺の中でも、非常に強力なのが比較的最近登場したステルス型と呼ばれるタイプのテクニックだ。これは、パソコンに保存されている個人情報を、パソコンの持ち主が気がつかないうちに吐き出させ、抜き取ってしまうという方法なのだ。自分で個人情報を入力したという自覚がなく、知らない間に詐欺にやられてしまうというところから「ステルス型」という名前がつけられた。

ステルス型のフィッシングにはプログラムが必要となる。個人情報を送信させるプログラムを、相手のマシンに埋め込んでしまわなければならない。それは、ある種、コンピュータウイルスに似通った構造を持っている。

そんなウイルスのようなプログラムを、悠美は二日で作り上げた。

次に悠美がやったのは、罠《わな》を作ることだった。いくつかのサーバーを経由して、自分の姿を見えにくくし、赤の他人のウェブサイトに勝手にファイルを埋め込んでしまう。どこにもつながっていない独立したページを作り、そこに罠を仕掛けた。そのページをアクセスしたパソコンには、悠美の作ったステルス型のプログラムが自動的にインストールされてしまうのだ。

ただし、強力なセキュリティを施したパソコンには通用しない場合もある。そして、きちんと管理されたパソコンなら、セキュリティもしっかりしている可能性が高い。会社で導入した社内ネットワークなどは、ほとんどが専門の業者にその構築を任せている。業者は、当然、セキュリティに関してもかなり強力なものを用意するだろう。しかし、そんな場合でも、穴はある。

それは、社員などが持ち歩くノートパソコンなのだ。社内のデスクに置かれているパソコンは、ネットワークサーバーの管理者によってがっちりと守られているが、個人が所有するノートパソコンにまでは細かい目が行き届かない。社員とはいっても、彼等はそのノートパソコンで仕事だけをやっているわけではないからだ。個人的なメールも出すし、様々なウェブサイトにもアクセスする。面白そうなゲームがあると、ちょっと試しにとダウンロードしてみたりもする。取引先とのやりとりで、新たなアプリケーションをインストールしてみたりすることもあるだろう。そんなことをしていれば、徐々にセキュリティは落ちていく。

悠美が狙《ねら》ったのは、そんなパソコンだった。TTGの社員の誰か一人でも、引っ掛かってくれればいい。その一人のパソコンが、堤防に穴を開けてくれるのだから。

悠美は、TTGのサイトから代表的なメールアドレスを入手した。メールアドレスの後半、@に続く部分をドメイン名と呼んでいる。〈@xxx.co.jp〉といった部分のことだ。その前につけられるものをユーザー名という。悠美は、そのユーザー名を多数作りだし、片っ端からメールを送信した。

企業が社員に配布しているユーザー名は、顧客や取引先にたいしてもわかりやすいように、本名を加工したものが多く選択されている。名前の頭文字と苗字をハイフンでつないだような形のものだ。日本で一番多い苗字は「佐藤」だ。この佐藤を使った〈a-sato@xxx.co.jp〉といったアドレスがヒットする可能性はけっこう高い。この頭の〈a〉を、アルファベットの順番に〈z〉まで変えてやるのだ。「佐藤」の次に多いのは「鈴木」、次に多いのは「高橋」だ。そうやって、苗字の多いところから二、三十を取り出してアドレスを作れば、どこかで実在するものに行き当たる。

実際にやってみて、最初にひっかかった——つまりTTGに実在していたメールアドレスのユーザー名は〈y-tanaka〉というものだった。「田中安子」さんなのか「田中祐太朗」さんなのか、それは悠美にはわからない。しかし、そんなことはどうでもよかった。

〈y-tanaka〉氏に送られたメールに、悠美は次のような文章を書いた。

「はじめてメールいたします。私は、貴社の販売しているサプリメントを愛用している者なのですが、先日、インターネットで下記のような告発のページを見つけました。それによると、貴社の製品によって、肌がひどく腫《は》れ上がったというのです。ご覧になればおわかりになると思いますが、ページには腫れ上がった状態の写真も掲載されており、いやな気分にさせられました。そこでお伺いしたいのですが、ああいった副作用（そう言ってもいいのでしょうか？）について、貴社では把握されているのでしょうか？　把握されているとすれば、どのような人に、ああいった症状が出るおそれがあるんでしょう？　なんとなく気味が悪いので、このまま貴社のサプリを使い続けていいものか迷っています。誠意ある回答を、よろしくお願いします」

もし、〈y-tanaka〉氏が、そのメールに書かれているページにアクセスしてくれれば、彼のパソコンの個人データが、悠美に送られてくることになる。

もちろん、悠美の正体は何重にも隠されている。フィッシングが発覚したとしても、悠美に辿《たど》り着くことはまずあり得ないことだった。

作戦を開始して三日目に、悠美は目的のものを入手した。

期待通り〈y-tanaka〉氏は、悠美の作った罠のページを開いてくれたのだ。また、〈y-tanaka〉氏は、同時に社内の何人かに悠美のメールを回覧してくれたようだった。

悠美が入手したデータは、五人分になった。

そこで、悠美は次の段階へ作業を進めた。

次の休日、悠美は、再びＴＴＧに足を運んだ。

六階の女子トイレに入り、そこで悠美はまたパソコンを開いた。社内の無線ＬＡＮに接続し、今度は堂々とサーバーにアクセスする。アクセスのＩＤもパスワードも、すべて実在している社員のものだ。さらに、入手した五人の中には、サーバーの管理権限を持った人物のものまでが含まれていた。

つまり、悠美は、サーバー管理者に成り代わって、ＴＴＧのコンピュータに納められているほとんどすべてのデータを抜き取ることができたのだった。

鳴滝と賢一が事務所に揃《そろ》ったときを見計らって、悠美は、自分がこの半月ほどの間にやってきたことを告白した。

「恩田光枝って……まだ、そんなことをやってたのか？」

驚いて、鳴滝は悠美を見返した。

「すみません。どうしても、恩田さんの自殺が、自分の中ですっきりしなかったんです」

あはは、と賢一が笑い声を上げた。

「悠美ちゃんらしいよ。スッポンみたいだよな。食いついたら絶対に離れない」

照れながら、悠美は賢一を睨《にら》みつけた。

「もちろん、明らかになったことをテレビで取り上げてほしいとか、そんなことを考えてるわけじゃありません。具合が悪ければ、わかったことは自分の中だけにしまっておきます。ただ、一応、ご報告だけはしておいたほうがいいと思ったんです」

いやいや、と鳴滝もニタニタと笑った顔で首を振った。

「べつに責めやしないよ。藍沢君の調査結果をどう利用できるかは、後で考えよう。まずは、お手並みを拝見させてくれ」

はい、と悠美はうなずき、深呼吸をひとつした。

「草壁君の報告にありましたけど、恩田さんが自殺した日の夕方、二人の男が彼女のアパートを訪ねました。その二人は、ＴＴＧという会社の社員でした。片方は宮本仁志《みやもとひとし》という名前がわかりましたけど、もう一人は残念ながらわかっていません」

「ほう」

鳴滝は、ポケットからマールボロを取り出して火をつけた。賢一のほうは、相変わらずニヤニヤと笑いながら悠美を見ている。

「恩田さんは、クラフトワークスという内職の斡旋会社からの紹介で、ＴＴＧの仕事をやっていました。もっとも、恩田さん自身は、自分のやっている仕事の発注元がＴＴＧだとは……少なくとも、最初は知らなかっただろうと思います。ＴＴＧは、クラフトワークスに発注元を明かさないでほしいと言っていたようですから」

「ふむ」

「ＴＴＧというのは、海外の人気サプリメントを輸入して販売するということをやっている会社です。アメリカやドイツ、中国の漢方なんかも手懸けているようです。価格は、安いもので数千円、高価なものだと数万円もするサプリを、全国の提携販売店とインターネットの通信販売で売っていました。そのＴＴＧが、クラフトワークスに頼んで内職をさせていたのは、錠剤の瓶詰め作業でした」

「瓶詰め？」

鳴滝が眉を寄せて訊き返した。

「はい。つまり、もうおわかりだと思いますけど、ＴＴＧは詐欺をやっていたんです。輸入品だと偽って、安物のビタミン剤なんかを容器に詰め、本物とそっくりのラベルを貼って売っているわけです。もちろん、ＴＴＧが販売しているすべての商品が贋物《にせもの》というわけではないんですが、高額な商品のいくつかは、真っ赤な贋物です」

「なるほど、恩田さんや、内職をやっている他の人たちは、その詐欺の手伝いをさせられていたってわけか」

「そうです。ところが、半月以上前のある日、ＴＴＧを脅《おびや》かすようなことが起こりました。詐欺を計画して実行している幹部たちは、慌てふためきました。それは、瓶詰めを終えた納入品の中に店頭品が混じっているのが発見されたからです」

「なに……？」と鳴滝が背筋を伸ばした。「どういうこと？」

「恩田さんが仕事として渡されるのは、ラベルの貼られていない容器と、そこに詰める錠剤、そして緩衝材として使われているスポンジだけでした。ラベルを貼る作業は、内職にはやらせず、信頼の置ける人間たちにさせていたんです。ラベルが貼ってある容器を内職の人たちに見せられないのは当然のことでした。ところが、納入された段ボール箱の中に、店頭品が——つまり、ラベルの貼られたものが混入されていたんです」

「ふうん……なるほど」

「TTGにとっては、脅迫以外の何ものでもありませんでした。私は、あんたたちがやっている悪事を知っているよ、と言われたようなものです」

「うん」

「ただ、内職で瓶詰め作業をしているのは一人だけではありません。何人もの主婦たちが、その仕事をしています。納品されたものには、それを誰が詰めたかという表示はありませんでした。そこで、TTGはクラフトワークスに、納入品に多少のばらつきがあるから、作業をした人がわかるようにしてくれと申し渡しました。そして次の納品でも、段ボール箱の中に店頭品が混入されているものが見つかりました。その作業をやっていたのが——」

「恩田光枝さんだったってことか」と、鳴滝が後の言葉を取って言った。「で、TTGは、恩田さんのアパートへ出かけ、彼女を脅し、部屋にあった段ボール箱を回収して帰った、と」

「ちょっと待ってよ」と、黙って聞いていた賢一が横から口を挟んだ。「つまり、その、こういうこと？　恩田光枝さんは、内職やってて、何かの拍子に、自分のやってる仕事が、詐欺の片棒を担《かつ》ぐことだったんだって知った。それで、仕上がったものに店頭品を混ぜて送り、TTGに脅しをかけた?」

悠美は、黙ったまま賢一を見返した。賢一は、肩を竦めてみせた。

「なんか、それって、おかしくないか? 恩田さんは、なんのためにそんなことしたんだ? 結局、彼女は仕事を取り上げられることになっちゃったんだぜ。段ボール箱抱えて出て行く男たちに恩田さん、お願いですから、って取り縋ってたんだろ? まあ、彼女の精神状態は普通じゃなかったからって説明もできるのかもしれないけど、やっぱ、なんかへんに思えるんだけどね」

うん、と悠美はうなずいた。

「草壁の言う通りだな」と鳴滝も顎を撫でながら言う。「それに、内職の手間賃というのか、収入がどのぐらいになるのか知らないが、少なくともTTGが売っている商品よりずっと安いことは確かだろう。高額なものでは数万の商品だって言うなら、恩田さんは、そんな高いものを買って、それも一度じゃなく二度も、段ボール箱に混ぜたってことになる。いくら内職やってもあわないんじゃないかね」

悠美は、また、うなずいた。

この先は、ちょっと辛《つら》い話になるが、やはり最後まで続けるしかない。

「TTGはそれを恩田さんがやったと思ってますけど、恩田さんはあの日、二人の男がやってくるまでは、何も知らなかったんです」

「……知らなかった」

鸚鵡《おうむ》返しのように、鳴滝が言った。

「恩田さんは、なにも疑っていませんでした。いえ、これは裏が取れてるわけじゃないので、あたしの想像ですけど、たぶん、なにも知らなかったし、なにも疑ってはいなかったんだと思います。ですから、段ボール箱に店頭品を混ぜたのも、恩田さんじゃありませんでした」

「というと？」

「靖浩君です」

「靖浩――息子の？」

はい、と悠美はうなずいた。

●●●

悠美は、TTGのサーバーへ潜り込んだ結果、意外なものを手に入れることになった。

それは、TTGの詐欺行為を告発する一通のメールだったのだ。

メールは、TTGのやっている詐欺を暴《あば》き、ばらされたくなければ一千万円を払えと脅迫していた。TTG側では、このメールに驚き、脅迫者からの次のメールを待ったが、とうとうメールはこなかった。なぜか脅迫者は、メールを一通送ってきただけで沈黙してしまったのである。

悠美は、そのメールの差出人が気になった。もちろん差出人は匿名だったが、それを送信したパソコンを突き止めるのは悠美にとって造作なかった。脅迫者は、身を隠す工夫などなにもせず、気軽に脅迫状を送っていた。それは、恩田靖浩が通っている高校に置かれたパソコンから送信されたものだったのだ。

「靖浩君には、美佐代《みさよ》さんというガールフレンドが一人います。以前、靖浩君は、その彼女からプレゼントをもらったようです。それは、美佐代さんのお兄さんが使い古した携帯情報端末《PDA》でした。ご存知のように、恩田さんには息子にパソコンはおろか、携帯だって買ってあげる余裕などありません。そこで、美佐代さんは兄が使わなくなったPDAを靖浩君にプレゼントして、それでメールのやりとりができるようにしたってことらしいです」

「よくそんなものが、調べられたな」

半ば呆《あき》れたように言う鳴滝に、悠美は苦笑しながら首を振った。

「靖浩君たちのメールのやりとりを傍受したんです。メールだと、かなり断片的なやりとりになってしまう部分もあります。ですから、これからお話しすることには、私の想像も混じってます」

「うん。わかった」

「ひと月ほど前のある日、美佐代さんは靖浩君に、あるサプリメントを、飲む？　と勧めました。外国製のサプリメントで、お母さんが飲んでいるのを容器ごと持ち出してきたものでした。その薬の容器を見て、靖浩君はおかしな気持ちになりました。その容器を見たことがあったからです。それは、母親が内職でやっている薬の瓶詰めの容器とまったく同じ形をしていました。中の錠剤も、同じ大きさや形に見えます」

ふうむ、と唸《うな》るような声を上げながら、鳴滝がまたタバコに火をつけた。

「靖浩君は、一日だけ貸してくれと言って、美佐代さんからそのサプリを預かりました。家に帰り、母親がやっている内職の段ボール箱を開けてみました。比べてみて、それがまったく同じものだということがわかりました。靖浩君と美佐代さんは、そのことについて話し合いました。輸入品として売られているものを内職で作っているとしたら、高校生どころか、中学生だっておかしいと気づきます。そして、靖浩君は、これで一儲《ひともう》けできるんじゃないかと考えました。まずドラッグストアへ行って、売られているサプリを二つ万引きしてきました。その一つを母親の目を盗んで、段ボール箱の中へ混ぜ込みました。そして、同時に脅迫状を書いたんです。輸入販売元として書かれているＴＴＧのウェブサイトを探しだし、そこに脅迫状の文面を書き込みました」

「へえ」と、賢一が声を洩らした。「やるなあ、今の高校生も」

「それを靖浩君は美佐代さんに話しました。彼女はびっくりして、そんなことしたら危ないと、靖浩君を止めました。彼女に諌《いさ》められて、靖浩君はしぶしぶ計画を放棄しました。でも、なんとなく面白くなくて、もう一度だけ、段ボール箱に残っていたサプリを忍び込ませたんです」

「それで、母親のところにＴＴＧの連中がやってくることになっちゃったというわけだ」

悠美は、席を立って部屋の隅の棚からポットとカップを取り出した。三つのカップにコーヒーを注ぎ、それを盆に載せて鳴滝と賢一のところへ戻った。

「ありがとう」

鳴滝がカップを取り上げながら、悠美に言った。

悠美は、自分のカップを手で包み込んで持ちながら、賢一の座っているソファの横へ腰を下ろした。

「最近のメールで」悠美は、コーヒーを一口啜って言った。「靖浩君は、ずっとオレがオフクロを殺したんだって言ってるんです」

「ああ……」と賢一がゆらゆらと頭を振った。「そう思うのは無理ないよなあ。ていうか、靖浩君が段ボール箱の中身をイタズラしなかったら、ＴＴＧの連中もやってこなかったわけだしな。母親の自殺の原因を自分が作ったって思うのは、当然かもしれないな。

きついけどな」

ううむ、と鳴滝がうなり声を上げた。

「これで、万一、靖浩君まで自殺するなんてことになったら、まるで救われないなあ」

「たぶん、それは」と悠美は鳴滝を見返した。「そうならないと思います」

「でも、メールでオフクロを死なせたのは自分の責任だって、言ってるんだろ？」

賢一が首をさすりながら言った。

「だけど、靖浩君には美佐代さんがついてるから」

「ああ……そうか」

「彼女、きっと靖浩君を支えてくれると思う」

「そうしてやってほしいね。是非とも、そうしてやってほしいよ」

ふう、と悠美は息を吐き出し、手のカップをテーブルへ戻した。

「これは、完全に私の想像なんですけど、恩田光枝さんが自殺したのは、こういうことだったんじゃないかって思うんです。ＴＴＧの人に押しかけられて、いろいろ脅かされた後、光枝さんはきっと、なにがあったのかがわかったんだと思うんです。靖浩君が店頭品を箱に入れたんだって。だから、光枝さんは自殺を選んだんじゃないかな。今は、ＴＴＧの人間も、脅迫者は光枝さんだと思ってる。でも、その矛先が、いつ靖浩君に向けられるかわからない。だとしたら、自分が自殺してしまえば、それでＴＴＧも安心するんじゃないかって。そうすれば、靖浩君を守ってあげることができるんじゃないか」

悠美は、あの予備面接の映像をまた思い出した。

──私が若かったときの過ちをみんな息子に背負《しょ》わせてるんじゃないかって。

自分が死んだら、靖浩は一人になってしまう。でも、そうしなければ、靖浩はもっと苦しい目に遭《あ》うことになるかもしれないのだ。だから──。

「なんとも、つらい話だな」

鳴滝が首を振りながら呟いた。

「みんなどこかに寄生してるんだよな」賢一が言った。「寄生木《やどりぎ》みたいにさ。靖浩君も、光枝さんも……まあ、たぶんオレたちもね」

ふむ、と鳴滝がうなずいた。

「ただ、TTGのような寄生木だけは、ほっておくわけにはいかないな。藍沢君、なんかいい手があるか？」

「いい手？」

「テレビで取り上げるのをこっちで演出するわけにはいかない。だから、たとえばインターネット使うとかして、TTGを叩きのめす方法」

「ありますよ」と、悠美は微笑《ほほえ》んだ。「いくらでもそういう方法はあります」

あはは、と賢一が笑い声を上げた。

「おっかねえなあ。悠美ちゃんには、オレ、絶対逆らわないことにするよ」

なによ、と悠美は賢一を睨みつけた。

潮合

しおあい

●二二

午後五時には終わる予定の収録が、結局七時近くまで延びた。だから、プロデューサーとの簡単な打ち合わせを終え、テレビ局を出たときはすでに暮れていた。

鳴滝昇治は、能城あや子に腕を貸しながら、ゆっくりと屋外駐車場を歩いた。向こうへ目をやると、草壁賢一と藍沢悠美を乗せたバンが、夜間照明を避けるようにひっそりと停まっている。収録を終えれば、彼らに残っていてもらう必要はないのだが、機材を満載したバンが鳴滝たちよりも先にテレビ局を引き揚げたことは一度もなかった。

自分たちのBMWへ歩き、あや子のために後部座席のドアを開けたとき、前方の暗がりから、

「千代《ちよ》さん」

と男の低い声がした。鳴滝の腕を摑《つか》んでいるあや子の手が、その声にピクリと震えた。

咄嗟《とっさ》に身構えながら、鳴滝は声のしたほうへ顔を向けた。暗がりの中に男の影がある。

「久し振りだね。お元気そうだ。千代さん」

その言葉に、あや子が小さく息を吐き出した。

「五十嵐《いがらし》……」

あや子が呟《つぶや》くように言うと、前方のフェンス脇から男の影がゆっくりとこちらへ抜け出してきた。やけに青白い照明が男の姿を浮かび上がらせる。

「五十嵐匡弘《ただひろ》」

もう一度、あや子が呟いた。

その名前は、鳴滝の記憶にもあった。ずいぶん昔の記憶だ。

「声を覚えてもらえているとは、感激だ」いくぶん厭味《いやみ》を含んだ口調で、男は言った。言いながら、鳴滝に視線を寄越す。「昇治君か。立派になられた」

正確に年齢を覚えてはいないが、おそらく六十前後にはなっている筈《はず》だ。目鼻立ちのはっきりした男前の顔は、あのころの印象をそのまま残している。違ってしまったのは頭頂部あたりまで禿《は》げ上がった髪型だけだった。その残された髪も、かなり白髪が勝っている。着古しの薄汚れたジャケットや、泥をこびりつかせたままの靴が、なんとなく今の五十嵐の暮らしぶりを想像させた。

「千代さんをテレビで拝見してね――あ、いや、能城あや子先生とお呼びしなきゃいけないのかな」

言って五十嵐はニヤリと笑った。隙間《すきま》だらけの汚い歯並びが口許《くちもと》から覗《のぞ》く。整った顔立ちが、一瞬にして下品な面相に変化した。

「どっちだっていいわよ、そんなもの」と、あや子は溜《た》め息《いき》を交えて言った。

「もう二十年ぐらいになるかな」

「十八年」

即座に言い返したあや子を、鳴滝は思わず見返した。その目を、ゆっくりと五十嵐へ戻す。

知った顔をテレビで見て訪ねてきただけとは思えなかった。第一、テレビ局は能城あや子の番組収録情報を一般に流してはいない。

「なにか、ご用件でも?」

鳴滝が訊《き》くと、ふん、と五十嵐は鼻を鳴らしてみせた。

「だから、テレビに映っている千代さんを拝見してさ、懐かしくなったんだよ。最初は確信が持てなかった。名前も違うし、雰囲気だって前とはずいぶん違う。だが、目が見えないことといい、耳も補聴器を使わないとだめだってことといい、千代さんだとしか思えなくなった。こうして会ってみて、やっぱりそうだったんだって嬉《うれ》しくなった。大成功じゃないか。めでたいことだ。俺も昔馴染《むかしなじ》みの一人として鼻が高い。だから旧交を温めるのもいいと思ってね、会いに来たというわけだ。とにかく、あれっきりだったたからな」

「今は何をしてるの？」

あや子の問いに、五十嵐は、おやおや、と驚いたような表情を作って笑った。

「そういうことは、人に訊かずとも、その葉っぱをチョイチョイと振れば、みんなわかっちゃうんじゃないんかね？」と、あや子が手にしている招霊木《オガタマノキ》の枝を指差した。「霊導師の先生だって言うんだから」

「よくも今ごろノコノコと、そんな面《ツラ》を出してこれたもんだ」

ふっ、と五十嵐が顔をしかめた。

「いまだに怒ってるのか」

「あたりまえだろ。自分のしたことがわかってるのか」

「わかってますよ。もちろん、あの時は状況がああだったし、道義的には褒《ほ》められたもんじゃなかったとは思うがね。ただ、俺にしてみりゃあ、ああするより仕方なかった」

「それで？　何か話があるんだろう」

「ああ、そうそう。千代さん、最近はかなり稼いでるようだから、昔の誼《よしみ》で、少しばかり助けてもらえないだろうかと思ってね」

「あんたを助けなきゃならない義理はないね」

五十嵐が、鼻先で笑い声を洩《も》らした。

「やっぱりな。言われると思った。確かに、千代さんには前から嫌われてたしな。助けてくれようという気持ちなんぞ、これっぱかりも持ち合わせちゃいないだろうがね。ただ、俺が土産《みやげ》代わりに持ってきてやったものを見たら、その気持ちも変わるかも知らんよ」

言いながら、五十嵐は左手を上げてみせた。その手には、どこかのスーパーで配っているようなビニール袋が提げられていた。

鳴滝は、眉《まゆ》を寄せながら五十嵐の手のビニール袋を眺めた。さほど重いものが入っているようには見えない。袋の外側から見た限りでは、黒く角張ったもののようだ。

つまり、この五十嵐は、昔の知り合いがテレビ番組に出演しているのを発見し、それを金蔓《かねづる》だと踏んでここに現われたというわけだ。普通なら断られるカネの無心を、ビニール袋に入れたネタを見せれば得られると思っているらしい。

強請《ゆすり》か……。

ふう、と息を洩らし、鳴滝はチラリと屋外駐車場の向こうへ目を投げた。バンは、ライトを消したまま、まだ同じ場所に停まっている。彼らはバンの中でこちらの様子をモニターしているに違いない。

話など聞かず、放っておいてもいいような相手だった。話しているだけで、気分が悪くなる。ただ、この五十嵐のような男は、後々面倒なことを持ち出してくる可能性も高い。強請には乗らないにしても、なんらかの手は打っておくべきだろう。

鳴滝は、小さくうなずいた。気持ちが決まった。

「話が長引くんでしたら」と、鳴滝は五十嵐に言った。「場所を変えますか？　僕たちはこれから事務所へ帰るところなんですがね」

ふんふん、と五十嵐が満足そうに微笑《ほほえ》んだ。

「じゃあ、俺も乗せていってもらうとするか。俺が乗ってきたヤツは帰してしまったんでね」

無言のまま、あや子が車に乗った。その後部座席のドアを閉じ、あらためて助手席側のドアを開けた。五十嵐をあや子の隣に座らせる気にはならなかった。

乗り込むとき、五十嵐はまた、ふん、と鼻を鳴らした。

●二二

「株式会社、能城コンサルティングね」

ソファに腰を下ろしながら、五十嵐は入ってきたばかりの事務所のドアに目をやって言った。ドアには、社名が金文字で入っている。

「たいしたもんだ。能城コンサルティングか」

繰り返す五十嵐を無視するように、あや子はその正面に腰をかけた。顔を五十嵐のほうへ向けながら、髪を手で軽く押さえる。髪を押さえる仕種《しぐさ》は、藍沢悠美と取り交わす「肯定」を意味する合図だ。あや子のサングラスに仕込まれた補聴器に、悠美からの通信が届いているということだろう。おそらく、心配した悠美が「大丈夫ですか」とでも訊いてきたのだ。それに対して、あや子が「心配しなくていい」と答えてやったということだ。

何かの時のために、この事務所もつねにモニターされている。とは言っても、隠しカメラの映像と音声が届いているのは隣の〈有限会社 OMO〉なのだが。そこに悠美と草壁がいる。彼らは、鳴滝たちの乗るBMWを追い越し、先にビルに着いている。バンが追い越して行ったことを確認し、準備が整った頃合いを見計らって、鳴滝は五十嵐を事務所へ案内してきたのだ。

冷蔵庫からビールを出し、グラス三つに注いでテーブルへ運んだ。あや子と五十嵐の前へ一つずつ置き、最後の一つを手にあや子の隣へ座った。

「いや、ありがたい。乾杯でもするか」

笑いながら五十嵐はグラスを手に取った。あや子はそれに応えず、テーブルのグラスを探り当てると一気に飲み干した。鳴滝は黙ったまま五十嵐の表情を見ていた。

五十嵐は、ヒョイと首を竦《すく》めると、喉《のど》を鳴らしてビールを飲んだ。そのグラスをテーブルへ戻し、脇に置いたビニール袋を膝《ひざ》の上に取り上げた。見ていると、袋からビデオのカセットテープを取り出した。テープは三本あった。

「…………」

鳴滝は、意外な気持ちで五十嵐の手のビデオテープを眺めた。強請のネタは、あや子の過去を暴《あば》くようなものだろうと想像していたのだ。あや子が十八年前まで座長をやっていた《横川《よこかわ》一座》の写真やチラシ程度のものだろうと思っていた。週刊誌あたりが喜びそうなネタだ。ビデオを出してくるとは思わなかった。

どんなビデオなのか想像がつかなかった。昔の公演を撮影したビデオでも残っていたのだろうか？　そんなものは、鳴滝だって見たことがない。

「さっき言った土産代わりだ」

言いながら、五十嵐はその三本のビデオテープを鳴滝のほうへ寄越した。鳴滝は渡されたテープと五十嵐を見比べた。

「これは？」

五十嵐がニタリと笑う。

「まあ、残念ながら目の悪い千代さんには見てもらえないが、昇治君には楽しんでもらえるだろうと思うね」

ビデオテープに目を落とした。三本ともラベルさえ貼られていない。パッケージもなく、裸のままのカセットテープだった。

「ここにはビデオデッキはおろか、テレビだって置いてないんですよ」

鳴滝が言うと、五十嵐は、それで初めて気がついたように事務所の中を見渡した。

「テレビ……ないのか」

「ええ。ご存知の通り、能城は目が見えません。だから、テレビのようなものがあっても仕方ないんです。ここにいるときは、僕も仕事中ですから、テレビを観ることはありませんしね」

ふう、と五十嵐が息を吐き出した。

「もちろん、あとで拝見します。ただ、今は口でご説明いただいたほうが早いと思いますが」

「そうか」うなずき、五十嵐はテーブルからグラスを取って、ひと口飲んだ。「一本は、能城あや子先生がテレビ出演されている番組を録画したものだから、べつに説明もいらないと思う」

「番組の録画？」

鳴滝は眉根を寄せた。

「そう。重要なのは、その番組に出てた相談者だ。名前は……忘れた。そっちで調べてくれ。二十代半ばの可愛い女の子だ。次の一本は、アダルトビデオだ」

「なに？」

思わず訊き返すと、五十嵐がニヤニヤと笑いながら鳴滝とあや子を見比べた。あや子は、無表情に五十嵐のほうへサングラスの顔を向けている。もちろん、彼女には何も見えていない。

「そのビデオに、番組に出ていた相談者の子が出演している」

「…………」

鳴滝は五十嵐を見つめながら記憶を探った。

能城あや子の霊視を受けた相談者の中に、アダルトビデオ女優がいただろうか――そのような報告は受けた覚えがない。

草壁や悠美の調査で抜け落ちたものがあったのか……しかし、彼らの調査で、相談者のそういった職業や過去が見落とされるなどということは、ほとんど想像できなかった。

ただ、相談者にAV女優がいたのだとしても、それであや子を強請るというのは奇妙な話だった。強請る相手を間違えている。

「話が見えないんですが」

言うと、五十嵐は声を上げて笑った。その拍子に、また汚い歯並びが見える。

「昇治君はアダルトビデオをよく観るかね？」

「いや……もちろん観たことぐらいありますが、そんなに詳しくはありませんね」

「アダルトといってもいろいろあってね。中に盗撮物というヤツがある」

「盗撮物？」

「そう。女子トイレだのロッカールームだの風呂場なんかにカメラを仕掛けておいて、相手に知られないようにしてビデオを撮る。そういうのをいくつも集めて商品として売るわけだな。覗き趣味のスケベども向けに作っているビデオだ」

「…………」

つい、眉を寄せた。厭な予感が鳴滝の腹の底へ沈んでいく。五十嵐の持ってきた強請のネタは、想像していたよりも遥《はる》かに強力なものかもしれない。

つい、あや子のほうへ目をやった。あや子は、相変わらず無表情なまま、正面に顔を向けている。手に持ったままのビデオカセットに目を落とした。

「俺の知り合いに、そういうビデオを作って商売しているヤツがいるんだ」言いながら、五十嵐はポケットからタバコを取り出した。火をつけ、煙を鳴滝のほうへ吹きかけた。

「そいつの話を聞くと、いろいろ面白いんだよ。危ない商売だがね。盗撮物のほとんどは、女優を仕立てて、ヤラセで撮るらしい。盗撮、なんて言いながら、実際は女の子に出演料を払ってやってるんだな。盗撮でも何でもない。まあ、ほんとに盗撮するのはかなり危険も大きいからね。犯罪なんだからさ」

鳴滝は、テーブルのこちら側にあった灰皿を五十嵐のほうへ押しやった。五十嵐は、うなずきながらポンポンとタバコの灰をそこへ落とした。

「ただ、みんなそうかというと、ヤラセだけでもないんだそうでね。ほんとに隠しカメラを使って盗撮するようなものもある。素人ビデオなんて言って、盗撮マニアというのかな、そんなことを趣味にしてるバカな連中がいるらしいね。そいつらが売りにくるビデオを買い取って、作品を作る。そこにあるのはね——」と、五十嵐はタバコを持った手で、鳴滝の手のビデオカセットを指差した。「そういう素人が盗撮したビデオを集めたものなんだ。観てもらえば話は早いが、そこに、能城あや子先生の番組に出た女の子が写ってる」

「…………」

ビデオカセットを、テーブルの上へ重ねて置いた。

あや子が空っぽのグラスを取り上げたのに気づき、鳴滝は自分のグラスを彼女に渡した。

「どうやったのか知らんが、女の子の部屋にカメラを仕掛けて、そこでの生活を盗み撮りしてたものらしいんだ。まあ、着替えをしているところとか、彼氏が泊まりに来てイチャイチャしてるとか、内容は可愛らしいもんだがね。普通は、そういうビデオは、被写体の女の子の顔にモザイクを入れて商品にするんだが、そこに持ってきたヤツは、モザイクを入れる前のマスターテープからコピーしてもらったヤツなんだ。だから、ちゃんと女の子の顔もわかる」

「あんたは」黙っていたあや子が口を開いた。「今はそういう商売をやってるのか」

笑いながら五十嵐は首を振った。

「だから俺じゃないよ。知り合いがそういうのをしてるんだ。やってみりゃ面白いかもしれないとは思うがね。そいつのプロダクションへ遊びに行ったときに、これを観せられたんだよ。ちょっと面白いものが手に入ったから観てみろってね。素人の盗撮ビデオなんだが、女の子の裸だけじゃなくて、とんでもないものが写ってるんだって。三本目のビデオが、それを取り出したもの——というよりも、編集前のオリジナルと言ったほうがいいのかな。なかなか面白いビデオだよ。仕掛けてあったカメラに、その女の子の部屋に這入《はい》った泥棒が写っていたんだな」

「…………」

「もちろん、商品のほうでは泥棒の部分はカットされてる。そんな場面が入ってるヤツを売り物にするわけにはいかないからな。かといって、警察に届けるわけにもいかない。盗撮ビデオなんて、警察には見せられないよな。やってることがことだからさ。で、話の種として、俺に観せてくれたってことだ」

五十嵐は、タバコを指に挟んだ手でテーブルのグラスを取り上げ、またひと口ビールを飲んだ。

「ただ、俺は、なんとなくそのビデオに写ってる女の子に見覚えがあるような気がしたんだな。しばらく考えて、やっと思い出したのが、千代さんの番組でね。でも、記憶が曖昧《あいまい》だったから、番組を録画してる人間を探してもらってさ、ようやくビデオを手に入れた。比べてみると、やっぱり同じ女の子じゃないか。こうなると、誰だって興味は湧くよな。そこで、知り合いに頼んで、泥棒が這入ったヤツもコピーをもらったんだ。ところが、あらためて観てみると、なんだかこの泥棒のやってることがおかしいんだよ。写真を撮ったり、机や押し入れの中を漁《あさ》ったりしているが、結局、何も盗《と》ってないんだ。こりゃあ、ただの泥棒じゃない。そいつの目的は、どうもその部屋の主について調べるってだけのことらしい。で、なるほどと納得がいった。霊導師だかなんだか知らないが、千代さんに霊能力みたいなものがあったなんて、前には聞いたこともなかった。目が見えなくなったから代わりにそういう能力が現われたなんて、そんな都合のいい話もないだろう。でも、これなら説明がつくわな。そうか、そういうことかとね。これが霊導師能城あや子のカラクリなのかってさ」

一気に言うと、五十嵐はニヤニヤと鳴滝に笑いかけながら、満足そうに大きくタバコを吸い込んだ。

●●二

翌日、草壁賢一が戻ったという連絡を受けて、鳴滝は能城あや子と共にOMOのほうへ移動した。〈能城コンサルティング〉は外部へ見せかけるための事務所で、その本拠は隣のOMOにある。

「五十嵐匡弘は市川《いちかわ》市に住んでたよ」

カップラーメンを啜《すす》りながら、草壁は、そう報告した。

彼は、昨夜からずっと、五十嵐の尾行を続けていた。勝ち誇ったような顔で五十嵐が事務所を出た時点から、草壁の尾行が始まった。鳴滝が指示を出したわけではない。五十嵐の持参したビデオテープは、草壁にとっても都合が悪いものに他ならなかった。ビデオに写っている侵入者が草壁自身なのだから。

「家族は?」

「いや、一人暮らし。2DKのアパートだった。パチスロと競馬というのが、生活手段だね」

へえ、と悠美が声を上げた。

「生活できるもんなの? 競馬とかパチスロで」

「まあ、できないだろうな。半日だけじゃたいして調べられなかったけど、知り合いにタカったり借金したカネでつないでるんじゃないかね。てのは想像だけどさ」

「で、ウチの先生にもタカりに来たってことか」

言いながら、悠美はデスクの上から書類を取り上げた。その書類に目を落として読み上げる。

「ビデオに写ってた女の子は、鳥山千晶《とりやまちあき》ちゃん、二十六歳のブティック店員。千晶ちゃんの相談は、お母さんとうまくいかないことへの悩み。その調査で、草壁君は千晶ちゃんの部屋に行ってます。それが三ヵ月半ぐらい前。ビデオは、その時に撮られたものってことですね」

草壁が、顔をしかめながらラーメンのカップをテーブルに置いた。「あの……」と言いかけた草壁の言葉を、鳴滝は遮《さえぎ》った。

「気にするな。草壁に責任はないんだ」

「………」

「それよりも、ビデオテープは回収できるかな？」

腐ったような表情のまま、草壁がうなずいた。

「やりますよ、できるかぎり。少なくとも、テープは三ヵ所にあります。五十嵐の持っているものが一本。それからエロビデオのプロダクションに元のヤツがある。そして、そもそもの盗撮野郎の手元にあるオリジナル。全部探し出します。ただ……」

「ただ、なんだ？」

「テープがそれだけかどうかは、わからない。いくらだってコピーできるものだから——」

うん、と鳴滝はうなずいた。

「まあ、それを考えてもどうにもならないからね。とにかく、わかっているものだけでも回収してくれ」

わかりました、と草壁はうなずいた。そして、ソファから立ち上がった。

「とんだドジを踏んじまった」

と、鳴滝とあや子のほうへ向き直り、ぺこりと頭を下げた。

「すいませんでした」

あや子が声を上げて笑った。

「あなたが謝ることないでしょう。謝らなきゃならないのは、私のほうなんだから」

「いや……先生が謝るなんて、そんな」

慌てて言う草壁に、鳴滝は首を振った。

「僕も謝らなきゃいけない。調査でアパートに忍び込んだのが盗撮されていたというのは、どうにもならないアクシデントだ。草壁にはなんの責任もない。それよりも、五十嵐匡弘のような男が現われることを、僕のほうがちゃんと予測しておかなきゃいけなかった。そもそもの原因はこちらにあるんだ。それを二人には言っていなかった。草壁や藍沢君にまで隠し事をしていたようなことになって、申し訳なかったと思う」

草壁は口を閉ざし、ソファにまた腰を下ろした。悠美は、唇を嚙《か》むようにして自分のデスクの前に座っている。

「五十嵐匡弘ってのはね」と、あや子が草壁と悠美の中間のあたりへ顔を向けながら言った。「昔の仲間だったのよ。昨日《きのう》のやりとりで、なんとなくわかったかもしれないけど」

「あの……」悠美が小声で言った。「千代さんって、呼ばれてましたよね」

うん、とあや子がうなずいた。

「横川千代って名前でね、舞台に立ってたことがあるんだ」

「舞台……」

「十八年前に畳んでしまった小さな芸人一座なのよ。横川一座っていうのが、その名前だった」

「横川って……じゃあ」

「うん。力はなかったけど、私が座長を務めてた。もともとは、主人が興《おこ》した劇団でね、小さかったけど小屋も一応あった。だけど、主人が胸の病気で亡くなってしまって、小屋も手放し、借金を抱えてあちこちを旅して回りながら、芝居を掛けてもらえるところを探して——まあ、旅芸人みたいなことをやってたのね」

「そうだったんですか」

悠美は、自分のデスクを離れ、草壁の隣に腰を下ろした。

「五十嵐匡弘も、座員の一人だったんだ」鳴滝はあや子の言葉を補足した。「彼は、経理を任されていた」

鳴滝の中に、いくつものイメージが浮かんだ。そのどれもが、あまり思い出したくはないイメージだった。

「べつに、隠しておくつもりはなかったんだけど」あや子がゆっくりとした口調で小さく首を傾《かし》げた。「過去がまったくわからない霊導師、というほうが神秘的だろうからって、それは演出だったのよね。本名も明かしてないし、テレビに出るようになるまでどんなことをしてきたかってことも誰も知らない。そんなのがいいだろうって演出だった。でも、草壁君とか悠美ちゃんにまで、それを隠す必要なんてなかったのにね」

悠美が、コクリと唾《つば》を呑み込んだ。

「あの、伺ってもいいですか」

「どうぞ」

「十八年前に、その横川一座を畳まれたっていうのは、どうしてだったんですか」

「ちょっとした事故があったの」

いや……と、鳴滝は口を挟もうとしたが、あや子が小さく首を振るのを見て、その言葉を呑み込んだ。

「舞台の効果に使う火薬が破裂したんだけど、その事故で、私は目が見えなくなっちゃったのよ」

「あ……」

悠美が、驚いたように顔を上げた。草壁も、固まったようにしてあや子を見つめている。

「目だけじゃなくて、耳もよく聞こえなくなってしまった。私は座長をしていて、一座をまとめなきゃいけない立場だった。でも、それができなくなったのね。もともと貧乏な興行ばっかりしてきてお金がなかったところに、そんな事故があって、どうにも続けられなくなったのよ。そしてさらに、なけなしの一座のお金が、私が病院に入っている間に、五十嵐匡弘に持ち逃げされちゃったの」

え、と悠美が声を上げた。

「あいつ……そんなことやったヤツなんですか」

「まあ、しばらくしてから、座員だった一人に五十嵐から釈明の手紙が届いたそうよ。持っていったカネは、もともと自分に払われる筈のものだった。あんな事故があったら、横川一座を続けていくことはできないだろうし、そうなったら、もうカネも払ってもらえる可能性がない。他の座員たちには申し訳ないとも思うが、自分はカネが必要だった——そんな文面だったようね」

「勝手なヤツだなあ……」

「みんな腹を立ててたけど、昨日になるまで、五十嵐とはずっと会わなかった。もう、会わないものだと思ってたけどねえ」

しばらく、誰の口からも言葉が消えた。

沈黙に耐えられなくなったのか、悠美がソファから立ち上がり、お茶を淹《い》れはじめた。ポットのお湯を急須に注ぎながら、悠美は鳴滝のほうを振り返った。

「もう一つ、気になってることがあるんですけど」

うん、と鳴滝はうなずいた。

「いいよ。なんでも訊いてくれ」

「あの五十嵐、鳴滝さんのこと、昇治君って呼んでましたよね。鳴滝さんも、その横川一座にいたんですか？」

鳴滝は、ふっ、と笑ってみせた。

「僕は座員じゃなかったけどね。ずっと一緒にいたよ」

「座員じゃなかったって……どういう？」

「十八年前は、僕は十五歳だ。中学三年生だった。演劇には興味がなかったから、舞台に立ったりはしなかった。でも、横川一座が、僕の家だったからね」

「…………」

ふふ、とあや子が笑った。

「この人はね、私の息子なのよ」

「え？」

悠美が眼を丸くした。草壁が大きく息を吸い込むのが見えた。

「舞台では、私は横川千代って名前でお芝居をしてたけど、本名は鳴滝綾子《あやこ》というの。横川っていうのは、亡くなった主人が尊敬していた師匠筋の方からいただいた名前でね。本名は、ずっと鳴滝なの」

また、言葉が消えた。

二

鳴滝昇治は、小学校を九回、中学校では五回の転校を経験している。それは、旅芸人の子として生まれついた宿命だった。

学年を通して同じ学校に通うことのほうが稀《まれ》なのだ。同級生の数は多いが、短い期間で友情は育たない。学年の途中でクラスに加わった転校生が、数ヵ月後にはまた他の学校へと転校していってしまう。級友たちの記憶にも残らない。昇治自身にも、そんな自覚があるから、なおさら友人はできなかった。

友達がほしくなかったわけではない。逆に、いつもそれを欲していた。クラスの仲間と一緒に、走り回ったり騒いだりしたいと思っていた。しかし、その思いがかなえられることは、ほとんどなかったのだ。

旅芸人の子というレッテルは、珍しがられ、好奇の目で見られたりもするが、それは同時に昇治の周囲に差別も生じさせた。成績は悪いほうではなく、むしろほとんどのテストで昇治はトップを取った。しかし、それも友達を獲得する力にはならなかった。

横川一座公演のポスターやチラシに、級友たちは下品な落書きを施し、それを昇治の机に貼りつけたり、わざわざ教室の壁に掲示したりした。体育の時間には、着替えをゴミ箱に棄《す》てられた。受けるイジメは、学年が上がるに従って巧妙なものに進化していった。

だから、そのころの昇治にとって、友達といえば横川一座の座員たちだった。大人の中で育ち、子供にはいささか不似合いな知識や常識を与えられることにもなる。麻雀や花札を覚え、楽屋に放り出されている大人の雑誌で性の知識も得た。ショウちゃん、ほら、いいもの見せてあげる、と女優に呼ばれ、彼女の股間の強烈な匂いを嗅《か》がされたのは小学校四年のときだった。

物事を良いほうへ考えれば、だから昇治にも仲間はいたということだ。しかし、それでもやはり、同年代の友達がほしかった。

中学三年生の夏、昇治は福島県の相馬《そうま》市にいた。宇多川《うだがわ》という二級河川が市の中央を貫いている。河川工事の後そのまま取り残されていた土手のプレハブを借り受け、そこを横川一座は仮住まいにしていた。男も女も全員が雑魚寝《ざこね》。もちろん風呂などあるわけもなく、週に二度ほど銭湯へ行く。トイレは少し離れた公園の公衆便所を使うのだが、男たちはたいてい、川に向かって小便をすませていた。

河原にテント小屋を設営し、そこで芝居をやる。客の入りは少なく、座員たちはチンドン屋をやったり、看板作りを請け負ったりして、その穴を埋めていた。

一座の演し物《だしもの》は、剣劇や人情話が多い。公演を行なう土地柄によって演し物も変化する。その宇多川の河原での演目は『鬼の官兵衛《かんべえ》』というものだった。会津藩士佐川《さがわ》官兵衛にまつわる派手な幕末秘話だ。戦《いくさ》の場面がふんだんにあり、舞台の仕掛けも凝っていた。本物の火薬を使ったクライマックスでは、いつも客席から驚きの声が上がった。

夏休みのその日、ちょうど町では年に一度の「大瓜市《おおうりいち》」が催されていた。市は人で賑《にぎ》わう。それを当て込んで、座員たちは張り切って舞台の準備をしていた。

昇治の仕事は客席の用意だった。掃除をし、折り畳み椅子《いす》を真っ直ぐに並べ直す。その座席に座布団を一つずつ置いていくのだ。それが終わると、花道に雑巾をかける。

「ほら、ショウちゃん、西瓜《すいか》」

汗を拭いていると、桑辺紀代恵《くわべきよえ》が半月形に切った大きな西瓜を差し出した。紀代恵は、座員の中では一番若い。昇治は、この紀代恵に憧れに似たものを持っていた。

「瓜市に行って買ってきたんだ。冷えてる。おいしいよ」

うん、と昇治はうなずき、紀代恵から西瓜を受け取った。紀代恵は、すでに化粧を終えていた。白く塗られた紀代恵の顔を眩《まぶ》しく感じながら、昇治はテントを出て裏へ回った。せっかく掃除をした客席で西瓜を食べるわけにはいかない。

テントの裏では、菊地満寿郎《きくちまんじゅろう》が舞台効果に使うための火薬の調合をやっていた。その隣にしゃがみ込み、昇治は西瓜にかぶりついた。

「汁を飛ばすな」

満寿郎のおっさんは言葉も顔も恐いが、昇治には優しかった。

「見ててもいい？」

ああ、とうなずきながら、おっさんは手際よく和紙で火薬を包んでいく。舞台のあちこちで火花を上げさせるために、火薬包の数は多い。調合済みの黒色火薬の罐《かん》が、満寿郎の脇に置かれていた。竹の小匙《こさじ》で火薬をすくい上げ、台の上の和紙に載せて導火線と一緒に和紙を堅く包んでいく。導火線のことを、満寿郎は親導《おやみち》と呼んでいた。

昇治は、火薬を扱っている満寿郎を見ているのが好きだった。

「おっさん、ちょっと見てくれ」と、テントから声がかかった。「踏み板が引っ掛かって、うまく動いてくれないんだ」

ちっ、と満寿郎は舌を鳴らした。

「なんにもできねえ野郎だよ、まったく」

呟くように言い、よいしょ、と声を出して立ち上がった。

「おい、ちょっと見てろ」

昇治に言い置くと、満寿郎は腰をさすりながらテントへ入っていった。

汁を火薬に飛ばさないように注意しながら、昇治は西瓜を食べていた。その時、後ろで石を踏む音が聞こえた。

「………」

振り返ると、ジャージ姿の男子が二人立っていた。同級生だった。

「やあ」

立ち上がって挨拶《あいさつ》をすると、どういう意味か、二人は、ぷっと吹き出した。

「なにしてんだ？」

訊かれて、昇治は足下の台の上を見返した。

「火薬」

「かやくぅ？」

昇治はうなずいた。

「嘘こけ」

「火薬の調合。舞台で使うから」

「…………」

二人の同級生が顔を見合わせた。

「ほんとに火薬作ってんのか？」

昇治は、もう一度うなずいた。

「お前、そういうのできんの？」

「……いつもやってるから」

嘘をついた。満寿郎の仕事はよく見学させてもらっているが、もちろん火薬の調合などさせてもらったことはない。混ぜる薬剤の種類や割合は教えてもらったが、それも知識だけなのだ。実際にやったことはない。

同級生たちの驚きの表情が、この時の昇治に嘘をつかせた。イジメにあったり、バカにされることはあっても、こういう表情をされることはめったになかった。ほんの少し得意になっていた。

「調合したのが、その罐に入ってるだろ。黒色火薬なんだよ」

へえ、と二人の同級生は、同時に声を上げた。

「ちょっと、やってみろよ」

「…………」

言われたことの意味がわからず、昇治は二人を見返した。

「だからさ、ちょっと火をつけてみろよ」

とんでもない、と昇治は首を振った。

「そんなことできるわけない」

「やっぱ、嘘なんだろ」

「嘘なもんか。爆発するんだぞ。危ないからできないって言ってるんだ」

二人は顔を見合わせ、笑い声を上げた。

「芸人は嘘がうまいよ。こんなボロボロの芸人小屋に爆弾なんて置いてあるわけねえや」

テントから満寿郎が出てきたのを見て、二人の同級生は、逃げるように川のほうへ走っていった。

「友達か」

戻ってきた満寿郎が、走り去る二人を眺めながら訊いた。

「……ちがう」

そう答えて、昇治はテントへ引き揚げた。

異変が起こったのは、それから一時間ほど後のことだった。プレハブで腹這いになってマンガを読んでいると、会津藩士の衣装をつけた五十嵐匡弘が入ってきた。プレハブは、役者たちの楽屋としても使われている。そこにいたのは五人ほどで、横川千代座長の姿もあった。母は、昇治にも自分を「座長」と呼ばせていた。

「昇治君」

五十嵐に呼ばれ、昇治は戸口のほうを振り返った。

「中学生ぐらいの男の子が二人、テントの裏で何かコソコソやってたけど、昇治君の友達じゃないのか？」

「え？」

マンガを脇へ置き、昇治は床から身体《からだ》を起こした。

「声をかけたら慌てて逃げて行った。罐みたいなものを抱えて川のほうへ走ってったが。なにか約束でもあったんじゃないのか？」

「…………」

昇治は、思わず唾を呑み込んだ。靴を突っかけ、外へ飛び出した。

まさか、まさか……。

思い違いであればいい、と昇治は思った。思いながら、必死で川へ走る。向こうの河原に、さっきの同級生二人の姿が見えた。

「おい！」

大声で、二人を呼んだ。

二人は、川のそばに置いた罐から導火線を延ばしている。

「ばか！　やめろ」

聞こえているのかいないのか、二人はポケットからマッチを取り出して導火線に火をつけようとしている。導火線の長さは三メートルほどしかなかった。

「うるせえな。もらったんだよ」

そう言いながら、二人は導火線に火をつけた。

「…………」

昇治は慌てて走った。その勢いに、同級生の二人が土手のほうへ駆け出した。昇治は、火を消そうと懸命に靴で導火線を踏んだ。しかし、火は勢いよく罐に向かって進んでいく。

「昇治！」

後ろで、母の声が聞こえた。答える余裕などなく、昇治は火を消そうと必死になっていた。

次の瞬間、昇治は後ろから母の腕に抱きしめられた。それと同時に、凄《すさ》まじい音があたりに鳴り響き、昇治は母と一緒に吹き飛ばされていた。


「じゃ、行くか」

バンの中で、モニターに目をやりながら草壁が立ち上がった。鳴滝は、その草壁に黙ったままうなずいてみせた。

「はい、これ」

悠美がポケットからフラッシュメモリーを取り出し、草壁に差し出す。

「なに、これ？」

「部屋に入ったら、最初に勤《つとむ》君のパソコンを立ち上げてちょうだい。立ち上がったら、これをUSBポートに挿《さ》し込んでくれればいいの。そのあと、撤去作業とか、すり替えとかやって、最後にパソコンの電源落としてから、これ引き抜いてきてくれればいい」

草壁は、悠美とフラッシュメモリーを見比べた。

「……挿し込んどくと、どうなるわけ？」

「パソコンが使い物にならなくなる」

「ウイルス？」

「違う。ウイルスじゃ、他の人に迷惑がかかる可能性だってあるじゃん。これは、勤君のパソコンだけ破壊するの。ハードディスクの中は空っぽになるし、次に電源を入れても、立ち上げることすらできない。もう一度使うためには、システムから再セットアップしなきゃなんないけど、たぶん勤君、再セットアップするときも、そうとう苦労することになると思うな」

「やっぱ、おっかねえ女だよ」

草壁は肩を竦めると、足下に置いた大きなスポーツバッグを取り上げた。帽子を目深《まぶか》に被《かぶ》り、手術用手袋《サージカルグローブ》の具合を確かめてから、バンの外へ出た。

鳴滝は、またモニターへ目を返した。

桜場《さくらば》勤というのが、鳥山千晶の部屋に隠しカメラを仕掛けていた主だった。草壁と悠美の調べによれば、桜場は鳥山千晶の別れたボーイフレンドであるらしい。つまり彼は、自分の彼女の部屋に隠しカメラを仕掛け、その生活を盗み撮りしていたという、なんとも呆《あき》れ果てた男だった。しかも、桜場は、そうやって手に入れた彼女のビデオを、アダルトビデオのプロダクションに売っていたのである。保険会社に勤めているらしいが、この男の副業は最低だった。

見ていると、モニターの中に草壁の姿が現われた。モニターは今、桜場の部屋の中を映し出している。そのカメラを仕掛けたのは草壁自身。昨日一日の桜場勤の生活が、そのカメラによって盗撮され、悠美の手で編集された。

草壁は、悠美に言われた通り、桜場のパソコンを立ち上げ、フラッシュメモリーをパソコンの裏に挿し込んだ。スポーツバッグを開け、中に入っていたものを取り出す。DVDのパッケージが十数本はある。続いて、草壁は壁際のベッドの下からストレージボックスを引き出し、その蓋を開けた。

「すごい数だな」

モニターを見ながら、思わず鳴滝は口に出した。ストレージボックスの中には、ビデオテープの箱だのDVDだのがびっしりと詰め込まれていた。

「これが、全部、AVなのか？」

「見事でしょ？」悠美が笑いを口に溜めながら言う。「テープのは市販のAVだって。買ったものはまあいいんだけど、DVDのほうは、ほとんどが自分で盗撮したビデオのコレクション。被害者は千晶ちゃんだけじゃなくて、あちこちで勤君、盗み撮りをやってたのね。とんでもない変態君」

草壁はストレージボックスに入っていたDVDを残らずスポーツバッグに詰め込んだ。そして、持ってきたDVDのほうをボックスに収める。

DVDには、どれも同じ映像が入っている。桜場勤自身が盗撮された一日のドキュメントだ。トイレを使う様子も、風呂に入っている様子も、AVの観賞風景も、友人とのバカバカしい電話でのやりとりも、すべてが記録され編集されて、ＤＶＤに詰め込まれた。

　草壁と悠美は、桜場を懲らしめてやろうと計画を立てたのだ。それは、自分が盗撮される立場を体験させてやるというものだった。今夜、勤めから帰った桜場は、まず自分のパソコンがまったく機能しないことに気がつくだろう。そして、コレクションのＤＶＤを観て、さらに驚くことになる。撮り溜めた盗撮ビデオのすべてが、彼自身を盗み撮りしたものにすり替えられているからだ。慌てて、彼は部屋中の点検を始める。しかし、部屋のどこからも隠しカメラは見つからない。

　知らない間に自分の生活が覗かれ、それをビデオに記録されている。どのようにして撮られたものなのか、まったくわからない。もしかしたら、今もどこかから隠しカメラが自分を狙《ねら》っているのかもしれない。

　言いようのない恐怖だろう。桜場自身のしてきたことが、どれほど非常識なことか。それをわからせてやるというのが、草壁と悠美の計画だった。

　もちろん、草壁が鳥山千晶の部屋に侵入した映像は、すでにスポーツバッグの中である。もともとはそれが目的なのだ。肝心なものを忘れるわけにはいかない。

　ＤＶＤのすり替えを終えると、草壁は隠しカメラの撤去作業に移った。仕掛けられた四台のカメラが外されていく。それと同時に、鳴滝の目の前にあるモニターの画面も次々に暗転していった。

五十嵐匡弘がテープを持って現われてから三日のうちに、草壁と悠美はＡＶプロダクションと桜場勤の存在を突き止めた。ＡＶプロダクションのほうは、すでに映像の回収を終えている。もちろん、プロダクションには、桜場にやったような報復行為は仕掛けていない。残されていたオリジナルの映像を盗み出してきただけだ。ある意味では不法な商売をやっていることも確かだが、それを咎《とが》める必要は感じなかった。彼らには、勝手に商売を続けてもらえばいい。

コンコン、とバンを外から叩く音がして、悠美がドアを開けた。

「ただいまあ」

言いながら、草壁がバンに乗り込む。

「ごくろうさま」

鳴滝は、草壁の手からスポーツバッグを受け取りながら言った。悠美が運転席に移り、エンジンを始動させた。

「じゃ、さっさと引き揚げますね」

車が走り始めると、鳴滝はなんとなく溜め息を吐《つ》いた。

「あとは、五十嵐のテープだけだな」

サージカルグローブを抜き取りながら、草壁がうなずいた。

「もちろん、そっちもうまくやるけど、鳴滝さん、その前にちょっと会ってほしい人がいるんですよ」

「会う？　誰？」

「飯村真一《いいむらしんいち》って人なんです」

「飯村……？」

心当たりがなかった。

「勝手なことして叱られちゃうかもしれないけど、許して下さい。飯村さんには東京に出てきてもらったんで、これから待ち合わせの場所に案内します」

「…………」

意味がわからず、鳴滝は草壁を見つめた。その目を運転席のほうへ向ける。どうやら、悠美も承知のことらしかった。


連れて行かれたのは、丸の内にある喫茶店だった。

ビルの駐車場にバンを停め、三人で喫茶店に入ると、奥の席で男が立ち上がった。三十代前半だろうか。見たところ鳴滝と同年代に思える。

飯村真一——顔を見ても、鳴滝には草壁たちの意図がわからなかった。

「お久し振りです。飯村です」

男が頭を下げた。鳴滝は、あらためて男の顔を見つめた。

「どうも、鳴滝ですが……いや、失礼ですが、どこでお会いしているんでしょうか？」

飯村の顔に、ふっ、と笑いが洩れた。

「覚えておられないのは当然ですよ。実は、私のほうも、鳴滝さんの顔はほとんど忘れてましたから」

「…………」

「宇多川中学で、私と鳴滝さんは同級だったんです」

「あ……」

「たった数ヵ月——三年の一学期だけだったんじゃないかなあ。二学期からは、鳴滝さんは学校に来られなかったし、そのまま転校されたと聞きましたから」

咄嗟に言葉が出なかった。

「どうして……」

と、鳴滝は草壁と悠美を見返した。草壁が、すみません、と頭を下げた。

「もしかして」鳴滝は飯村に向き直った。「飯村さんは、あの時の……」

「はい」と、飯村がうなずく。「粕谷広志《かすやひろし》と、よく連《つる》んでたのが私です。粕谷も一緒に来るべきだったんですが、彼は今、仕事でシンガポールのほうに行っていて無理だったんですよ」

「粕谷……」

「私も、たぶん粕谷も、この二十年近く、ずっと鳴滝さんに謝らなきゃいけないと思ってきました。お母様は、今、どうしておられるんですか？」

そうか、この飯村は、能城あや子を知らないのだと、鳴滝は思い至った。草壁は、たぶん必要最小限のことしか飯村に伝えてはいないのだろう。

「元気にしています」

「失明されたと、それだけ聞いているんです。その……眼のほうは」

「全盲です。あの時に耳も悪くしました。でも、もう過ぎたことですから」

「耳も……だったんですか」大きく息を吸い込むようにして、飯村が椅子から立ち上がった。そして、鳴滝に深く頭を下げた。「本当に反省しています。申しわけありませんでした」

慌てて鳴滝も立ち上がった。

「どうか座ってください。あなたたちだけの所為《せい》じゃない。一座のほうの危険物管理にも問題があったんだと思います」

頭を下げたままの飯村に、もう一度、腰を下ろしてくれるように頼み、鳴滝も椅子に掛けた。

「ガキだったとはいえ、まったくとんでもないことをしました」飯村は言って唇を嚙んだ。「どういうことになるか考えもせずに火薬に火をつけてしまった。警察に捕まって刑務所に入れられると思って、あのあとは私も粕谷もずっとビクビクしていました。謝りに行かなきゃとは思っていたけど、それも恐くてできなかった。警察には事情を訊かれましたし、学校でも、親にもこっぴどく叱られました。でも、結局、子供がやったイタズラだからということになったのでしょう。警察にも捕まらず、退学にもならず、なにもせずに今日《きょう》まできてしまいました。償いをしなきゃいけないと、ずっと考えていたんです。私と粕谷は、鳴滝さんとお母様の人生を狂わせてしまいました。償わなきゃいけないと思いながら、でも、そう考えたときには、鳴滝さんもお母様も、どこにおられるのかさえわからなくなっていました。こちらの草壁さんが訪ねてきてくださって、鳴滝さんのことを教えていただきました。ようやくお会いすることができました」

「ありがとうございます」

鳴滝は、言って飯村に笑いかけた。

「ありがとうなんて、とんでもありません。ただ……」

言い淀んだ飯村に、鳴滝は訊き返した。

「なんですか？」

「……一つだけ、ずっと気になっていたことがあるんです」

「気になっていた――」

「どうして、あの役者さんは、火薬の罐を我々に渡してくれるようなことをしたんでしょう？」

「え？」

鳴滝は、思わず飯村を見返した。

⁂

その翌日、五十嵐匡弘が事務所を訪ねてきた。

「汚い真似をしやがって」

あや子と鳴滝を見るなり、五十嵐はそう言った。

「汚い？」

訊き返しながら、鳴滝は、どうぞ、とソファを勧めた。腰を下ろしながら、五十嵐は鳴滝を睨《にら》みつけた。

「テープを返してもらおう」

「テープ？」

じゃないか」

「しらばっくれるんじゃない。あの泥棒野郎を使って、俺のアパートを引っかき回した

「泥棒？　よくわからないですね」

「俺のとこだけじゃない。プロダクションのほうからも盗みやがった」

「僕が、五十嵐さんから何か盗んだと言うんですか？　だったら、警察にでも届ければいいでしょう」

「足下を見やがって」

五十嵐は、そう言って事務所の床に唾を吐き捨てた。

「五十嵐」あや子が、口を開いた。「こっちがあんたを訴えてやってもいいんだよ」

「なんだと？」

「そうしてほしいのか」

ふん、と五十嵐が鼻を鳴らした。

「横川一座のカネを持ち出したことを訴えるってのか？　バカなことを言うんじゃない。とっくに時効になってるよ。十八年も経《た》ってるんだ」

「そうじゃないよ。殺人未遂を犯して、人の視力と聴力を奪ったことの賠償請求だよ」

「…………」

五十嵐が眼を瞬《しばたた》いた。

「なにを……寝惚《ねぼ》けたことを言ってるんだ。俺のどこが殺人未遂だ」

「証明することもできますよ」

と、鳴滝は言った。

「なにを証明するんだ」

「五十嵐さん、あなたは持ち逃げしただけじゃない。その前から、ずっと経理をごまかしていた。一座のお金を着服していることを母に見つかり、馘首《くび》にするだけではなく公演の区切りがついたら、警察に突き出すと言われてむしゃくしゃしていた。そんな十八年前の八月十二日——あなたは、芝居小屋の裏で黒色火薬の罐を覗いている中学生二人を見つけた」

「………」

「なにしてるんだと訊いたら、中学生たちは逃げだそうとした。その彼らに、火薬に興味があるのかと、あなたは再び訊いた。中学生は恐る恐る、本物ですかと訊いてきた。花火みたいなもんだが、本物だとあなたは答えた。そして、ほしいなら持っていけ、と二人に言った。そんなに凄い火薬じゃないし、大怪我《おおけが》をするようなことにもならないが、でも、火をつけるなら広い場所でやるんだよと、導火線まで出してやった」

五十嵐はソファの上で息を吸い込み、口をひん曲げた。

「もちろん、あなたは罐に入っている黒色火薬が、線香花火程度のものではないことをよく知っていた。罐に残っている火薬に火をつければ、どんなことになるのかもわかっていた。にもかかわらず、導火線は三メートル程度しか渡さなかった。遠くに離れて火をつけられないようにしたとしか思えないですよね。なぜ、非常に危険であることを知っているのに、中学生たちに罐を持っていかせたのか。たぶん、騒ぎを起こしたかったのでしょうね。河原で中学生が火薬をイタズラし、怪我をしたり、まして死んだということにでもなれば、大変な問題になる。あなたの不正経理を訴えるような余裕はどこにもなくなる。一座は責任を追及され、座長は取り調べを受けることになるでしょう。あのね、五十嵐さん、昨日、僕はそのときの中学生に会ったんですよ」

「………」

「彼は、僕に謝罪し、会津藩士の扮装《ふんそう》をした役者さんに火薬をもらったということを教えてくれました。五十嵐さんは会津藩士の役だったし、中学生が罐を持って逃げたと楽屋に来て教えてくれたのもあなたでしたよね。彼ら二人は、あとで警察の調べを受けたとき、火薬は盗んだんじゃなくてもらったんだと主張したそうです。その言葉は、警察に行けばまだ残っているでしょう。まあ、その時は、言い逃れをしているんだろうと取り上げてはもらえなかったようですけどね。ただ、現在、大人になった彼らの言葉は、ちゃんと証拠にもなる。賠償の時効は、普通は三年ですが、加害者を知らなかった場合の時効は二十年です。まだ十八年しか経っていない。あなたを訴えることはできるんですよ」

五十嵐が鳴滝から目を逸《そ》らせた。

「五十嵐」と、あや子が通る声で言った。「あんたを許すことはできないけどね。でも、いまさら、あんたを訴えようとも思わない。ただ、もう二度と現われるな。人を脅してカネを取ろうなんてバカなことも考えるな。あんたがどう落ちぶれようが、私には知ったことじゃない。いいか、金輪際《こんりんざい》、私の前に姿を見せるんじゃない」

⁂

五十嵐匡弘が帰って行った後、あや子と鳴滝はＯＭＯのほうへ移動した。

「助かったよ。どうもありがとう」

鳴滝は、あらためて草壁と悠美に礼を言った。

「そんなことないですよ。もともとは、オレがドジ踏んだから、こんなことになっちまったんだし」

「いや、それだけじゃない。十八年ぶりに同級生と会うことができたのは、君たちのお蔭《かげ》だ」

鳴滝の心の中には、この十八年間ずっと抱え込んでいた苦しみがあった。母の視力と聴力を奪ったのは、自分の所為《せい》だという思いが、どうしても消えなかった。

　火薬に火をつけたのは飯村たちだったし、鳴滝を責める人間は誰もいなかった。母も、息子を責めることはなかった。しかし、飯村と粕谷に、火薬の存在を教え、興味を持たせたのは自分だったのだ。友達がほしくて、彼らの前でイイカッコをしたかった。中学三年生で火薬を扱えるヤツなんかいない。だから、彼らよりも優位に立ちたくて、鳴滝は火薬のことを飯村たちに教えた。

　母は息子を爆発から守り、その代わりに眼球破裂をするような大怪我を負った。顔に受けた傷は手術によって目立たない程度に収まったが、視力と聴力はとうとう元には戻らなかった。夫から受け継いだ横川一座を失い、生活の手段も奪われた。そうしたのは、すべてが自分なのだと、鳴滝は思い続けてきた。

　高校へは行かず、鳴滝はがむしゃらに働いて母を食べさせた。そのことを「申し訳ない」と母は言ったが、申し訳ないと思っているのは鳴滝のほうだった。

　昨日、飯村に会って、その十八年間の思いがどこか軽くなった。飯村真一もまた、十八年間を苦しみ続けていたのだ。そう聞かされた途端、心の奥にあった氷のようなものが、静かに融け落ちた。

「でも」悠美が全員の前に紅茶を置きながら、ニッコリと笑った。「大変なことにならなくてよかった」

「ただ、さあ……」草壁が頭をボリボリと掻《か》いた。「やっぱり、不安も残るよなあ」

「何が不安なの？」

「ビデオってのはさ、いくらでもコピーが取れるもんだからね」

「どこかに、まだ残ってる？」

「わかんないけどさ。とにかく、考えられるところは全部片付けた。でも誰かがもう一本コピーを作っててもおかしくはない」

「その時は、その時」

あや子の言葉に、全員が彼女に目をやった。

あや子は、ゆっくりとティーカップを取り上げ、一口啜り上げた。

「これからは、草壁君、どこかに入る前に監視カメラがないか調べる必要があるのかもね」

「調べられる？　部屋に入る前に」

「たいていの監視カメラや盗撮カメラは、電波を使って映像を他のところへ送ってるから、電波を調べれば、そういうのは発見できる」

「でも、発見できたとしても、それを取り除いたら、侵入したことがバレちゃうぜ」

「それは大丈夫よ。妨害電波を出しておいて、お仕事すればいい。妨害電波が出てる間は、画像は霜降りになっちゃうからね」

「なるほど」

ふふ、とあや子が含んだような声で笑った。

「潮合《しおあ》いというのは、あるもんだよ」

悠美が、あや子を見返した。

「潮合い……？」

「若い人は知らないか。潮時って言ったほうがいいのかな。頃合いというか」

「ああ……潮時」

「こういうことは、いつまでも続けられるもんじゃないからね。五十嵐は片付いたけど、いつまた同じようなのが現われないとも限らない」

「…………」

十八年前にも、同じことを母の口から聞いた。

それを、鳴滝は、思い出した。

病院で、自分の眼が二度と治らないことを知ったとき、そして、五十嵐がすべてのカネを持ち逃げしたのを知ったとき、母はベッドの周りに集まった座員たちにそう言ったのだ。

「潮合いというのは、あるもんだよ」

十八年前、母はやはり同じ表情をしていた。

陽炎

かげろう

名前だけじゃなくて、雰囲気まで鳥みたいな男だ——と、稲野辺俊朗は鷹橋隼人《たかはしはやと》を眺めながら思った。

●二三

「誤解していただきたくないのは」と、鷹橋は顎《あご》をクイッと上げて言う。「べつに僕は、自分のやってることを疚《やま》しいと思ってるわけじゃないってことです」

ギョロリとした眼も、鋭角的な鼻と顎も、そして挙動不審の見本を見せられているような頭の動かし方までも、やはり猛禽類《もうきんるい》を思わせる。ただ、タカやハヤブサより、どちらかと言えばフクロウに近い。

編集部のドアが開け閉めされる度に、首を竦《すく》めるようにしてそちらへ視線を向ける。知った顔の人間が入って来やしないか、不安で仕方ないのだろう。

「正しいと思ってます。給料を貰っている身としては、社内的にはルール違反なのかもしれないけど、社会的には支持していただけると思います」

「わかってますよ」

鷹橋の脇に腰掛けている芦本恭輔が、ニタニタ笑いながら稲野辺のほうへ視線を寄越した。鷹橋からは見えない位置で親指と人差し指で丸を作って見せる。ＯＫのサインではなく、もちろんカネの意味だ。どの程度の額を要求しているのか知らないが、鷹橋が小遣いを稼ぐために自分の情報を活用しようとしているぐらいのことは、稲野辺にもわかる。

「ただ、くれぐれもお願いしておきたいんですけど――」

言いかけた鷹橋に、芦本が首を振った。

「安心してください。鷹橋さんの名前はどこにも出しません。ニュースソースを明かさないというのは、テレビ局でも新聞社でも、ウチみたいな小さな雑誌社でも同じですよ。匿名を希望されている方の名前を出すようなことは、絶対にありません」

餌を啄《ついば》むフクロウのような仕種《しぐさ》で、鷹橋は何度もうなずいた。

「能城あや子についての情報だそうですが」

稲野辺が訊《き》くと、鷹橋はまたカクカクと首をうなずかせる。勿体《もったい》をつけているつもりなのか、鷹橋は、ふう、と息を吐き出した。首を伸ばすようにしてドアのほうを見遣《みや》り、その首をキュッと縮めてコクリと唾《つば》を呑み込む。滑稽なほど、怯《おび》えている。

土曜日の午後だが、〈ウイークリーＦＡＣＴＳ《ファクツ》〉の編集部には出入りする編集者やカメラマンたちの姿が絶えない。鷹橋の勤めているテレビ局だって同じようなものだろう。人は何人もいるが、稲野辺と芦本の他に、鷹橋に注意を向ける者などいない。皆、自分の仕事で忙しいのだ。しかし、彼には誰もが自分を咎《とが》め立《だ》てしているように感じられているのだろう。

「内部告発者が出てきたよ」

というのが、芦本からの連絡だった。テレビ局の制作にいる男が、能城あや子についての情報を売りたいと言ってきたのだという。

フリーのライターではあるが、能城あや子に関することは、稲野辺が専任のような格好になっている。過去何度か、能城あや子のインチキ霊視を暴《あば》いてやろうとしたが、ことごとく失敗した。無念を晴らそうと違う角度から取材をやってみても、やはり結果は惨敗だった。他の仕事をやっていても、能城あや子のことはいつも頭の隅にこびりついている。

その彼女について、テレビ局の内部の人間が告発をするというのだ。だから、予定を変更して編集部に駆けつけた。

「どんなお話なのか、聞かせてもらえますか」

訊くと、鷹橋は、もう一度唾を呑み込み、膝《ひざ》に載せていたリュックの口を開けた。中から透明な薄いプラスチックケースを取り出して、稲野辺のほうへ差し出した。

それを受け取りながら、稲野辺はケースと鷹橋を見比べた。

「………」

ＤＶＤだ。市販されている映画の類ではなく、自分で録画したもののようだった。

「順を追って説明します」鷹橋は、そう前置きして、ふう、と息を吐き出した。「部署は違うんですが、局の同僚から能城さんが出演した番組の保存テープから探してほしいものがあるって頼まれたんです」

「保存テープ……ですか？」

はい、と鷹橋はうなずいた。

「ある女性が相談者として出演したときの番組録画を探している人間がいるって言われたんです。テープの画像を一つ渡されて、そこに写っている女性が、以前、能城さんの霊視を受けたことがある筈《はず》だって。そのテープの映像も、そこに入れておきましたけど――」

「ちょっと待って」と、芦本が口を挟んだ。稲野辺の手にあるケースを指差す。「そいつは、普通のＤＶＤプレーヤーでも再生できるよね」

鷹橋がうなずくのを見て、芦本は椅子《いす》から立ち上がった。

「応接のほうへ移ろう。見ながら説明してもらったほうが早そうだ」

芦本に促《うなが》されるようにして、鷹橋と稲野辺は、編集部奥のドアから隣室へ移動した。

芦本は、テレビとプレーヤーのスイッチを入れ、稲野辺から受け取ったディスクをプレーヤーのトレイに載せた。

「あ、じゃあ、リモコンをこっちに下さい」

鷹橋は、芦本からDVDプレーヤーのリモコンを受け取り、脇のソファへ腰を下ろした。稲野辺と芦本は正面のソファへ着く。

再生が始まると、鷹橋はインデックス画面を呼び出した。インデックスには〈1〉から〈3〉までの番号が並んでいるだけだった。その〈2〉を選択し、鷹橋は再生ボタンを押した。

「………」

映し出されたのは、どこかの部屋だった。アパートだろうか。若い女性が一人、下着姿でテーブルの上の鏡を覗《のぞ》き込みながらアイラインを引いている。カメラはアングルを変えることもなく、やや天井に近い位置から、ひたすら女性の化粧姿を捉え続けていた。

「なに、これ？」

訊くと、鷹橋はクスッと笑い声を洩《も》らした。

「この女性が、ウチの番組に出たというんです。これは、まあ、盗撮ビデオなんですけどね」

「トウサツ……？」

眉《まゆ》を寄せながら、稲野辺は鷹橋を見返した。鷹橋は鼻先で笑うような表情を作って、稲野辺にうなずいた。

「素人が仕掛けたビデオカメラで撮影されたものですよ」

鷹橋の意図がよくわからなかった。

何を言いたいのだ、このフクロウ男は。

「この女性が、能城さんの番組に出ていた？」

「そうです。もちろん、僕も、なんでそんなものが必要なのかって、訊いたんですよ。そうしたらですね――」

鷹橋は、またリモコンを使ってインデックスを呼び出した。今度は〈3〉を選択し、再生ボタンを押す。

「…………」

同じ部屋だった。

ただ、女性の姿はなく、薄暗い空っぽの部屋が写っているだけだ。と、そこへ黒っぽい人影が現われた。帽子を被《かぶ》った作業服姿の男。

「なんだ？」

隣で芦本が呟《つぶや》いた。

男の行動は、どこか不自然だった。部屋の中をカメラに収めている。いったい、何をしているのか？

「泥棒？」

また、芦本が呟く。

いや……と、稲野辺は予感のようなものを感じて、画面を凝視した。

作業服の男は、あちこちへカメラのレンズを向け、丹念に部屋の内部を撮影している。一区切りついたということなのか、男は次に、戸棚の中や押し入れの中を物色しはじめた。戸棚を開け、その中に向かってシャッターを切り、そして中の物を取り出して眺める。ひとしきり眺めたあと、取り出した物を、注意深く戸棚の中へ戻す。そんなことを繰り返している。

「さっきの女性が——つまり、この部屋の主ですよね。彼女が、番組で能城あや子の霊視を受けたというんですね？」

稲野辺が訊くと、鷹橋は、そうそう、とうなずいた。

「これが撮影されたのはいつです？」

鷹橋は、今度は首を横に振った。

「はっきりした日時はわかってません。ただ、ええと——」と、リモコンを操作し、インデックスから〈1〉を選んで再生させた。「これが、探し当てた番組なんですけどね。ほら、確かに、あの部屋の女の子でしょう？」

画面には、見慣れたスタジオが映し出されていた。サングラスをかけ、大仰《おおぎょう》な衣装を纏《まと》い、招霊木《オガタマノキ》の枝を手に持った能城あや子が肘掛《ひじか》け椅子に座っている。その前で畏《かしこ》まるように腰掛けている女性——確かに、鷹橋の言う通り、それは先程の部屋で鏡を覗き込んでいた女性だった。

「この収録は、二ヵ月半ほど前に行なわれています。そして、さっきの盗撮ビデオが撮影されたのは、三ヵ月以上前だということは確かなようです」

なるほど、と稲野辺は手元の手帳にメモを加えた。

うーん、と隣で芦本が唸《うな》るような声を出した。

「鷹橋さんの言いたいことは、わかりますがね。しかし、だからって、これだけで能城あや子と空き巣狙《ねら》いを結びつけられるもんかなあ」

その言葉に、鷹橋は不安げな表情で芦本を見返した。

やりようはあるんじゃないか……と、稲野辺は考えた。まだ、その方策が見えているわけではないが、これは確かに、大きな収穫だ。

「鷹橋さん」と、稲野辺は手帳を構えた。「この盗撮ビデオの入手元は教えてもらえますよね」

●二

数時間後、稲野辺は大久保《おおくぼ》の街を歩いていた。

ハングル文字の多い場所だ。雑居ビルが建ち並び、料理店や一見して何を売っているのか判別のつかない店が並んでいる。行き交う人々は様々で、若者の姿もけっこう多い。

ビル壁に貼られている番地表示を眺め、マンションの前で立ち止まった。通りに面した側だけは、化粧タイルが貼られて綺麗《きれい》に見える。ただ、奥へ延びる壁はどこか汚れてくすんでいた。ガラスのドアを押し、エントランスへ入って壁のパネルを確認する。パネル脇のエレベーターで〈グレイスフル映像〉のある三階へ上がった。

ドアに「グレイスフル映像」とプラスチックのプレートが貼りつけられている他は、どう見ても普通の住居の造りだ。その印象は、インタホンのボタンを押し、室内へ招じ入れられても変わらなかった。髪をボサボサにした無精髭《ぶしょうひげ》の男に居間風の事務室へ案内され、奥のデスクから立ち上がったのは、ふくよかな体格の婦人だった。

「お電話を下さった方？」

婦人に訊かれ、稲野辺は名刺を取り出しながら頭を下げた。

「ウイークリーＦＡＣＴＳ《ファクツ》の稲野辺と申します」

婦人のほうも、デスクの上から名刺を取り稲野辺に差し出して寄越した。

名刺には、諏訪間厚子《すわまあつこ》とあった。電話で話したのも彼女だったのだと思うが、稲野辺はてっきり女性事務員なのだと思い込んでいた。名刺には「取締役社長」とある。

なんとなく、部屋を見渡した。

壁のラックに、アダルトビデオのどぎついパッケージが整然と並んでいるのがいささか異様でもあるが、あとは普通のリビングルームに見える。窓際のデスクと、その脇のスチールロッカーが辛うじて事務所の雰囲気を作っていた。

ここは、アダルトビデオ専門のプロダクションなのだ。その社長が女性だとは思ってもいなかった。

「どうぞ」

と、ソファを勧められ、稲野辺はビデオパッケージが並ぶ脇へ腰を下ろした。扇情的なヌードがずらりと並んだ横で、女性と話をするのは初めての経験だった。

「ええと……」と、稲野辺はラックのビデオには目をやらぬようにしながら、手帳を取り出した。「電話でも申しましたが、こちらで扱っておられる盗撮ビデオについてお訊きしたいのですが」

「例の泥棒が写ってるヤツですね」

はい、と稲野辺はうなずいた。

「あのビデオを撮影した人は、こちらのスタッフの方なんでしょうか？」

ゆったりとした表情で微笑《ほほえ》みながら、諏訪間社長は稲野辺に首を振った。

「あれは持ち込みの作品です」

「持ち込み……素人の方の、という意味ですか？　それとも外部スタッフのような」

「純粋に盗撮を趣味でしておられる方の作品です」

「…………」

盗撮の趣味を純粋などと呼ぶだろうか、とは思ったが、もちろんそれは口に出さなかった。

「つまり、こちらへあのビデオを持ち込んできたということなんですね」

「ええ、そうです。もちろん、盗撮物の大半は女優さんを使ったり、撮影させていただく女性の承諾を得て作ります。でも、正真正銘の盗撮物もあるんです。プロが撮影したものではないので、画質も内容も劣ってはいるんですけれど、そもそも盗撮物に要求されるのはリアリティですからね。本物の迫力と言いますか、現実感はやっぱり貴重なんですね」

「本物の迫力ですか……なるほど。そういう、なんて言うんでしょう、正真正銘の盗撮ビデオを撮っている人と、こちらでは契約とかをされて、こういうものを撮影してほしいといった依頼をされたりもするんですか？」

あはは、と突然、女社長が笑い出した。びっくりして見返すと、いえいえ、というように首を振り、彼女は手元のポーチからタバコの箱を取り出した。一本火をつけ、稲野辺に視線を返してきた。

「私たちの仕事はね、稲野辺さん、ビデオを買って下さるお客さんとのギリギリのところで成り立っているんですよ。べつにやってることを正当化しようなんて考えてはいません。そんなことする必要もないしね。盗撮物を買うお客さんは、自分でも女の子のスカートの中とか、トイレ姿とか、着替えとか、覗いてみたいって思ってるわけですよ。でも、ほんとにそんなことしたら犯罪ですからね。そういう欲求をナマの形では出せない。だから、ビデオを観て、代償行為というのかしら、それで欲求を晴らしているわけでしょ。そのビデオを提供する私たちとしては、やっぱりギリギリのことはしなきゃならないわけね。そうしないと商品になりませんでしょ。そのギリギリが、こっち側で収まってるか、あっち側にいっちゃってるか、そういう違いはあるわけなのね。おわかりになるかしらね」

「…………」

かなりわかりにくい弁明ではあるが、まあ、つまり、純粋な趣味によって撮られた盗撮ビデオを商品として扱う場合は、そこに犯罪行為も含まれているということを言っているのだろう。答えられる質問と、そうではない質問がありますよ、というわけだ。

「もちろん」と、稲野辺は手帳を閉じてみせ、ポケットへしまった。「記事にする場合、こちらのお名前を出すことはありませんし、それ以外のものも、個人や会社を特定できるような書き方はしません。僕のほうとしては、あの盗撮ビデオが、どのようにして撮影されたのかということを知りたいだけなんです」

ふっ、と諏訪間社長は首を竦めた。

「ウチから何かの依頼をして撮影してもらったビデオではありません。純粋に盗撮趣味の人の作品だというのは、そういう意味です。商品には、女の子の名前と年齢をスーパーで入れてますけど、それは真実味を持たせるためにこちらで適当につけて入れただけのものです。あそこに写っている女の子が誰なのかも、私たちは知りませんし、もちろんどこで撮られたのかも知りません」

「なるほど。だとすると、その撮影されたご本人を紹介していただくことはできませんか？」

女社長が、ゆっくりと首を振った。

「それは無理ですよ。おわかりでしょ？」

ふんふん、と稲野辺はうなずいた。

「では、もう一つ伺いたいんですが、テレビ局のほうへ番組の保存テープを探してほしいというのは、どうしてだったんですか？　あのビデオの女性が、能城あや子の番組に出ていたということを、どうして確かめようとされたんでしょう?」

「泥棒まで写ってるビデオなんて珍しいですからね。だから知り合いに、変わったものがあるから観てごらんと言ったんですよ。そしたら、その知り合いが、あの女の子はどこかで見たことがあると言ったの。その時は、へえ、と思っただけだったけど、次の日に、その人がまた来て、もう一度観せてくれって。それで、たしか、能城あや子さんの霊視相談をテレビで受けてた子だと思うって言うんですね。その番組を録画した人はいないだろうかって。だから、知ってる人間がテレビ局にいるから、訊いてみてあげるって言ったんですよ。それだけのことです」

「そのお知り合いは、どうして、番組の録画が必要だったんですか?」

諏訪間社長は、また首を竦めた。

「私にはわからないですよ。おおかた、あなたと同じような理由なんじゃないでしょうかね」

「僕と……?」

ニコニコと笑いながら、女社長は首を振った。

「たぶん、その知り合いについても紹介してほしいって言うんでしょうけど、それは先方に迷惑がかかるし、勘弁していただきたいわ。でも、彼にしても、稲野辺さんにしても、たぶん正解ですよ」

稲野辺は、諏訪間社長を見つめた。

「……正解って、なにがです？」

「あれだけ稼いでるけど、能城あや子さんも、稼ぐためにはけっこうあくどいことをしてるってことね。あの泥棒さんは、本物だって断言できるわ」

「どういう意味ですか？」

「盗まれちゃったの」

「え？」

ますます意味がわからなかった。

「持ち込みの元ネタテープがね、あのあと、なくなってしまったんですよ。まあ、泥棒に這入《はい》られたって証拠があるわけじゃないから、断言はできないけど、ネタテープをなくすなんて、ウチみたいな商売をやってて、そうそうあるわけないでしょ？　それに、ウチだけじゃなくて、そのさっきの知り合いのところからも、コピーが盗まれちゃったんだから」

「……ちょっと、待って下さい。あの、盗撮ビデオが、ここと、そのお知り合いの家から盗まれたってことですか？」

うん、と社長がうなずいた。

「あっちゃまずいものだったから、盗んだわけよね。元ネタもコピーも」

思わず唾を呑み込んだ。

「ええと、あの、もともとのビデオを持ち込んだ主のところは、どうなんでしょう？」

「そうなのよ」と、社長が鼻で笑った。「徹底してるわよね」

「じゃあ、そっちも……？」

「商品は完成してるから、商売としての被害はなかったですけどね。でも、あの泥棒のシーンは商品に入れてないから、何もかも消えちゃったってことですね。あるのは、テレビ局に渡したコピーだけですよ」

ふう、と諏訪間社長が、大きく溜《た》め息《いき》を吐き出した。

⁂

電車を乗り継ぎ、稲野辺はその足で馬喰《ばくろ》町《ちよう》へ向かった。神田川にほど近い倉庫脇の雑居ビルに、能城あや子の事務所がある。

これまで、稲野辺は九回〈能城コンサルティング〉の事務所を訪ねた。事務所の中に入ることができたのは、そのうちの一度しかない。あとの八回は留守だったのだ。定休日だったのではない。全員が出払っているために、ドアに鍵が掛かっていたというだけのことだ。〈能城コンサルティング〉という会社の中身は、能城あや子と、彼女のマネージメントを取り仕切っている鳴滝昇治という男の二人だけだった。事務員を置くわけでもなく、会社の代表番号に電話をかけても、常に留守番電話が冷たく応答してくるだけだ。もちろん、テレビ局の担当ディレクターなどには、直通でつながる番号が教えられているのだろうが、稲野辺などにそんな番号を洩らしてもらえるわけもない。

一度は事務所へ足を踏み入れたものの、それも入ったというだけのことだった。マネージャーの鳴滝は、稲野辺に対して「能城の取材は、一切お受けしておりません」と首を振った。五分でいいから、と粘ってみても「これから能城を休ませてやらなくてはなりませんので失礼します」と事務所の外へ追い出された。

実際のところ、テレビで高視聴率を獲得している有名人であるにも拘《かかわ》らず、能城あや子のインタビュー記事が新聞や雑誌に出たためしはない。今までに出た記事は、ほとんどすべてが彼女の霊視結果を評価するようなものばかりだった。

つまり、驚いたことに、誰も能城あや子の直接取材に成功していないのだ。

だから、稲野辺は数ヵ月前、相談者に紛れ込む形で能城あや子の話を聞きに行った。新宿にあるデパートの片隅で、能城あや子は週に三日だけ霊視相談を行なっている。三十分会って話を聞くだけで八万円もの法外な相談料を取られるが、それでも予約は常に満杯状態で、稲野辺は申し込んでから五ヵ月も待たされた。

その時の稲野辺には、能城あや子を攻め落とす材料があった。いや、攻め落とせると考えていた。品田澄子という相談者が、能城あや子の助言に従って輪島の旅館へ行き、そこで毒物の混入事件に遭遇して死亡したのだ。幸せになれると聞いて足を運んだ輪島で、彼女は亡くなった。こんなひどい話はない。ところが、能城あや子は、品田澄子は嫁の由佳里によって殺されたのだと稲野辺に告げた。姑《しゅうとめ》が輪島へ行くことを利用して行なった嫁の犯罪なのだと。結果は、能城あや子の言った通りになった。品田由佳里は、姑を殺害し、その他十二人の宿泊客たちに危害を与えた容疑で逮捕された。

さらに、デパートの個室で、能城あや子は稲野辺に「ベッドの下を見ろ」と言った。言われた通りベッドの下を覗いてみると、紛失していた長嶋茂雄のサイン入りボールが見つかった。

しかし、今度は違う——。

五ヵ月も待たされ、八万円もかけた取材は、完全な惨敗に終わった。

一時は、稲野辺も頭が混乱した。どうして能城あや子が品田澄子の死の真相を知り得たのか、まるで見当もつかなかった。そもそも、稲野辺が品田澄子の件を持ち出すなどということを、あの霊能者がどうして知っていたのか。さらに、ベッドの下のサイン入りボール……。危うく、稲野辺までが霊視だとか超能力の存在を否定できない状態に陥《おちい》るところだった。

しかし、盗撮ビデオに写っていた作業服姿の男を見て、気持ちの燻《くすぶ》りが一気に晴れた。

あの部屋に住んでいる女性は、テレビで能城あや子の霊視を受けた。しかし、それ以前に、彼女の部屋に侵入して、写真を撮ったり部屋に置かれているものを調べていた男がいるのである。

鷹橋隼人が帰った後、芦本は「短絡的に結論を出すな」と重ねて言った。もちろん、今の段階では、作業服の男と能城あや子を結びつける証拠はない。作業服の男の侵入を写した盗撮ビデオが盗まれていたことは、さらに疑惑を深くするものだが、やはりそれでも証明にはならない。雑誌の記事に、警察や裁判に要求されるような厳密な証拠は不要だが、だからといって憶測の域を出ないものだけで記事を書くわけにはいかない。それが間違っていたり、証明されなかった場合には手痛いしっぺ返しを喰らうことになる。

ただ、やはり、稲野辺は能城あや子本人に会っておきたかった。あの冷たい表情をした鳴滝の顔も見ておきたかった。今の時点でビデオの存在を問い詰めたとしても、彼らから何かが得られるとは思えない。しかし、彼らの反応を、この目で見ておくことは無意味ではないだろう。

古ぼけたビルの階段をゆっくりと上がり、二階の廊下を奥へ進む。両側に四つずつドアが並んでいる。その奥から二番目が〈能城コンサルティング〉だ。曇りガラスに書かれた金色の社名表示を見つめながら、稲野辺は、そのガラスをコツコツと叩いた。

「…………」

なんの返事もなかった。

試みに、ドアのノブに手を掛け、回してみる。びくともしない。

ふうっ、と稲野辺は溜め息を吐いた。これで十度、このドアを叩いたことになる。ドアが開かれたのは、たった一回のみ――。

しばらく、ドアの前に立っていた。もしかすると、能城あや子が帰ってくるかもしれない。あるいは、鳴滝が現われるかもしれない。時折、別のドアが開き、廊下に人が現われた。八つの部屋のうち階段側の三つは人の出入りが比較的多い。あとの五つのドアは、ずっと閉まったままだった。

二十分近く待ってみたが、能城あや子も鳴滝昇治も姿を現わさなかった。

もう一度溜め息を吐きっ、稲野辺は諦めてドアの前を離れた。廊下を端まで歩いたとき、階段を一人の男が上ってきた。

「…………」

稲野辺は自分の表情を押し隠し、そのまま階段へ足を進めた。

階段を上ってきた男の服装が、稲野辺をギクリとさせたのだ。濃紺の作業服。そして、作業服と同色のツバの突き出した帽子――いや、その背格好も、あのビデオの男に似通っている。

男は、稲野辺の脇を無表情に通り過ぎ、二階の廊下を奥へ歩いていく。

稲野辺は、いったん階段へ身を隠し、そしてゆっくりと壁の角から眼を出した。作業服の男は、廊下を突き当たりまで歩いていった。能城コンサルティングに入るのではないかと期待したが、彼が入っていったのはそのもう一つ向こう側のドアだった。

「………」

稲野辺は、もう一度階段の陰に身を潜め、何度か深呼吸を繰り返した。

単なる偶然には思えなかった。

あの男が、ビデオに写っていたヤツだ。

ビデオでは、男の顔を子細に判別できなかった。カメラの位置が天井に近かったため、帽子のツバに隠れて、顔の半分以上が見えないのだ。だから、あの男だと断言はできない。ただ稲野辺には、九十九パーセントまで、今の男がビデオに写っていたのと同一人物だと思えた。

ゆっくりと廊下を窺《うかが》い、そっと足を踏み出す。なるべく靴が音を立てないように注意しながら、廊下を奥へ進んだ。男の入っていったドアを見る。

有限会社　ＯＭＯ——。

ドアの曇りガラスには、その文字だけがあった。

「稲《いな》ちゃん、ちょっと面白くなってきたぜ」

翌日、〈ウイークリーＦＡＣＴＳ《ファクツ》〉の編集部に顔を出すと、芦本が顔をニヤつかせながら稲野辺に親指を立てて見せた。

「調べてもらえた？」

稲野辺は、隣のデスクの主が不在であることを確かめて、その椅子だけ芦本のほうへ引っ張り出した。腰を下ろすと、芦本が、ははは、と笑う。

「それよ。調べてみたら、面白いことになってきたってわけ」

「聞かしてくれ」

うん、とうなずいて、芦本はデスクに載せたメモに視線を落とす。

「有限会社ＯＭＯってのが面白い」

「だから、なに」

「この会社、一応、定款《ていかん》によれば、編集プロダクションてことになってんだね。でも、社長が誰だと思う？」

「誰？」

「鳴滝昇治」

「…………」

稲野辺は唾を呑み込んだ。

「つながった」

「いや、まあ、完全じゃないけどな。調べてみたが、これまでに能城あや子は二冊本を出してる。どっちもかなり部数を伸ばしてるらしいが、しかし、その奥付《おくづけ》を見ても〈編集協力OMO〉なんて文字はどこにも見あたらない。能城コンサルティングもOMOも、鳴滝昇治が社長をやってる。だったら、自分のところの利益を考えれば、せっかくの編集プロダクションを使わない手はないだろ、普通。そのあたりも、いかにも奇妙だね」

「OMOの仕事は、雑誌のページを請け負うようなもんじゃないわけだからな」

「空き巣狙いが業務？」

「違うか？」

さあね、と芦本は頬《ほお》をポリポリと掻《か》いた。

「確かに、状況としては、かなりクロっぽく見えてきてるけどね」

「憶測が混じってるってことは、オレもわかってるよ。ただ、これだけの偶然が重なるなんて、もっと信じ難い。素直に考えてみれば、一番、納得のいく説明があったってことだよ」

「うむ」と、芦本はうなずいた。「納得のいく説明ってのを、おさらいしてみてくれ」

「まず、第一に、霊視だとか霊能力なんてものは、そもそも存在しないってことだ」

「――おい、まて」芦本が眼を丸くした。「そこから始めんのか？」

「お前だって信じてないだろ？」

「信じてないが、それは証明不可能だ。世の中には、科学で説明できないことが、ごまんとある」

言いかけた稲野辺の言葉を、芦本が首を振って封じた。

「それと、こういう部分に関しては、読者に対する配慮も必要だ。読者の中には、霊だとか、超能力とか信じてるのもけっこういるってことだよ。頭から否定されることを嫌う人も多いんだ。だから、稲ちゃんにしても、霊能力そのものの存在がどうのこうのってんじゃなくて、あくまでも能城あや子の霊能力は本物か贋物《にせもの》かってところから始めてくれなくちゃ」

「……そうか」

言われてみれば確かに、能城あや子のインチキを暴いてやったところで、霊能力の存在を否定することにはならない。いささか不満でもあったが、ここは、一歩譲るしかなさそうだった。

「じゃあ、そこは抜かしていこう。能城あや子は、これまでテレビを通じてかなりの数の霊視を行なってきた。その的中率が高いことで、彼女は有名になり、信者——と言っていいのかわからんが、ファンも相当の数を獲得してきただろう」

「なんとかって評論家が書いてたが、霊視の的中率については、能城あや子は様々な霊能力者や占い師の中で群を抜いているそうだ。ほとんど当たってる。しかも、社会的な事件まで、その霊視で解決に導いてきた」

「導いたかどうかってのは、ちょっと疑問だけどね。まあ、その通りだ」と、稲野辺はうなずいた。「でも、そこを逆に考えてみる。こういう占いの類は、当たるも八卦《はっけ》当たらぬも八卦だ。当たり外れがあって当然のものだ。ここまで的中率が高いというのが、まず奇妙な点だという考え方もあると思う。なぜ、能城あや子の霊視は当たるのか？　それは、逆に言えば彼女のやっていることが霊視ではなく、調査した結果を告げているからだという想像もできる」

うん、と芦本がうなずいた。

「その想像を立証できる……いや、現時点では立証じゃないけど、仮説として裏付けられるものが、あの盗撮ビデオなんだ」

「そういうことだね」

「証明は難しいが、あのビデオに写っている侵入者とOMOに入って行った男が同一人物だとすると、彼は、能城あや子に霊視を求めてくる相談者のことを事前に調査する役目の人物だと考えられる。能城あや子は、テレビにしても、新宿で行なっている霊視相談にしても、必ず予約を入れさせる。僕の場合は、申し込んでから五ヵ月も待たされた。それは、必ずしも予約が満杯だということだけじゃなくて、調査の時間が必要だったからだ。テレビのほうは、予約じゃないが、相談の希望者は局のほうへ葉書や手紙で申し込みをする。あらかじめ番組制作スタッフの予備面接のようなものを受けさせられて、彼らが実際にスタジオへ呼ばれるのは申し込みからかなり時間が経《た》ってからだ」

「まあ、調査してるのは、あの男だけじゃないだろうけどね。何人かでやってるんだろうな」

「問題なのはさ、その調査が違法だってことだよ」

「そうだな。とにかく、あのビデオでもそうだが、作業服の男は不法侵入をやってるわけだからな」

「どうにかして、ビデオに写ってる男とあのOMOの男が同一人物だって確かめられるといいんだがな」

芦本は、頭を左右に傾け、首をコキコキと鳴らした。

「それなんだけどね、ちょっと考えたことがあるんだ」

「うん」

「ヤツらに対して、罠《わな》を仕掛けてみるってのはどうだい？」

「罠？　どんな？」

ふむ、と芦本はうなずいた。

●二●

その翌々日、稲野辺はもう一度〈能城コンサルティング〉へ足を運んだ。これで、十一回目ということになる。

気のせいかもしれないが、ビルの中は、どことなく空気が湿っているように感じられた。階段を二階へ上がるに従って、湿度が上がっているような気がする。そのくせ、埃《ほこり》っぽい匂いが鼻をくすぐる。

二階の廊下に人影はなかった。

ビルの外からは騒音が流れ込んできているが、この建物の中だけはひっそりと息を殺しているような静けさに沈んでいる。これも、稲野辺のイメージが勝手に作り上げた気のせいかもしれなかった。

廊下を奥へ歩き、能城コンサルティングのドアの前に立つ。つい、目が隣の〈OMO〉に向いた。でも、まずはこちらからだ。

「…………」

ふと、目の前の磨《す》りガラスの奥で、何かが動いたように感じた。

いるのか？

今日《きょう》も留守だろうと思っていたせいで、稲野辺は、いささか戸惑った。慌てて胸の内ポケットからMDレコーダーを取り出し、録音のボタンを押す。レコーダーをポケットへ戻し、胸元のボタン穴から覗かせたマイクを確認した。

深呼吸をひとつして、ドアのガラスをコツコツと叩いた。ガラスの向こうで、影がこちらを振り返ったように思えた。ノブを握り、ゆっくりと回転させる。

ノブが回った。

「失礼します」

言いながら、稲野辺は開いたドアから中へ一歩足を踏み入れた。

デスクの向こうにいた鳴滝昇治が椅子から立ち上がった。能城あや子は、窓際のソファに腰を下ろし、罐《かん》ビールを持ったままこちらへ顔を向けている。

「ご記憶でしょうか？　ウイークリーFACTS《ファクツ》で記事を書いている稲野辺と申しますが」

鳴滝が、ゆっくりとこちらへ歩いてきた。ソファのほうを見ると、能城あや子は罐ビールを口へ運んでいる。

「もちろん、覚えています。以前、新宿のほうへも、能城に会いに行かれたそうですね」

鳴滝は、値踏みするような目で稲野辺を眺め、それで？　というように胸の前で腕を組んだ。

「突然、お伺いして申しわけないです。電話を差し上げても、いつも留守番電話で、用件を吹き込んでもお返事がいただけないもんですから、直接、お訪ねしました」

「わざわざご苦労ですが、以前にも申しました通り、能城は一切のインタビューをお受けしていないんですよ」

「いえ、今日は、能城先生ではなくて、鳴滝さんにお伺いしたいことがあって来たんです」

「私に？」鳴滝は首を傾《かし》げるようにして、稲野辺を見つめた。「私にも、稲野辺さんにお答えできるようなことは、何もありませんよ」

「そうですか？　実は、某所からあるビデオを入手したんです」

「…………」

鳴滝の表情には、期待したような変化は現われなかった。そもそもが表情のない男であるらしい。

「興味深いビデオで、ある女性の部屋に男が侵入しているところが写っているというものなんですよ。そういうビデオにお心当たりがありますか？」

ゆっくりと鳴滝は首を振った。

「それは、どういうお話なんですか？　ビデオに心当たりもなにも、仰《おつしや》っている意味がよくわからない」

「その女性は、その後で、テレビに出演しました。能城先生の霊視相談を受けるためです。実際、その方の相談の様子はテレビで放映されました」

ふっ、と笑いのようなものを洩らし、鳴滝は稲野辺の脇へ歩いてきた。脇からドアを広く開け、促すように廊下に目をやった。

「仰ることがよくわかりません。申し上げた通り、インタビューは受けておりませんし、私にはこれからやらなければならない仕事があります。お引き取り願えませんか」

「鳴滝さんにはおわかりにならなくても、能城先生だったら、おわかりになるんじゃないですか？」

途端に、向こうのソファで能城あや子が笑い声を上げた。

「稲野辺さん、あなたも大変なのね。どうにかして、この私をやっつけてやりたいんだってことは、よくわかりますよ。どうぞ、頑張って良い記事を書いてくださいな」

稲野辺は、微笑みながら能城あや子にうなずくような礼をひとつした。ショルダーバッグの中からＤＶＤを取り出した。

「じゃあ、良い記事を書くために、このビデオについて教えていただけませんか？」

「目の見えない私にとって、ビデオなんてなんの意味もありませんよ。見ることができたら面白いでしょうけどね」

言って、また能城あや子は笑い声を上げた。

「きっと興味がおありになると思うんです。この――」

鳴滝が前に立ち、稲野辺の視界から能城あや子を隠した。続けようとした言葉を遮《さえぎ》り、彼は稲野辺に首を振った。

「お引き取り下さい。能城も私も、そのビデオだかなんだかには興味がありません。先程も申し上げました。これから仕事があります。どうぞ、お帰り下さい」

「………」

稲野辺は、鳴滝を見つめ、そして小さくうなずいた。

「わかりました。お仕事中、お邪魔をしました。またいずれ、お会いすることになると思います」

そう言い置き、廊下へ後退した。その鼻先で、ドアが閉じられた。目の前には金色の〈株式会社　能城コンサルティング〉の文字だけが残された。

ふう、と息を吐き出し、稲野辺は、そのまま廊下を奥へ進み、ＯＭＯのドアの前へ移動した。ガラスをコツコツと叩き、ドアを開ける。

目隠し代わりなのか、大きなスチールロッカーがドアを入ったすぐ前を塞《ふさ》いでいる。

「ごめん下さい」と、ロッカーの向こうへ声を掛けると、「はい」と女性の声が応えた。右手へ足を進めると、ロッカーを回ってくるようにして、若い女性が姿を見せた。

「いらっしゃいませ。どちらさまでしょうか？」

稲野辺はポケットを探って名刺を取り出した。

「ここは、編集プロダクションだと伺って参ったんですが、ウイークリーFACTS《ファクツ》の稲野辺と申します」

「…………」

女性は、名刺を受け取り、それをしばらく眺めてから稲野辺に目を返してきた。

「どのような……ご用件でしょう？」

「お仕事をお願いしたいと考えているんですが」

ふと、女性が困ったような顔をした。

「編集制作をしていることは確かなんですが、ウチは、すごく小さいもので、新しいお仕事はお受けしていないんです。どうして、ウチに？」

「いえ、たまたま知ってというだけです。新しい仕事は受けないって、どのようなものをなさっているんですか？」

「主に企業の社内誌やPR誌といったものが中心です。ただ、わざわざお声を掛けていただいて本当に申しわけないんですが、そのようなことで、お役には立てないんです。すみません」

ああ、そうですか、と稲野辺はうなずいた。気がついたような顔を作って、女性を見返した。

「ええと、ここに男の人がいますよね。紺色の作業服を着た人」

「はあ?」

女性は、パチパチと瞬《まばた》きをしながら稲野辺を見上げる。

「三日前の夕方……六時過ぎてたかな、ここに入って行かれたのを見たんですよ」

「さあ……」と、女性は首を傾げた。

「今は、おられないですか?」

「作業服でウチに来られるっていったら、たぶん印刷所の人だと思いますけど、どなたのことを仰ってるんでしょうか?」

「いや、名前まではちょっとわからないけど」

「申しわけありません。男の人は何人もお見えになりますけど、ちょっと私ではわかりません。今は、みんな出払ってしまっていて、私一人で留守番をしてるものですから」

「ああ、そうですか」

まあ、こんなところだろう、と稲野辺はうなずいた。

もう一度、前に立っている女性の顔を目に焼きつけ、照れ笑いをして見せた。

「ごめんなさい。お邪魔してしまったようですね。失礼しました」

「こちらこそ失礼しました」

女性に会釈をし、稲野辺はまた廊下へ出た。そのドアは、今度は自分で閉めた。

三

〈能城コンサルティング〉と〈OMO〉に餌《えさ》を放ってから四日は何も起こらなかった。五日目の午前中、ウイークリーFACTS《ファクツ》編集部へ向かっている途中で、稲野辺の携帯に芦本から電話が掛かってきた。

「やられたよ」と、稲野辺が出るなり芦本は言った。ちょうど電車を乗り換えるために駅へ降りたところだった。

「やられた？」

訊き返すと、芦本はうんざりしたような声で「ああ」と言った。

「見事に二枚とも盗《と》っていった」

あ……と、稲野辺は携帯を耳に押し当てたまま顔を上げた。

「盗っていったって、ビデオ？」

「稲ちゃんのとこはどうなんだ？」

「いや……」

と、ショルダーバッグの口を開け、中を覗く。乱雑に突っ込まれている原稿の束と手帳の間に、ＤＶＤのプラスチックケースがあった。それを取り出しながら、稲野辺はうなずいた。

「あるよ。ウチのほうのはわからんが……あれ？」

ケースに入っているＤＶＤの印象が違っていた。ディスクのレーベル面が違っている。

「どうした？」

「このＤＶＤ――メーカーが違ってるような」

「稲ちゃんのほうもか……」

「え、ちょっとまて」携帯を持ち直し、ケースに入ったＤＶＤを眺める。「どういうことだ？　これって」

「すり替えられてるんだよ。こっちの二枚もそうだ。メディアのメーカーが違ってたから、変だと思って中を見てみた。両方とも、ウチの編集部が隠し撮りされた映像にすり替わってた」

「編集部の隠し撮り？」

「ああ、こっちで仕掛けたカメラが撮ってた映像だ」

いや、と稲野辺は、大きく息を吸い込んだ。

編集部と、稲野辺の自宅に隠しカメラを設置した。五日前に投げた餌に、鳴滝たちが喰らいついてくれることを期待して仕掛けたものだ。ビデオの存在を、稲野辺は鳴滝に告げた。〈グレイスフル映像〉と同様、彼らはそのビデオを奪おうとしてくるだろう。またあの作業服の男がやってくるに違いない。それを今度は顔もはっきりと捉えられるようにとカメラを設置した。それが動かぬ証拠になってくれる筈《はず》だ。

「だとしたら、隠し撮りしてたヤツにはあの男が写ってるだろ？」

「それがさ」と、芦本が怒ったような声で言う。「だめだったんだよ」

「だめ？　だめって何がだめなんだ」

「写ってない」

「…………」

「チェックしてみたら、画面が全部霜降り状態になってて、ノイズだらけなんだ。まるっきり、なんにも、写ってなかった」

「ええと、約束、遅れてもいいか？」

「なに？」

「一度、ウチに帰ってみる。ウチのビデオがどうなってるか確認してくるよ」

「わかった。そうしてくれ」

あとで連絡すると言い置き、電話を切った。

まさか……まさか、と思いながら、稲野辺はアパートへ引き返すためにホームの階段を駆け下りた。

⁂

その日の夕方、稲野辺は疲れ切った身体《からだ》を、編集部の椅子に預け、じっと眼を閉じていた。横に座っている芦本も、先程から何も言わず、キイキイと椅子を鳴らし続けている。

思いも寄らない展開が稲野辺と芦本を待っていた。

作業服は、前にも徹底してビデオを盗み取った。グレイスフル映像にあった元ネタのテープも、それを撮影した盗撮マニアのオリジナルも、そして諏訪間社長の知り合いのところからも、すべてのテープを消し去っていた。

だから、稲野辺と芦本はコピーを三つ取っておくことにしたのだ。つまり、鷹橋が持ち込んだオリジナルのＤＶＤと合わせ、全部で四本あった。

編集部には芦本のデスクの抽斗《ひきだし》に一枚、そして資料ロッカーにも一枚を入れた。稲野辺のほうは、ウチでも観られるようにビデオテープにコピーしたものを机の抽斗に入れておいた。そして最後のDVDの一枚は、ショルダーバッグの中に入れっぱなしにしておいたのだ。

まさか、その四つ全部を持っていかれるとは思ってもいなかった。特に、稲野辺にとってショックだったのは、ショルダーバッグに入れたDVDだった。バッグは、外出の際にはいつも持って出ている。つねに身につけているようなものだ。だから絶対に安全だと考えていた。その考えがまったく甘かった。

さらに、作業服の男を撮影する筈だった隠しカメラが、まるで役に立たなかった。カメラによって録画されたものは、すべてがノイズだらけの霜降り画面しか残っていない。すり替えられた四つのビデオは、稲野辺たちを嘲笑《あざわら》うように、そのカメラが正常に作動していたときの隠し撮り映像に中身が入れ替えられていたのである。

「結局」と、芦本が口を開いた。「罠を仕掛けようなんて考えたのが……全部裏目に出ちゃったってことだな」

しかし——事態はそれで終わらなかった。さらに思いもよらない展開が、稲野辺たちを待ち受けていたのだ。

ビデオがすり替えられていることに気づいたあと、稲野辺は馬喰町へ向かった。能城コンサルティングとOMOに乗り込んで、言いたいことを言ってやらなければ気が済まなかったからだ。

しかし、雑居ビルの二階へ上がってみると、事務所は二つともドアに鍵を掛けていた。

「…………」

その鍵の掛かったドアの前に立って、稲野辺は妙な違和感を覚えた。その違和感を生み出しているものの原因がわかったとき、稲野辺は思わず声を上げていた。

ドアの磨りガラスから〈株式会社 能城コンサルティング〉という金色の文字が消え去っていたのだ。〈有限会社 ＯＭＯ〉もやはり消えていた。

芦本に連絡し、ビルの管理会社に問い合わせをしてもらうと、二つの会社は二日前に事務所を引き払ったという答えが返ってきた。移転先などは管理会社にも伝えられていなかった。

電話が鳴って、芦本がデスクの受話器を取った。

「ああ、鷹橋さん。忙しいのに申しわけないです。それで……はい」

その芦本の電話を、稲野辺はぼんやりした頭で聞いていた。二、三分の短いやりとりが、やたらに長く感じた。

芦本は受話器を戻し、そのまま、うう……と唸るような声を出した。

「テレビ局のほうも、大騒ぎになってるらしい」

言いながら、芦本は、ドスンと椅子に腰を落とした。

「局にも、連絡はないって？」

「二日前に、鳴滝昇治から制作部に連絡はあったってことだけどね。能城あや子が急病で入院したって。でも病院は教えてもらえなかったそうだ。生命《いのち》に関わる重体で、騒がれたくないから、そっとしておいてほしいと言われたらしい。しばらく収録も休みたいと言い、迷惑を掛けて申しわけないと電話が切れたってことだ。それから、今まで、まるで連絡はない」

「……そうか」

「テレビ局は、大変な騒ぎになってるよ。予定していた番組の収録を全部差し替えなきゃならなくなって、その対応でめちゃくちゃな状態だそうだ」

言って、芦本は大きく溜め息を吐《つ》いた。

「逃げたってことなんだろうな」

稲野辺の言葉に、芦本が目を返してきた。

「なんで？」

「いや……だって、そうだろ？」

「なんのために逃げる必要があるんだ？　ビデオは完全に処分されちゃったんだぜ。あのビデオだって、能城あや子の息の根を止められるほどのものじゃなかった。こんな男は知らないって、シラを切られたら突っ込みようがない。こっちの隠しカメラは完全にバレてて、なんにも撮《うつ》せなかったわけだしさ。逃げる必要なんて、なにもないじゃないか」

「そうか……そうだな」

逃げる必要なんて、なにもない——。

その通りなのだ。逆に、逃げるのであれば、どうしてビデオを盗んだり——いや、すり替えたりしたのだろう。会社を引き払い、テレビ局には急病の連絡だけを入れた。それが二日前のことだ。ビデオがすり替えられたのは、その後である。おそらく昨日の夜から今日の明け方にかけてだったのだろう。

いきなり、何もかもが消えてしまった。

彼らは何を恐れたのか？

「まあ、ある意味では、稲ちゃんの勝ちってことになるのかな」

稲野辺は、芦本のほうへ目を上げた。芦本は、やれやれ、というように首を振っていた。

「え？」

「オレの勝ちって、なんだ？」

「そうだろ？　とにかく、この二年ばかり、稲ちゃんは、ずっと能城あや子を追っかけてたじゃないか。インチキを糺《ただ》すためにさ。証拠はないし、記事にもならないが、少なくとも我々の間では、能城あや子の霊視がインチキだったたってことが、今回のことではっきりしたよな」

「…………」

「そして、思ってもみなかったことだが、能城あや子は掻き消えてしまった。もう、これでインチキを続けることもない」

稲野辺は、首の後ろを撫《な》でた。なんだか、まだ欺《だま》されているような気がする。

「な」芦本が、気の抜けたような声で笑った。「まあ、稲ちゃんの勝ちってことだよ」

むろん、勝ったような気持ちは、どこにもなかった。

●●
●

遅い夕食の後、黙り込んでいる稲野辺の顔を寿絵が覗き込んできた。

「なにかあった？」

うん、と稲野辺は妻にうなずいた。ポツポツと、今回のことを話して聞かせた。話し終えたとき、寿絵は溜め息を吐《つ》きながらひとこと言った。

「満足した？」

「満足……？」

芦本と同じようなことを言うんだな、と稲野辺は苦笑した。

「もちろん、あなたの仕事に口を出すつもりなんてない。でも、あたし、ずっと不思議でしょうがなかったの」

「何が？」

「どうして、能城あや子さんをそんなに目の敵《かたき》みたいに追いかけてるんだろうって」

「おかしいか？」

「だって、能城あや子さんのどこが悪いの？　インチキ臭い霊能者っていっぱいいるんだろうし、悪いことして人を欺してお金取ってる人もいる。でも、能城あや子さんは、いままで世の中の役に立つことばっかりしてきた人でしょ」

「役に立つ？」

「違う？　隠れてた犯人を捕まえる手助けをしたり、ずっと長い間夫に監禁されてた女性を救い出したりもした。自分の子供が死んでしまったと思い込んで、絶望して生きてきた母親に子供を会わせてあげたりもした。感謝してる人、いっぱいいると思うのよね」

「いや」と稲野辺はつけっぱなしになっているテレビを消しながら言った。「能城あや子がやっていたことは詐欺《さぎ》だよ。霊能力があると嘘をついて、多くの人間を欺し続けてきたんだ。犯罪じゃないか」

寿絵が稲野辺の前のお茶を淹《い》れ替えた。

「だから、それで、どこに被害者がいるの？」

「…………」

言葉に詰まり、湯呑みを見つめた。

そして顔を上げた。自分の胸を、指先でトントンと叩いた。

「ここにいるよ」

「あなたが被害者なんだ」

「そうだよ。今回のことだけじゃない。ここに——この部屋に、這入られたんだぜ。連中はオレたちの家に忍び込んだんだ。オレたちのベッドの下を覗いて、長嶋茂雄のサインボールを発見した。優太の日記帳も覗いていったんだ。それを使って、能城あや子はオレに、ベッドの下を覗けとご託宣《たくせん》を垂れた。霊視したって嘘をついてね」

「でも、そのお蔭《かげ》で、優太と仲直りができたわ」

「…………」

「そうでしょ。もちろん、知らない人に部屋に這入られるのは気持ち悪いし、あたしだって厭《いや》だけど、でも結果としては、あなたは息子に謝ることができたじゃない。謝って優太と仲直りができた。大切なものを失わずにすんだのよ」

「……ああ」

「あたしだって、なにがなんでも能城あや子さんのやり方が正しいとは思わない。でも、彼女のお蔭で幸せになった人がたくさんいるのよ。彼女は嘘つきかもしれない。だけど、その嘘が、いろんな人を勇気づけたり、助けたりしてきたわけでしょ？」

「たしかにそうだけどな……」

稲野辺は、また、目の前の湯呑みを眺めた。口許《くちもと》へ運ぶと、立ち上る白い湯気が、疲れた瞼《まぶた》を暖かく包み込んだ。

「能城あや子さんを告発して、どんなことが得られるんだろうって、あたしなんか考えちゃう。あなたにしてみたら、そういう考えは幼稚で危険なのかもしれないけどね。他人の家に忍び込んだりするのは、もちろん犯罪だし、一歩間違ったら最悪の結果を生んじゃうものだろうって思う。だから、いくら結果が人を助けたり幸せにしたからって、そのやり方が間違っているのは許せないっていう、あなたの考えは正しいのよね。でも、思っちゃうのよ、どうして能城あや子さんなの、って」

うん、と稲野辺はうなずいた。

寿絵の気持ちも、稲野辺には理解できた。確かに、寿絵の言う通り、能城あや子に感謝している人間はずいぶんいるに違いない。

以前、桂山博史と組んで、能城あや子の霊視のインチキを暴こうとした。しかし、結果は十年前に自殺したと思われていた桂山の妹が本当は殺されたのだという事実を知らされることになっただけだった。妹を殺した犯人は、現在勾留《こうりゆう》され、裁判が進められている。桂山は、その時まで霊能者や超能力者を告発するサイトをインターネットに作っていた。しかし、能城あや子の〈霊視〉を受けた後、そのサイトを閉鎖してしまった。桂山が、それで能城あや子の霊視を信じるようになったのかどうかはわからない。しかし、少なくとも、彼は妹を自分が自殺に追い込んだと思い続けてきた過去と訣別《けつべつ》できたのだ。それは、紛れもなく、能城あや子のお蔭であったに違いない。

芦本は「稲ちゃんの勝ちだよ」と言った。寿絵は、満足したかと訊いた。勝ったようには思えないし、満足もしていない。

では、お前は何を望んでいたのか、と稲野辺は自分に問い掛けた。

この虚しさはなんなのだろう。

能城あや子は消え去った。鳴滝昇治も消え、ＯＭＯも消えた。

たぶん、彼らは全員が完璧主義者だったのだ。盗撮されたビデオは、彼らの息の根を止めるようなものではなかったが、しかし、そのビデオの存在を彼らは許すことができなかったのだろう。そんなビデオを撮らせてしまった自分たちの落ち度を許すことができなかったのではないか。

だから、彼らはすべての痕跡を消し、自分たちも消えていくことにしたのだ。

――稲野辺さん、あなたも大変なのね。どうにかして、この私をやっつけてやりたいんだってことは、よくわかりますよ。どうぞ、頑張って良い記事を書いてくださいな。

不意に、能城あや子の言った言葉が耳に甦《よみがえ》った。

「…………」

もしかしたら、と稲野辺は思った。もしかしたら、芦本や寿絵の言ったことが、彼らが消えたことの答えなのかもしれない。

彼らは、稲野辺に勝ちを与え、満足を与えるために、すべての痕跡を消してしまったのではないか。

いや、そんなまさか――。

そんなことがあるわけはないと思いながら、稲野辺は湯呑みのお茶を啜《すす》り上げた。

解説

榎本正樹

（解説中、本編のストーリーに触れている部分があります。本編読後にお読みになることをおすすめします。）

一九八二年のデビュー以降、井上泉と徳山諄一による創作ユニット「岡嶋二人」は数々の作品をリリースしてきたが、現実と非現実の境界が溶解していく悪夢を描いたSFミステリ『クラインの壺』（新潮社、89年）を最後にコンビは解消され、その後、井上は井上夢人の名で創作活動を再開することになる。

その記念すべき再デビュー作が、主人公の内部に「何者」かが侵入してくる恐怖を描いた『ダレカガナカニイル…』（新潮社、92年）である。井上はその後も、五十四の文書ファイルが未曾有のアイデンティティ・クライシスを呼び寄せる『プラスティック』（双葉社、94年）、コンピュータ社会の陥穽と生命進化のヴィジョンを鮮やかに提出した『パワー・オフ』（集英社、96年）、一組の男女の会話だけによって成立する短編集『もつれっぱなし』（文藝春秋、96年）、とてつもない嗅覚を得た主人公が連続殺人犯に迫る

『オルファクトグラム』（毎日新聞社、00年）、一九七〇年のクリスマスに自動車事故を起こした四人の男女に十年ごとにもたらされる事件を描いた『クリスマスの4人』（光文社、01年）など、多くの作品をリリースしてきた。この中には、現代小説の到達点として高く評価されるべき日本初の本格的ハイパーテキスト小説『99人の最終電車』（http://www.shinchosha.co.jp/99/）も含まれる。

右に記した作品の概要を見てもわかるように、井上の作風をひと言で説明することはむずかしい。ストレートなミステリ作品にとどまらず、ホラーやサスペンス、最先端のテクノロジーに取材した作品もあれば、実験的作品もある。正統的なミステリに属しつつも、そこに縛られない井上作品は、ジャンル的可能性に満ちた自由度を備えている。『the TEAM』は、八つの短編を収めた連作集である。短編連作は、一つひとつの読み切り短編によるエピソードの積み重ねと、短編同士の有機的な連関を意図した著述形式であるが、この作品ではその形式が有効に機能している。バラエティ番組の一コーナー「霊導師 能城あや子」に出演中の人気霊導師あや子と、彼女をサポートする三人、敏腕マネージャーの鳴滝昇治、どんな場所にも侵入してしまう盗みだしのプロ草壁賢一、コンピュータを自在に操るハッキングの天才藍沢悠美ら、四人のチームが解決する事件を各短編で描きつつ、同時に四人のバックグラウンドをもう一つの謎として置き、短編を読み進める読者にそれらをメタストーリーとして提示する。短編連作形式によって、そのような重層的な仕掛けが可能になる。

本書がここ数年来の、メディアに主導されたスピリチュアル・ブームに強く動機づけられた作品であることは間違いないだろう。あるテレビ局が放送したスピリチュアル番組をめぐって、科学的根拠のない情報提示が放送倫理に触れるとの申し立てが行われたことは記憶に新しい。メディアに露出し、タレント化する霊能力者。そして、彼らをバラエティ番組に登場させ、視聴率を稼ごうとするテレビ局。両者の関係を批判することは容易《たやす》い。しかし本作は、霊能力者やメディアを直截的に批判し、糾弾する作品として構想されてはいない。本来であれば俎上に載せられるべき霊能力者サイドの人間を主人公に設定し、案件解決のプロセスを当事者視点で描きだすという、逆説的な手法がとられている。そのようなユニークなアプローチが、斬新なクライムノベルを誕生させることになった。

能城あや子率いるチームは協同して、「マル対」と呼ばれる調査対象となる人物の身辺を徹底的に洗い、探り、手に入れた情報を元に推理を重ねて、隠されていた真実を暴きだす。霊視とは「目に見えないものを見る能力」だが、彼らは旧来的な意味でのオカルティズムや神秘主義に与《くみ》しない。彼らを規定するのは、霊能力とは対局にある徹底した近代合理主義であり、科学万能主義である。彼らは目に見えるもの、科学的に実証できるものしか信じない。「招霊《おがたま》」のラスト、死者の霊が仕返しをしたのではないかと訝《いぶか》しがる悠美に対して、あや子は「バカ言うんじゃないよ。霊なんて、いるわけないだろ。バカバカしい」と一蹴する。霊能力者であるはずのあや子自身が、霊能力を否定し、しかしいっぽうで霊能力者であると思われている立場を利用し、メディアを活用して人助けを行う。そのようなあや子の微妙な立ち位置の設定自体に、メディアと連動した同時代のスピリチュアル・ブームへの「批評」は集約しているとみるべきだろう。

物語の冒頭を飾る短編「招霊」で明らかにされるのは、相談者への徹底した事前調査と情報分析に基づいて霊視番組が構成されているという驚くべき事実だ。賢一の卓抜した潜行能力、悠美の情報解析技術、さらに昇治の推理力が加わって、心霊関連の告発サイトを運営する桂山博史のたくらみのみならず、博史の妹亜紀の十年前の自殺をめぐる謎をも解き明かしてしまう。彼らはテレビの力を最大限に活用し、あたかも事件解決があや子の霊能力によるものであるかのように演出する。かくしてあや子は、霊導師の衣をまとった探偵として、世の注目を集めることになる。

チームの情報探索の要となるのが、目的地への物理的な侵入であり、テクノロジーを駆使した諜報行為である。ワゴンRで現場に乗り付け、作業着に作業帽をかぶり、手術用手袋《サージカルグローブ》をはめ、解錠具《ピックツール》を使ってターゲットの部屋に侵入する賢一は、デジカメによって現状の記録を行い、USBメモリーにデータをコピーし回収する。優秀なプログラマーであり、ハッキングのエキスパートでもある悠美は、ネットを経由してターゲットの懐深くに潜りこみ、自作のプログラムを仕組んで、データを盗みとる。テレビ局内に密かに設置された隠しカメラとマイクを通して収録現場の様子をモニターする賢一と悠美からの情報を、サングラスに据え付けられた受信機を通して、あや子はリアルタイムで受けとる。この作品の中で描かれる電子機器を活用した情報収集やハッキング技術は、どれも実現可能なものであり、そのことが本作にスリリングなリアリティをもたらしている。テクノロジーと探偵術が結びつくことでどのような情報探査が可能になるのか（もちろん彼らの行動は犯罪行為だが）、その実例が示されており、興味深い。情報探索やハッキングのシーンは、テクノロジーやハードウェア事情に詳しい作者ならではのもので、本書の読みどころの一つといえるだろう。

事前調査のための探りだしを行うチームは、その卓抜した能力によって「何か」を暴いてしまう。しかし暴く者もまた、暴かれる運命にある。能城あや子の裏の顔を暴きだそうと彼女の前に現れるのが、ゴシップ週刊誌の記者、稲野辺俊朗である。「隠蓑《かくれみの》」であや子と全面対決をする稲野辺であるが、彼の完敗に終わる。本書の最終二作において、あや子の過去が暴露され、稲野辺の闘いは最終局面を迎えることになるが、四人は人々の前から突然姿を消す。能城あや子を目の敵のようにして追いかける稲野辺に対して、妻の寿絵が「だから、それで、どこに被害者がいるの？」と問いかけるシーンが印象的だ。あや子たちが行っていることは犯罪行為であるが、多くの人を助けてきた。彼女の罪は断罪されねばならないが、犯罪すれすれの、時には法を犯す行為によってしか解決できない事件は確実に存在する。追及されなければならない巨悪は他にいくらでも存在するのではないかという寿絵の考えは、ある意味において正しい。電子霊導師あや子率いるチームは、現代の義賊なのだ。

本作はクライムノベルの体裁を備えているが、その中心には「家族」をめぐる物語がメタストーリーとして埋めこまれている。家族小説としてこの作品を読み直すとき、どのような風景が開けてくるだろうか。「招霊」において、妹を自殺に追いこんだと思いこみ苦しみ続けてきた博史は、あや子の助けによって過去と決別する。「目隠鬼《めかくしおに》」もまた、不孝な事件に巻きこまれた母親の、過去との和解の物語だ。「隠蓑」では、稲野辺と小学生の息子優太の間のわだかまりが解消され、「寄生木《やどりぎ》」では、子供を思う母の愛が描かれる。さらに最終二作「潮合《しおあい》」「陽炎《かげろう》」で明らかになるのが、かつて《横川一座》という芸人一座を率いたあや子に、失明と難聴をもたらした事件の顛末である。そこには、母と息子の秘められた物語があった。鳴滝昇治が長年、抱え続けてきた悔恨の思いも、母との関係をめぐるものだ。

能城あや子、鳴滝昇治、草壁賢一、藍沢悠美の四人のチームもまた、同じ目的に向かって邁進する集団であり、チームという結束で結ばれたドメスティックな共同体である。『the「TEAM」』は何より、家族という関係をめぐる物語なのである。井上は本作においいて、機構としての現代家族の可能性と不可能性を、さまざまに模索しているように思える。そこには家族小説というジャンル的枠組みで括れないような「関係」への透徹したまなざしがある。

世間から突如として姿を消したあや子、昇治、賢一、悠美は、いまどうしているのか。最新のテクノロジーを駆使した彼らチームの活躍を再び見てみたい。そんな思いに駆られる。井上は同一の登場人物や設定を踏襲する、いわゆるシリーズ小説を忌避するタイプの小説家であるが、この場を借りて一読者の切なる希望をお伝えしておきたい。

この作品は二〇〇六年一月、集英社から刊行されました。
日本音楽著作権協会㈹許諾第0815976−308号

集英社文庫　目録（日本文学）

五木寛之　雨の日には車をみがいて
五木寛之　ちいさな物みつけた
五木寛之　改訂新版 第一章 四季・奈津子
五木寛之　改訂新版 第二章 四季・波留子
五木寛之　改訂新版 第三章 四季・布由子
五木寛之　不安の力
伊東乾　さよなら、サイレント・ネイビー 地下鉄に乗った同級生
伊藤左千夫　野菊の墓
絲山秋子　ダーティ・ワーク
井上篤夫　追憶マリリン・モンロー
井上荒野　森のなかのママ
井上荒野　ベーコン
井上きみどり　ニッポンの子育て
井上ひさし　化粧
井上ひさし　ある八重子物語
井上ひさし　わが人生の時刻表 自選ユーモアエッセイ1

井上ひさし　日本語は七通りの虹の色 自選ユーモアエッセイ2
井上ひさし　吾輩はなめ猫である 自選ユーモアエッセイ3
井上ひさし　不忠臣蔵
井上宏生　スパイス物語
井上光晴　明日 一九四五年八月八日・長崎
井上夢人　あくむ
井上夢人　パワー・オフ
井上夢人　風が吹いたら桶屋がもうかる
井上夢人　the TEAM ザ・チーム
井原美紀　リコン日記。
今邑彩　よもつひらさか
今邑彩　いつもの朝に(上)(下)
今邑彩　鬼
岩井志麻子　邪悪な花鳥風月
岩井志麻子　悦びの流刑地
岩井志麻子　偽《ウェイ》偽《ウェイ》満《マン》州《ジョウ》

岩井志麻子　瞽女《ごぜ》の啼く家
岩井三四二　清佑《せいゆう》、ただいま在庄《ざいしょう》
宇江佐真理　深川恋物語
宇江佐真理　斬られ権佐
宇江佐真理　聞き屋与平 江戸夜咄草
宇江佐真理　なでしこ御用帖
植田いつ子　布・ひと・出逢い
植松三十里　お江《ごう》流浪の姫
植松三十里　大奥延命院醜聞 美僧の寺
植松三十里　大奥秘聞 綱吉おとし胤
内田春菊　仔猫のスープ
内田康夫　浅見光彦を追え ミステリアス信州
内田康夫　浅見光彦豪華客船「飛鳥」の名推理
内田康夫　軽井沢殺人事件
内田康夫　「萩原朔太郎」の亡霊
内田康夫　北国《ほっこく》街道殺人事件

集英社文庫

the TEAM　ザ・チーム

2009年1月25日　第1刷
2013年2月6日　第8刷

定価はカバーに表示してあります。

著　者　井上夢人《いのうえゆめひと》
発行者　加藤　潤
発行所　株式会社 集英社
東京都千代田区一ツ橋2-5-10　〒101-8050
電話　03-3230-6095（編集）
03-3230-6393（販売）
03-3230-6080（読者係）
印　刷　凸版印刷株式会社
製　本　凸版印刷株式会社

フォーマットデザイン　アリヤマデザインストア　　マークデザイン　居山浩二

ISBN978-4-08-746395-8 C0193